MANUEL DE CONTREPET

l'Art de décaler les sons

Joël Martin

MANUEL DE CONTREPET

L'Art de décaler les sons

PRÉFACE D'YVAN AUDOUARD

DESSINS DE CABU

Albin Michel

22, rue Huyghens 75014 PARIS

ISBN 2-226-02125-6

À Luc Étienne,
contrepédagogue,
pionnier du contrepet, pataphysiquement considéré comme un des Beaux-Arts.

GLIS
SER
DANS
LA
PIS
CINE
cabu

PiS
SER
DANS
LA
GLi
CiNE

Préface

À la fois art et technique, le contrepet n'occupe pas dans l'échelle des valeurs culturelles la place qu'il mérite. Considéré au mieux comme un jeu d'esprit et, au pire, comme un divertissement pour noces et banquets, il constitue pourtant aussi bien une remarquable ascèse intellectuelle qu'une activité poétique de premier plan. En lui se marient harmonieusement l'esprit de finesse et de géométrie, la méthode et l'intuition.

Les « Oulipistes » qui ont la noble ambition de faire rendre un son plus pur aux mots de la tribu y attachent une importance primordiale dans leurs recherches désintéressées. Il fait partie de cette recherche pure et de très haut niveau qui ouvre le chemin à toutes les découvertes et amène à la lumière les merveilles enfouies au plus profond de l'homme.

Donnez-moi le bon mot, le mot juste, et je soulèverai le monde. D'allégresse notamment. Mais ne laissez jamais le discours se figer. Le langage ne continue de vivre que grâce aux pièges qu'il se tend et dans lesquels il risque à tout instant de se perdre. Mais dont il sort toujours ragaillardi.

Le contrepet possède l'insigne vertu de maintenir la création poétique en état de révolution permanente. Il ne respecte aucun des déséquilibres établis, disloque les vocables, jongle avec les syllabes, et donne toutes leurs chances d'évasion à chacune des lettres de l'alphabet.

Ainsi procède le savant atomiste qui commence par désintégrer la matière pour y traquer l'énergie qu'elle dissimule. Le contrepet ne procède que par explosions. Ne croyez pas qu'elles soient moins dangereuses que celles de la bombe à hydrogène, mais elles ont l'avantage d'être spontanément sélectives : elles ne tuent que les imbéciles. Ce qui n'a aucune importance puisqu'ils sont déjà morts à l'esprit. Et qu'ils sont aussitôt remplacés par de nouvelles combinaisons d'atomes verbaux bien plus amusantes que celles qui leur ont donné involontairement naissance.

Le poète Chatelain-Tailhade écrivit naguère un sonnet dont le dernier tercet expose, sans le résoudre, et assez prosaïquement il est vrai, le mystère de cette réjouissante transmutation :

Et de ce qu'une nuit, sans rage, sans tempête
Deux crétins se sont accouplés en dormant
Ô Dante, et toi, Shakespeare, il peut naître un poète !

Ainsi procède magiquement le contrepéteur qui féconde une phrase banale et l'accouche, par magie, d'un rejeton verbal inespéré (mais souvent désavoué par sa mère nourricière).

Personnellement, je suis un contrepéteur fervent mais de modeste envergure. Je crois néanmoins avoir bien mérité de l'histoire du Contrepet. Malgré un bagage contrapétique assez mince, j'ai introduit au Canard enchaîné, *il y a plus d'un quart de siècle, une rubrique régulière de contrepèteries.*

Cela s'appelait au début « Sur l'album de la comtesse Maxime de La Falaise ». C'était une réelle et ravissante personne d'origine irlandaise totalement ignorante de la question mais qui m'avait autorisé à utiliser son nom pour agacer son mari de l'époque dont elle était en train de divorcer. (Elle aurait préféré s'appeler Maxime de La Rochefoucauld, mais il n'y en avait aucun de libre sur le marché.) Certains ont cru pourtant deviner dans son titre nobiliaire authentique une contrepèterie secrète, ce que je suis en mesure de démentir catégoriquement.

Je vins rapidement au bout de mon stock de contrepèteries puisées, pour la plupart, dans le patrimoine. Livré à ma seule créativité, je fus heureux de passer le flambeau au délicieux dessinateur et humoriste Henri Monier. Celui-ci le transmit à son tour à Luc

Étienne, mathématicien professionnel et régent du Collège de pataphysique, qui, avec une inspiration sans faiblesse, n'a cessé depuis de l'alimenter, suscitant parmi nos lecteurs d'innombrables vocations.

Les lecteurs du Canard *ont sans doute remarqué que cette rubrique, pourtant capitale, fut longtemps imprimée en plus petits caractères que des articles d'une moindre portée.*

Il ne faut pourtant voir là aucune discrimination. Cette décision avait été prise pour ne pas choquer Mme Maréchal, notre adorable directrice, qui conserva jusqu'à l'extrême de son âge la pudeur effarouchée d'une jeune fille élevée aux Oiseaux. En choisissant un « corps » minuscule, nous mettions la rubrique à l'abri de ses regards. Car si elle conserva jusqu'au bout l'esprit le plus vif et le plus délié, elle avait la vue basse. Mais il y a des moments où je la soupçonne de ne pas avoir été dupe, et, pour ne pas nous contrarier, d'avoir simplement fermé les yeux.

Donc Luc Étienne est le fondateur d'une manière d'Institut des Hautes Études contrapétiques. Il est assisté dans sa lourde tâche par d'innombrables lecteurs du Canard enchaîné, *entre autres par deux de ses plus brillants disciples : Jacques Antel, qui publia en 1975 un remarquable recueil,* Le Tout de mon cru, *et l'auteur du présent ouvrage. Joël Martin est un physicien de haut niveau qui met les techniques les plus « pointues » au service des études les plus avancées. Il fait également de la musique de chambre, mais son véritable violon d'Ingres est le contrepet — et, précise-t-il, « une part de mes travaux aussi sérieuse que les autres ».*

C'est dire que si vous avez pris à la légère les remarques de fond que j'ai cru devoir faire au début, son seul exemple devrait vous inciter à la réflexion. Qu'un des esprits les plus brillants de sa génération mette la contrepèterie au même niveau que les recherches sur les structures, et trouve autant d'agrément à l'Art du contrepet qu'à l'Art de la fugue, cela me paraît entraîner définitivement la conviction.

Je considère, quant à moi, son ouvrage comme une somme de poésie. Et le tout de son cru, cela va sans dire.

Un dernier mot.

Du temps où j'étais responsable de « L'album de la comtesse », je reçus un coup de téléphone suppliant et affolé d'un chef d'entreprise qui me dit :

« Je dirige un petit atelier de dessin industriel. Vous m'avez déjà coûté deux cents heures de travail. Mes dix-huit employés n'ont plus l'esprit à ce qu'ils font. Ils n'arrivent pas à trouver la contrepèterie de la semaine. »

Elle était pourtant classique. C'était le fameux « Aucun homme n'est jamais assez fort pour ce calcul ».

« Je vous en conjure, poursuivit le brave homme, donnez-moi la solution sinon je suis ruiné... »

Je la lui ai donnée.

Je ne le regrette pas. Mais je me demande si ces deux cents heures perdues l'ont vraiment été. Deux cents heures de recherches désintéressées dans la vie d'un tâcheron de la table à dessin, cela laisse des traces.

Ce n'est pas rentable à court terme. Mais à long terme, ça risque de vous changer le destin d'un homme.

Yvan AUDOUARD

Introduction

« Parlons, mes frères, de calvaires et de lutins... »

(Lapsus authentiquement proféré en chaire par le célèbre et vénérable pasteur B... dans les années 50).

« Quel champ de coton ! » s'exclame ce montagnard, inquiet des conditions météorologiques peu favorables. *Lapsus linguae* bien innocent.

Est-ce bien sûr ?

Cet honorable sportif vient d'entrer sans le savoir dans la grande Confrérie de la contrepèterie. Il ne tardera pas à en découvrir les multiples possibilités, et il en pénétrera peu à peu les arcanes. Confondant d'abord la lutte des champions avec la chute des lampions, les colères du molosse avec les molaires du colosse, ou encore le grain pillé avec le pain grillé, il ne s'inquiétera pas outre mesure d'entendre sa progéniture déclarer au retour de l'école :

« Papa, le prof' d'histoire nous a dit d'étudier les gros éléphants ! »

Il a bien sûr compris qu'il fallait se pencher sur les Goths et les Francs.

D'abord anodins, ces lapsus ne tarderont pas à se teinter d'une légère coloration subversive, voire irrespectueuse. Entendant un membre du gouvernement déclarer : « J'aide Mitterrand », il affectera d'avoir ouï : « J'ai remis tes dents. »

Et le voilà pris, ce brave citoyen ! Si d'aventure, dans le métro, quelque affiche électorale proclame fièrement que :

Debré montrera sa piste à la nation !

il se demandera, presque malgré lui, ce que cet estimable candidat pourrait bien montrer... à la station.

Mais ne le jugeons pas trop sévèrement. En chacun de nous, sommeille un Monsieur Jourdain de la contrepèterie. Bien de nos phrases quotidiennes ne sont innocentes qu'en apparence. Même de respectables savants se laissent prendre aux pièges malicieux du langage : lorsque le Géographe évoque la pire dune*, et le Physicien la pure dyne, le Sémanticien ne risque-t-il pas de devoir changer de sujet, sous peine de voir se durcir... les traits de ses interlocuteurs ! ?

Sans aller jusqu'à de telles extrémités, la contrepèterie parfois recèle des trésors de poésie : à la phrase

Le petit rat rongea la mousse

d'une banalité évidente, se substitue cette autre dont la musicalité n'échappera pas aux fidèles du Palais-Garnier :

Le petit rat songe à l'amour...

Osons l'affirmer ! Bien qu'essentiellement gauloise, la contrepèterie est une auberge espagnole : chacun y trouve ce qu'il veut bien y apporter. Saine et libératrice gaillardise, elle se change à l'occasion en authentique gymnastique de l'esprit, digne des calembours, bouts rimés, acrostiches, pastiches et autres palindromes que de très grands noms ne trouvèrent pas indignes d'eux : Musset, Tristan Bernard, Allais, Queneau, Breffort, Perec, pour ne citer que les plus illustres. Il n'est, pour s'en convaincre, que d'évoquer le père spirituel de la contrepèterie. C'est un des géants de la littérature française : l'illustre, le truculent, le magnifique François Rabelais. Curé

* L'astérisque signale un emprunt. Le lecteur se reportera à l'Avertissement, page 43 de cet ouvrage.

de Meudon au soir de sa vie, il était particulièrement compétent pour juger si les vieilles femmes « étoient folles à la messe », ou bien si les jeunes filles « doubtoient de leur foi », comme le rapporte la rumeur populaire.

C'est que l'art de décrypter, mais surtout de forger des contrepèteries, que le savant Luc Étienne nomme contrepet, fait appel à de multiples ressources de notre cerveau. Le contrepet est le parent direct de combinaisons que l'on dit plus nobles, telles que le contrepoint ou l'harmonie, l'analyse combinatoire ou la versification.

Mais la noblesse du contrepet ne s'arrête pas là. Imaginons le physicien précédemment cité, recevant le prix Nobel. Son émotion bien légitime ne risque-t-elle pas de l'entraîner à quelque irréparable pataquès ? Ne parlant pas la langue de Nobel, il va prononcer son discours dans celle de Rabelais, de Restif de La Bretonne, et de Madame la Comtesse... de Ségur. Et là, tout est possible s'il parle de **bandes passantes**, de **lamelles massives**, de **boules achromatiques**, de **flux qui jaillit des bornes**, etc.

Le renom de notre pays ne s'en relèverait pas. Et ce n'est qu'un exemple parmi tant d'autres. L'historien peut-il, sans danger, évoquer **la Grèce historique**, ou les **Occitans hérétiques**, le zoologue parler de **génisses aux puristes**, l'océanographe s'appesantir sur des **pentes marines**, en déclarant qu'il connaît bien la **latitude de l'abysse**, ou encore le directeur d'un vernissage à Saint-Germain-des-Prés proposer :

— **Bécaud, puis-je vous présenter Magritte ?**

Devant tant de sournoises embûches, l'honnête mère ou père de famille qui somnole en chacun des cochon(ne)s que nous sommes n'a plus qu'une chance de sauver son âme immortelle : éduquer ses labiales, dentales, gutturales et autres amygdales, jusqu'à ce que ces lamentables bévues ne puissent s'échapper qu'avec l'autorisation expresse de leur géniteur.

Sans contrepet, point de salut !

Et c'est pourquoi la religion tient une place de choix dans cet ouvrage dont le but éducatif et moralisateur n'échappera qu'aux ignorants obscurantistes de mauvaise foi qui, « à force de **lutter dans le pétrin** *, **oublient que les rites sont un bien nécessaire** * ».

Le présent recueil a l'ambition de faciliter cette prise de conscience. S'il n'y parvenait pas, puisse-t-il du moins remplir l'office de l'un de ces petits dictionnaires bilingues destinés aux touristes ignorant tout les us et langages du pays visité. La seule différence, c'est que la traduction est rejetée à la fin du livre, et sous une forme figurée : les lettres ou groupes de lettres à permuter avec prudence jouissent d'une typographie spéciale.

D'un intérêt documentaire autant que pédagogique, ces phrases, sentences et historiettes sont regroupées en rubriques courantes dans ce genre de dictionnaire : Tourisme, Gastronomie, Spectacles, Histoire, Zoologie et autres sciences plus ou moins naturelles, sans oublier, bien sûr, la Religion (**certains saints sont expliqués**).

La politique actuelle joue un rôle important. Certaines femmes, ou certains hommes politiques encore en place, ou qui ont quitté récemment le devant de la scène (certain cherche même encore **à se faire coter, l'affreux** !) sont impliqués dans quelques aphorismes ou saynètes. Qu'ils ne s'en formalisent pas : comme dans la caricature, entrer dans les **Annales, même en sortant du bus**, de la contrepèterie, peut être une forme de consécration. Nous nous sommes efforcé à l'objectivité : la plupart des tendances et familles politiques sont représentées. Puissions-nous ne pas faire de jaloux...

En ce qui concerne la rubrique consacrée à la géographie et à l'ethnologie, nous récusons par avance toute accusation de racisme. Est-ce être raciste que de prétendre, par exemple, qu'au Moyen-Orient les émirs font prendre des bains de **foule à leurs vierges** ?

Sous le titre de chaque rubrique, figure une contrepèterie célèbre, trésor du patrimoine commun. Nous souhaitons ainsi rendre hommage aux illustres auteurs dont les savants ouvrages ont bercé notre adolescence estudiantine, et sont évoqués plus longuement dans la bibliographie commentée.

Cette œuvre qui se veut inspirée par les Muses doit beaucoup à l'une d'entre elles, à peine moins connue que les neuf autres : la fameuse Comtesse dont on parle toujours et qu'on ne voit jamais, et qui, telle l'Arlésienne, apprécie les hommes qui **aiment Bizet assez***. **Cette muse jamais ne refoula ses hôtes.**

Avril 1983

Appendice

Les **pédagogues ayant l'air d'aimer**, cet appendice leur est consacré. Qu'ils ne s'étonnent donc pas de cette apparente anomalie : l'introduction précède la présentation « a posteriori » de l'appendice. Il ne faut pas oublier que ce volume est le siège de l'inversion : elle y règne en maîtresse lorsque l'on a **su décaler**. Est-il nécessaire de rappeler que si, d'habitude, l'introduction précède le développement, c'est en général l'inverse qui se produit lors de certaines activités sur lesquelles la contrepèterie jette un voile d'innocence ?

Cet appendice présente une liste non exhaustive des nombreuses techniques contrapétiques. Il est destiné à faciliter l'entendement des aphorismes et historiettes proposés, et l'apprentissage de la composition contrepétatoire.

Il n'a pas l'ambition de remplacer l'irremplaçable. Le *Traité* de Luc Étienne reste l'ouvrage de référence. Nous nous contenterons ici de résumer les bases, en insistant sur le caractère hautement musical de la contrepèterie. « De la musique avant toute chose », recommandait le grand Verlaine. Pastichant irrévérencieusement ce maître des mots, le contrepoète se hâte d'ajouter : « Et pour cela, commets l'impair ! »

L'impair ! Obsession du tribun, hantise du pédagogue ! Pataquès et lapsus, bévues et confusions ! L'impair est comme le couac si redouté des musiciens : il faut savoir en contrôler l'émission. Dans les deux cas, il convient d'éduquer deux organes, la langue et l'oreille.

Car le contrepet est un art essentiellement oral. La musique des mots et des rimes en constitue l'essence. Instruit par nos expériences personnelles, nous ne craignons pas d'affirmer que l'inspiration nous est davantage venue de stimuli auditifs que de savantes et laborieuses recherches sur le **papier sans honte**...

N'oublions pas que la contrepèterie est fille naturelle du lapsus linguae qui survient quand la « fourche a langué », comme le dit la sagesse populaire, et non du lapsus calami issu d'un mauvais maniement de la plume. Néanmoins, l'élaboration sur le papier est aussi nécessaire au contrapétiste que les gammes à l'instrumentiste.

On peut partir de l'un de ces mots « tabous » que la bienséance proscrit et dont notre langue est friande. La plupart d'entre eux riment richement avec une multitude de presque homonymes. Mine, baisse, site, berge et autres fouilles chatouillent délicieusement les oreilles exercées. Il reste à leur trouver une compagne ou un campagnon prêts à l'échange. Paris et sa banlieue, Vendée et Corrèze offriront leurs ressources au contrepétomane géographe : qui ne connaît l'école des **Mines de Paris** *, les **sites de banlieue** * ? Qui prétend n'avoir jamais vu la **berge des Vendées** ? Quant aux archéologues **corréziennes**, elles auraient mauvaise grâce à négliger les **fouilles**. Par contre, un constructeur évoquera les **ports** qui ne sont pas **minables** * et les **sites à bâtir** *. La voyageuse soulèvera les **valoches jusqu'au niveau de la berge** *, et les fermières s'affaireront à **fouiller dans les coins** *.

Cette technique est sûre. Elle demande toutefois une revue un peu systématique du vocabulaire « correct » utilisable. Le dictionnaire peut même devenir un accessoire indispensable, ce qui risque de brider quelque peu les **joies de la verve** créatrice.

Afin d'éviter d'alourdir son bagage, l'amateur devra mémoriser quantité de vocables. Pour l'y aider, ce livre propose un index récapitulatif et synoptique de mots usités, avec des couplages possibles. Compléter ce tableau peut être un intéressant jeu de société, prélude à la joie contrepétulante.

Mais les joies les plus pures qu'offre le contrepet naissent de ce que nous évoquions un peu plus haut : la musique du verbe. De même que les cordes « sympathiques » de certains instruments vibrent sous la caresse d'un son proche, l'oreille du contrapétiste se dresse, et ce n'est qu'un début, lorsque l'effleurent certaines consonances. Car le contrapétiste est toujours à l'affût d'un son qu'il pourra décaler.

« Risible ! » s'esclafferont certains. Risible... **V**isible... Une petite lampe rouge s'est allumée dans un recoin de l'encéphale et une certaine lueur dans les prunelles du chercheur impénitent, soudain songeur. Quelques frétillements de synapses, et hop, voilà une amorce de contrepèterie dédiée à toutes celles qui sont friandes de **r**iz et qui ont toute licence pour la mise en forme[1], car n'oublions pas que la recherche de couples reste stérile si elle n'est suivie du rapprochement effectif des protagonistes, appelée parfois **mise en valeur, par bien des chantres**.

Voilà une deuxième méthode fondée sur des réflexes quasi conditionnés acquis à force de pratique, de même que l'étude du solfège précède celle de l'harmonie et du contrep...oint. Musique et contrepet ont décidément bien des points communs !

Le dictionnaire, à ce stade, n'a plus grande utilité. La démarche s'inverse. On part de mots d'usage courant et on puise dans l'arsenal, malgré tout plus limité, des vocables « tabous », celui qui s'adapte à la permutation désirée.

Un exemple : cet ethnologue discourt sur les anthropophages. Bouffre ! Vous préférez les anthropophiles. On dit philanthrope ? Peu importe, il s'agit d'une hypothèse d'école. Âge... Île... Lampe rouge, etc. Vite, un mot, tabou quand il contient « âge », et qui ne l'est plus quand il renferme « île ». Revenant de voyage, vous n'ignorez pas que vous ne pouviez vous passer de **vaccin dans les régions** * où vous fûtes. Ce mot : vaccin, vous livre évidemment le tabou recherché. N'en disons pas plus : vous n'avez soudain plus peur du tout des « **vilains anthropophages** ». Entre-temps, notre conférencier a doctement exposé comment ces peuplades engraissent leur futur

1. Elle aime trop le riz, c'est visible !

repas. Alors, le mot « gaver » chatouille votre oreille, et presque malgré vous, vous murmurez, rêveur :

— Oui, elles font gaver les Blancs qu'elles consomment !...

Pour faciliter l'accès à cette méthode très instinctive, la liste des mots contrepétophiles proposée dans l'index est suivie d'une sorte de catalogue des permutations courantes, accompagnées des « tabous » les mieux adaptés à chacune. Ces tabous sont bien sûr livrés sous l'emballage respectable qui, seul, ouvre l'accès à ce respectable ouvrage. Nous proposons cet index plus avant dans le volume, page 183, afin de ne pas gonfler exagérément l'appendice.

Il est peut-être un point commun entre la bêtise humaine et le contrepet : tous deux donnent la notion de l'infini. La quantité de contrepèteries possibles est indénombrable, sinon illimitée. Perceau, dans sa *Redoute des contrepèteries*, les a classées selon la nature des éléments à permuter prudemment. Cette classification faisant autorité, elle est reprise dans cet ouvrage. De chaque technique, quelques exemples sont donnés, connus ou inédits. Le lecteur averti pourra tester ses souvenirs, des **larcins pudiques étant ainsi livrés à sa sagacité**.

Contrepèteries classiques

Ce sont celles qui portent sur des permutations de consonnes. Des distinctions sont établies selon la place qu'occupent lesdites consonnes dans le mot. On distingue aussi les consonnes simples des consonnes doubles, triples, etc.

A. Consonnes simples au début des mots.

C'est la contrepèterie classique par excellence, celle qui est directement issue du lapsus. Souvent facile à résoudre, ce qui provoque immédiatement le rire libérateur, elle est paradoxalement l'une des plus délicates à composer[1]. Si les mots se laissent facilement désosser, puis recoller différemment, opération que l'on retrouvera aux « Contrepèteries irrégulières », en revanche, la découverte d'un couplage tel que :

La cuvette est pleine de bouillon !

ou encore :

Ils se sont passé le mot !

nécessite parfois le secours du hasard, quoique l'on puisse raisonnablement supposer que ce n'est pas un hasard si, le jour, le garde-chasse, lui, sonnait le daim, et la nuit, Lady Chatterley lui donnait le s...

Citons encore pêle-mêle :

Les nouilles cuisent au jus de cane. (*2 c.*)
L'abus du marc rend pénible la diction.
Le vieux marcheur veut courir sur le mont.
La cuisinière n'arrête pas de mastiquer, la sotte !
Voyez la maîtresse, laissant faire.
On ne peut être en même temps Mède et roux.
Ce bond est digne d'un comanche.
Il est trop bon pour la quitter.
Votez au Centre !
C'est une jolie bête qu'un faucon !
Je fuis dans la sente.
N'allez pas à la messe sans foi.
Le dentiste a mouillé la carie.
Une belle thèse.
Ma chère, votre menthe a goût de fiel !

B. Consonnes simples à l'intérieur des mots.

Attention aux petites phrases du genre :

Le prieur est en train de gra**v**er la no**t**ice.
Ces da**m**es nous dé**r**angent !

1. Le linguiste remarquera que les vocables mis en jeu dans de telles contrepèteries sont homophones à la consonne initiale près. Le poète observera plus joliment que ces mots riment très richement. Or les rimes riches sont les plus rares, et il en faut deux par contrepèterie.

Le lapsus, certes moins probable, serait tout aussi désastreux. On peut s'en convaincre en répétant le plus vite et le plus longtemps possible ceci, cher au commandant Cousteau, et qu'il exige, dit-on, de ses jeunes assistantes :

Matez-moi l'abysse !

Voici d'autres exemples :

Mettez-moi donc cette pile bienvenue.
Une sorte de rage lui tient lieu de verve.
Le séminariste rêve de se voir en curé avec une calotte.
Docteur, si je suis grosse, est-ce grave, aussi ?
On reconnaît les concierges à leur avidité.
À Beaumont-le-Vicomte.
Le chasseur alpin passe de la crête à l'abîme.

C. Consonnes simples au début ou à l'intérieur des mots.

Deux cas sont à considérer :

1. Si l'on regarde le vieux lycée Ampère, on doit, pour observer sa trajectoire, permuter la première lettre du premier mot à transformation avec une lettre intérieure du second.

2. En examinant, par contre, la petite poule qui, chaque soir, pondait quelque part, on se rendra mieux compte de ses qualités en changeant une lettre intérieure du premier mot non invariant avec la première lettre de son acolyte.

On peut s'amuser à classer les exemples suivants :

Il l'apaisa en la berçant doucement.
Jupiter exigeait que Junon batte Saturne.
Le cuisinier a un canard sur le feu.
Gélatine panée.
Lèche le homard pendant la dînette !
Voici, monsieur le Curé, la bannière demandée.
Ne vous trempez pas, Lafitte, dans le Bosphore !
La marquise a bêché trois allées.
Ce bar est bien bondé !
Quoi, chérie, tu t'ennuies devant ce feu ?
La petite Sarah joue sur la berge du ravin.

D. Consonnes doubles ou multiples au début des mots.

Il s'agit de contrepèteries tout à fait analogues, du point de vue de la phonétique, à celles du A. Le lapsus est de même nature :

Il faut savoir prendre les choses en riant.

pourrait dire aujourd'hui tout militant socialiste.

La distinction entre consonnes simples et consonnes doubles, triples, etc., peut paraître pédante. Elle est néanmoins bien utile lorsqu'on LIT de telles contrepèteries, quelle que soit la place des consonnes, d'ailleurs.

En effet, s'il n'y a aucune ambiguïté dès qu'il s'agit de scorpions, le doute subsiste à propos de plans, creux, ou autres brouilles :

Écarte le foc, attention à cet énorme creux !

La solution A est parfaitement racontable au couvent des Oiseaux : le petit coq peut avoir peur de l'énorme freux. Il vaudra mieux passer sous silence l'autre solution sous peine de susciter des vocations que n'auraient pas prévues les révérendes mères. (Ce peut être un nouveau jeu de société : chercher de telles contrepèteries triples, quadruples, et pourquoi pas... sextuples.)

Quelques exemples :

Le fakir est arrivé à pied par la Chine.
La maison offre de superbes chambres au mois.
La jeune fille a le choix dans la date.
J'ai retiré la clé du bac.
L'antiquaire recherche des bras de chaise.
Il faudrait retirer le derme des sprats !
J'ai une grosse frite dans mon bock !
Ma fille, j'ai le plaisir de vous doter.
Cette presse est spécialiste du foot.
Seule l'entrée du premier char marque une date.
Les filles de Troyes offrent leurs deux joues.

E. Consonnes doubles ou multiples à l'intérieur des mots.

Ce pourraient être deux slogans pour manifestation de petits commerçants :

Pas de paroles, des actes !
Pas de pactole, des arrhes !

Les exemples ne manquent pas de ce procédé :

La femme de Rodin trouvait ses bustes trop modernes.
Le rabbin écorchait l'hébreu et sa femme l'écossais.
N'approchez pas les mains de la piste de l'égoïne !
Cassez-les donc, ces antiques péniches !
Branchez les colonnes.
Jeune homme, il ne faut pas tacher l'ébonite.
La jeune fille ressent l'aversion de l'asperge.
Faudrait voir allaiter la biche !
L'emphase de l'abbesse irrite l'évêque de Bourges. (*2 c.*)
La fille du proviseur aime à voir décharger les péniches de potasse.

F. Consonnes doubles ou multiples au début ou à l'intérieur des mots.

Même remarque qu'en C :

Les Rou**g**ons de Zola étaient remplis de **st**ress ou bien :
Les parachutistes se font lé**g**ers pour mieux **ch**uter.

Remarquons qu'un son double peut s'écrire avec une consonne suivie d'une voyelle :

Le révérend arrive à la **pi**èce remplie de Mor**m**ons.
La Chine se dresse devant les Nippons.
Achète, que je rie !
La femme du chef de gare m'a laissé le chaix.
Inspectez le germe.
La conservatrice a biffé Magritte.
Elle avait un chapelet de citrouilles autour du cou.
J'aimerais rajeunir l'état de ma cloison.
C'est à ses grands traits que l'on reconnaît la Belgique.
Phèdre abandonna sa loupe au petit hypocrite.

Contrepèteries décadentes

Au sens ou l'entend Perceau, un contrepèterie est décadente lorsqu'elle porte sur la permutation de voyelles, groupes de voyelles, diphtongues, syllabes, fractions de mots, ou même mots entiers.

Les lapsus dont découlent de telles contrepèteries résultent davantage d'une confusion cérébrale que d'un ennui mécanique à l'intérieur du palais ou du larynx engendrant l'inversion de consonnes. Est-ce pour cela que les contrepèteries de voyelles ou de syllabes apparaissent parfois moins naturelles ?

Il en est pourtant de fort drôles : nous nous souvenons d'avoir beaucoup ri lors d'une représentation théâtrale d'amateurs.

— Je me suis rompou le c... !

s'était exclamé l'acteur qui venait de chuter. L'hilarité fut générale.

A. Contrepèteries portant sur deux voyelles.

Le dompteur dresse sa bête à lire.
J'ai trempé ma botte dans votre citerne !
Attention aux pannes de micro !
Ces savantes ont des maths impossibles.
Les mathématiciens cachent leurs bornes sous des flots de formules.
Quoi ! Le chauffeur est encore gris après m'avoir tamponnée !
Ma pauvre bête est presque à l'âge de l'arthrite !

« Les contrepèteries sur les voyelles ne portent jamais sur des voyelles placées au début des mots. Du moins n'en avons-nous pas rencontré une seule, mais après tout, elles ne sont pas théoriquement impossibles. » (Perceau, *La Redoute des contrepèteries*.) Vision ô combien pertinente ! De telles contrepèteries existent, mais sont très rares du fait, probablement, de la rareté des tabous qui commencent par des voyelles. Nos propres recherches ont confirmé ce point de vue. La littérature ne nous a livré aucun exemple[1], mais, après tout, peut-être avons-nous mal cherché. Voilà, nous semble-t-il, un domaine totalement vierge, ce qui est rare de nos jours.

Souhaitant apporter quelque pierre à ce futur édifice, nous nous permettons de livrer au lecteur le résultat de nos réflexions préliminaires, espérant ainsi faire naître une fructueuse émulation.

Précisons que ces recherches se sont concentrées sur des contrepèteries portant sur la permutation de voyelles placées au début des deux mots. C'est en quelque sorte le négatif de la contrepèterie classique par excellence : celle qui permute deux consonnes initiales.

La difficulté est donc de découvrir des tabous commençant par une voyelle, qui se couplent à des mots qui commencent eux aussi par une voyelle. Nous nous interdisons les licences coutumières en contrepet, comme l'utilisation des liaisons :

> Les effets de cette union sont tout à fait toniques.

Certes, la traduction transforme « tout à fait tonique » en « tout à fait unique », mais, en toute rigueur, une telle contrepèterie n'obéit pas aux canons rigides que nous nous sommes imposés.

De même, nous rejetons les mots qui débutent par un *h*, comme « honni » par exemple :

> Beaucoup de Grecs furent honnis par l'Union !

Mais nous ne sommes pas masochiste. Nous nous autorisons les noms propres :

Cet obus en veut à notre Union!

avec d'autant moins de scrupules que le père Ubu est un des personnages favoris des contrapétistes.

Cette agréable et accueillante Union nous inspire d'autres pensées :

Les astronomes arabes ont-ils connu l'Union d'Oranie?

Nous nous attarderons dans cette Union tant prisée des contrapétistes (l'union des potes, l'union des Corées*, arriver à l'union par la Rose*, l'union qui mène à la noce...) :

Votre union est bien osée!

Voilà enfin une contrepèterie répondant complètement aux contraintes que nous nous étions fixées, sans la moindre licence : ni liaison bien t'à propos, ni *h* plus ou moins aspiré, ni nom propre. La (première) pierre étant posée, nous avons le sentiment du devoir accompli. Nous ne nous sommes pas laissé coincer. Nous avons pu penser sans nous laisser acculer.

Acculer. Voilà encore un vocable fort prisé de certains amateurs. Le tabou qu'il dissimule est un candidat sérieux à la contrepèterie de voyelles initiales. Nous laissons au lecteur le soin d'approfondir la chose, s'il le désire. Cela suppose que l'on considère comme voyelles les sons *an*, *on*, *un*, *oi*, etc. Est donc permis l'usage de mots tels que «endroit, envie, enterré, antre, empâter», etc. [1]

Et puisque nous écrivons ces lignes au lendemain d'un remaniement ministériel, ayons une pensée émue pour les sortants :

Où les empiler, les pauvres membres de ce gouvernement éculé?

B. Contrepèteries portant sur voyelles et diphtongues.

Ah, Madame, que vos fils sont durs à la peine!

1. Le seul exemple de contrepèterie par voyelle et diphtongue initiale que nous connaissons est «Ah, peuple, te voilà *a*cculé dans l'*an*tre!» («Album de la comtesse», 1er volume.)

Jeune homme, ces crampes vous font-elles bouder ?
Le vent siffle dans la rue du quai. (*2 c.*)
Ce modèle présente des manches insolites.
J'ai croisé une belle Africaine au Pont-Marie.
Ce soir, on donne *L'Aiglon* au camp.
L'hôtesse dispose de beaucoup de chambres d'amis.

C. Contrepèteries de syllabes ou monosyllabes.

Le Pont-Neuf fait soixante pieds.
Au Zambèze, les femmes sont belles et gentilles.
J'aime vachement votre frangin !
L'abbé ne peut résister à la confession de mes torts.
Les bergères de Camaret s'occupent de la tonte des brebis.
Aux messes nordiques, les époux adorent leurs patrons. (*2 c.*)
Le prêtre est-il fou ?
La stomatologue a fait un dentier au pompiste.

D. Contrepèteries échangeant voyelles (ou diphtongues) et syllabes.

Rien n'est plus gracieux qu'une demoiselle en culotte et en corset !
Joseph a maculé Henri.
L'artiste dans son cœur a comme un rameau nu.
Ce col mène à l'Aveyron.
La cantinière donne son cœur au dragon.
La candidate connaît les buts des élites.
La supérieure n'admet pas l'abbé parasite.

E. Contrepèteries portant sur des mots ou des fractions de mots.

Je vous propose une escalope avec une belle salade.
On peut être abbé sans être papelard !
La salle fut envahie par une masse de perturbateurs.
Oseriez-vous, manant, contester nos particules ?
Les premiers chrétiens ont montré leur calvaire à l'unisson.
C'est trop de puces pour un village !
La Béguine aimait les grosses pommes.

Les mutants ont montré leurs bizarres phalanges aux
Russes.
Cette jolie fille habite Laval.
La pédicure me mouille les cors.

Contrepèteries irrégulières

Se rangent dans cette catégorie toutes les contrepèteries qui ne sont pas des permutations simples de lettres ou groupes de lettres appartenant à deux mots distincts.

Ces contrepèteries résultent du déplacement d'une ou plusieurs lettres (quoiqu'on puisse arguer qu'un déplacement équivaut à la permutation de quelque chose avec rien du tout), ou d'une permutation de lettres à l'intérieur d'un seul mot, enfin, pour les plus enchevêtrées d'entre elles, d'une véritable salade de phonèmes qui n'a plus que de lointains rapports avec la véritable contrepèterie : le lapsus devient totalement invraisemblable.

A. Déplacement de consonnes.

La comtesse déteste les gants qui plissent.
Oh, le docteur Barnard se hissant sur la porte !
L'entraîneuse a découvert l'athlète de Gand.
La bibliothécaire fait exposer les Pline.
Passe-moi ton cube, et je te donne la solution !
(Rubikube au séminaire)
Le charbonnier d'Oran n'a plus la houille kabyle.

B. Déplacement de voyelles.

Le prêtre montrait sa vierge derrière le panneau.
Murillo a peint une vierge entre deux ascètes.
Descendant sur la plage, la marée découvre la fiente.
J'ai vu une vierge en Vendée.
Aux abords de ces chotts, vous verrez plus d'un piaf !
Pas de bonne chasse sans solides pieds !

C. Contrepèteries à l'intérieur d'un même mot.

Viroflay.
Salomon.
Métropolitain (Pétain mollit trop)
Les catacombes.
La geôlière se farcit le pénitencier.
Caleçon !
Gershwin.
La **ph**i**l**an**thr**o**p**ie de l'ouvrier **ch**ar**p**en**t**ier.
3 4 1 2 3 1 2
Cochon.
Sanglier.
Les mornes nippes.

D. Déplacement de syllabes, mots ou fractions de mots.

Madame Vigée-Lebrun.
Attention aux congères de mai !
Ah, monsieur, votre piscine est belle !
Ce Sénégalais avait une chopine de cola.
Elles sont mordantes, les pipelettes de Pau !

E. Permutation circulaire.

Ce jeune homme danse comme un ballot.
L'on voit parfois sur les quais des gueux qui ronflent.
Le boutre du sultan coulait au confluent de la Garonne.
Les guerrières de brousse sont parfois ludiques.

F. Double croisement de voyelles et de consonnes.

Ce cas de Corée me turlupine.
Voyez cette faille pleine de bath silice !
Cette pauvre cale s'est retrouvée enfumée.
Le vieux fripier se demande combien il a de reste sur les boutons.
Le pêcheur laisse filer son traquenard à la brême.

G. Contrepèteries enchevêtrées.

Nul ne peut dire quand finit la contrepèterie et commence ce que l'on peut appeler l'anagramme phonétique ou syllabique. On entre dans le domaine de la combinaison, ce qui est parfois bien agréable, mais ce n'est pas ici notre propos. Citons tout de même deux exemples connus :

```
L'aspirant habite Javel.
└┴─┴──┴──┘└─────┘ └────┘
6 5 4  3     2      1
```

(Pour décrypter, il suffit de lire à l'envers les syllabes ou lettres ou groupes de syllabes comme indiqué ci-contre.)

```
Éric, il faut un calme et bon caviste pour eux sept.
└──┘ └────────┘ └───────┘└─┴─┘└─┴─┴─┘└───┘└───┘└───┘
 11      1          8     4 3  2 5 10  7    6    9
```

Et, composé spécialement pour une amie informaticienne mariée à un lanceur de disque :

```
Là, c'est la disquette éduquée en Cobol.
└──────────┘ └─┴──────┘└┴─┴─────┘└─┘└───┘
     3        7   5    1 6  4    2   8
```

(Eh, enlacez...)

Chose curieuse, c'est par ce genre de purée de phonèmes que débutent la plupart des apprentis contrapétistes. Nous n'avons pas fait exception à la règle. À partir du morceau bien connu

Sur un marché persan

nous avons construit près de deux cents anagrammes phonétiques, ne nous arrêtant que par lassitude et ennui.

Marcher sur un serpent
Perché sur un sarment

viennent immédiatement à l'esprit, et ne déforment pas encore trop la phrase initiale. Mais on arrive bientôt

Sur un charmant percé

et, s'éloignant des sonorités originales

Un père censure Marchais
Mes seins par surenchère

ou encore :

on atteint bien vite les confins de l'absurde :

Sur mes reins sans écharpe, un pur-sang serre ma chair !

Néanmoins, ce genre de jonglerie peut contribuer à l'éducation de l'oreille. Contrairement à celles de ses personnages, les voies du contrepet sont impénétrables.

Contrepèteries enchaînées

À l'imitation des joaillières qui enchâssent en colonnes des pierres fines*, ou à défaut, des cailloux vides, mais, toujours, des jades vertes, les contrapétistes ressentent vite l'envie d'empiler des foules* de leur « Verbes de Joie », d'enfiler à la chaîne des maillons sans se préoccuper de leur couleur, en évitant de mélanger les perles et la verroterie.

L'on touche alors à la finalité du contrepet qui demande un bon coup de patte quand il est à la chaîne.

Une contrepèterie multiple comme celle qui précède, et qui comporte dix contrepèteries simples, peut ne renfermer que des classiques, ou bien uniquement des décadentes. Elle est alors dite homogène. Ce n'est pas le cas de l'exemple proposé, qui contient huit classiques et deux décadentes. On parle alors de contrepèterie hétérogène. Mais, homo ou hétérogène, toute contrepèterie est érogène.

Peut-on voir là l'origine de l'appellation de « Contrepèterie mixte » souvent attribuée à toute suite de deux ou plusieurs contrepèteries de facture différente ? Voici quelques exemples connus ou inédits. On pourra s'amuser à tester la **mixité d'une telle foule**.

Les linges sèchent en mouillant les cordes.
C'est embêtant que la bise souffle jusqu'au banc !
Ils habitaient des gîtes sordides quai Branly.

J'aime au sortir du camp une longue pêche sous-marine.
Vise la bête, et envoie-la vite à l'abbé !
Hachez l'ébonite !
Le fou d'étrilles rejette les crabes osseux.
La fermière est incommodée par l'écart du pis.
De pieux voiles cachent le bout de la tresse.
La vamp enfla son cri alors que le chignon allongeait son minois !
La peine des jeunes génisses, c'est de ne pas être un veau gris.

SUR UNE ÎLE DÉSERTE

Attention aux pannes du foyer qui doit être un peu nourri !

La belle excitante s'affiche entre les maires.
Ne prenons pas le vin à demi : c'est l'heure du pinard.
Visez-moi ce petit bai en sellant le grand !
Aux sites de Bologne, je préfère les mines de Pompéï.
LYON : L'ami tastevin compare le goût des beaune.

Ces exemples comportent tous deux contrepèteries. Mais l'entraînement aidant, il est possible d'en enchaîner trois, quatre, davantage. La difficulté augmente d'ailleurs plus vite que le nombre de contrepèteries, car l'histoire doit rester vraisemblable et ne pas changer de sujet dans son sens premier (ce problème ne se pose pas dans le sens caché qui porte, lui, toujours sur des sujets très proches).

Si l'on veut raconter l'une de ces historiettes, il faut commencer par composer beaucoup de contrepèteries sur le même sujet avant de pouvoir en enchaîner quelques-unes. L'action peut se dérouler au restaurant, à l'église, au club de tennis (mais pas en pension, le sujet étant traité depuis longtemps), ou même à l'Assemblée nationale. De telles historiettes figurent dans les nombreuses rubriques de cet ouvrage.

De quelques difficultés de grammaire

Je n'ai pas de rebords à mes épaulettes!

Voilà une contrepèterie tout ce qu'il y a de plus classique, dans tous les sens du mot : connue de longue date, elle se résout par la permutation de deux consonnes simples (technique C). Elle est pourtant assez difficile à décrypter. C'est que la structure grammaticale de la phrase vole en éclats lors de la traduction par simple substitution du *b* au *m*. Il est recommandé de dire le résultat à haute voix, le sens caché apparaîtra plus clairement qu'à la lecture. N'oublions pas qu'il est OBLIGATOIRE de faire correctement la liaison : «à mes z'épaulettes».

Cette situation n'est pas rare et complique la résolution de contrepèteries théoriquement faciles à déchiffrer :

Ce n'est pas un métier de faire du ciné!
Le coureur en piste parle à peine.
Les filles du vigneron m'ont fait voir leur grange à vin.
Voyez sur ce pont ce caméléon!
Oh, les globes saisissants!
Vu! C'est la Béotie.
La cantatrice a peur que sa mue la perde.
La futaie près du camp, il ne faut pas la brûler, sans cela... *(2 c.)*
Les disciples d'Einstein voient le monde conique.
Le garçon d'honneur a sucé le confit d'oie.

On peut même envisager des contrepèteries holorimes. Rappelons que deux vers sont holorimes s'ils riment totalement :

Gall, amant de la reine, alla, tour magnanime
Galamment, de l'arène, à la tour Magne, à Nîmes [1].

Voici une requête qui combine la contrepèterie et l'holorime :

Colomba, lai**ss**e ton corps **ch**aud pas froid, dis!

Elle renferme un petit anachronisme car Colomba vécut sans

1. Marc Monnier.

doute à une époque où l'on n'employait plus le mot « roidi »... Là encore, il est recommandé de DIRE et non LIRE la traduction. Mais nous pensons que cet exemple est à la frontière de la contrepèterie.

Le lapsus doit rester plausible.

Que Louis Perceau, Luc Étienne, Jacques Antel soient remerciés d'avoir bien voulu nous confier quelques-uns de leurs rejetons. Nous espérons que ces derniers feront bon ménage avec les nôtres.

Il s'agit d'ailleurs d'une certitude, car, comme le proclame Luc Étienne :

« Et que s'accomplisse enfin l'antique souhait de Noël, adapté par le poète Julien Torma aux besoins profonds de notre temps :

> Contrepet sur Terre
> aux hommes de bonne volonté ! »

À quoi nous ajouterons le vœu :

Que votre Verbe soit en joie !

Avertissement aux lecteurs

Les contrepèteries contenues dans cet ouvrage sont, dans leur très grande majorité, inédites. Cependant, il arrive que l'une d'entre elles soit couplée à une contrepèterie déjà connue, laquelle sera reconnue avec joie par l'initié, et découverte avec ravissement par le néophyte.

En lisant ou relisant les ouvrages existants, nous avons eu l'agréable surprise, mêlée d'une certaine mélancolie, d'y découvrir quelques-unes des petites compositions que nous avions cru nôtres. Avec nostalgie, mais fermeté, nous avons rendu ces enfants adoptifs à leurs parents légitimes, tenant malgré tout à conserver les contrepèteries qui s'intégraient dans une historiette, d'autant que, n'en étant plus le papa, nous pouvions nous permettre de les trouver excellentes.

Néanmoins, par reconnaissance envers nos prédécesseurs, nous avons tenu à signaler chaque emprunt par un astérisque, et nous engageons vivement nos lecteurs à les lire dans le texte. Si, par accident, manquent certains astérisques, nous nous en excusons par avance auprès des confrères que nous aurions malgré nous lésés, en trop butinant leurs œuvres.

Qu'il soit tout de même entendu que les vaccins, berges, et autres tennis faisant partie du patrimoine commun, nous nous sommes donné licence de les utiliser, en évitant, bien sûr, les couplages bien connus de pension, âge, et autres ravins.

Les sources du bonheur *

— Bibliographie commentée —

Quoi de mieux que cette très belle et très célèbre contrepèterie pour présenter la quintessence des ouvrages que tout contrapétiste se doit de connaître ?

— François RABELAIS : *Œuvres complètes* (édition au choix).

C'est dans le Pantagruel paru en 1532 qu'évoluent les très fameuses « femmes folles à la messe », et où Panurge parle volontiers de la célèbre localité « à Beaumont-le-Vicomte ». Mais, outre ces « équivoques » ou « antistrophes » comme les nommait le grand homme, ses ouvrages fourmillent de déformations contrapétiques qui sont la marque d'un penchant certain pour le mot en tant que sonorité, rythme, musique. Rabelais serait-il l'ancêtre de Paul Verlaine et d'André Breton ?

— Estienne TABOUROT, seigneur des Accords : *Bigarrures et touches* (1572).

L'année 1572 est tristement célèbre par son 24 août qui, comme les années précédentes, tombait le jour de la Saint-Barthélemy. Elle ne devrait rester dans les mémoires que comme l'an I de la contrepèterie. C'est en effet dans le chapitre VIII des *Bigarrures et touches* qu'apparaît, semble-t-il pour la première fois, ce mot. Dans cet immortel ouvrage, on rencontre des sots pâles, des lieurs de chardons, des bons cordeliers et des voyageurs criant du fond : « Goustez moi cette farce ! »

— Louis PERCEAU : *La Redoute des Contrepèteries* (C. Briffaut, 1934).

Ce petit livre, maintes fois réédité pour la joie de tous, est une anthologie. Il offre un remarquable échantillon de contrepèteries désormais célèbres, patiemment accumulées au cours des siècles. Les principaux protagonistes sont illustres et, sous leur bienveillant parrainage, le futur initié fera ses premiers pas. Le petit vieux qui vend de la serge lui présentera le jeune homme à la mine piteuse et la petite Sarah qui joue sur la berge du ravin. Avec des demoiselles qui, pour lui, laisseront leur biquette, il jouera au tennis en pension et, pendant que les nouilles cuisent au jus de cane, il fera goûter sa petite fine sans dépôt en suçant le jonc de sa petite cane.

Il est à signaler que les éditions posthumes contiennent maints emprunts non signalés. Seule l'édition originale de 1934, et qui contient environ 300 contrepèteries, est toute de la main de Perceau, mort, hélas, peu de temps après.

L'important, c'est d'avoir lu Perceau.

— Luc ÉTIENNE : *L'Art du contrepet* (J.-J. Pauvert, 1957, réédité en 1983).

Si *La Redoute* constitue le bréviaire du contrapétiste, ce « Petit traité à l'usage des amateurs » en est incontestablement la Bible. Il est en fait, ce que ne dit pas ce sous-titre d'une touchante modestie, non seulement une remarquable Défense et Illustration de la contrepèterie, mais un véritable cours magistral où l'auteur enseigne comment « résoudre les contrepèteries proposées et en inventer de nouvelles ». Cet ouvrage constitue sans nul doute une référence. L'apprenti compositeur ne pourra pas ne pas s'y plonger et aura du mal à s'en extraire. En outre, les contrepèteries inédites que propose Luc Étienne constituent un apport de poids au Trésor commun, à telle enseigne que les éditions de *La Redoute* postérieures à 1957 en reprennent une bonne partie sans indication d'origine : « Une belle thèse ; les bons côtés de Saumur ; le bidasse puni pour avoir épuisé ses douilles sur un crapaud ; le fiancé qui expose son vœu : un joli nid ; la joie de se sentir quitte au but ; la maîtresse laissant faire » et tant d'autres délicieuses trouvailles sont bel et bien de Luc Étienne. Citons encore :

La Magistrature assise ment debout.
Votre poire a un goût de terrine !
Ce pédant rentre-t-il bien de Nice ?
Nos élèves apprennent à calculer en cent leçons.
Ce roc est plein de confort.
Les petits gras sont souvent les plus vicieux !
Voulez-vous que je vous envoie dans la culture ?

Le garçon d'honneur a sucé le confit d'oie.

— *L'Album de la Comtesse* et *Le Nouvel Album de la Comtesse*

Ces deux « Recueils de contrepets curieux et délectables parus dans *Le Canard enchaîné* entre la Deuxième et la Troisième Guerre mondiale » sont parus l'un chez Pauvert en 1967, l'autre chez Stock en 1979.
Le premier d'entre eux devait être illustré par le grand Henri Monier. Sa mort n'a pas permis de réaliser ce projet, mais les membres du cercle des adorateurs de la célèbre et mystérieuse Comtesse du *Canard* ont choisi de ses dessins les plus aptes à illustrer avec délicatesse et poésie tant de délicieuses gaillardises si pudiquement voilées.

Les contrepèteries y sont groupées, non pas comme jusqu'alors par technique de fabrication, mais par année de parution. Outre son intérêt historique évident (la contrepèterie, par essence malicieuse, se faisant un plaisir d'épingler à son tableau de chasse de plus ou moins éphémères vedettes de l'actualité), cette classification permet l'élaboration d'historiettes, véritables tranches de vie, où les contrepèteries fusent en rafales, « renforçant alors comme mécaniquement l'effet comique ». Les auteurs, ce sont les lecteurs du célèbre hebdomadaire. Leurs envois sont triés et si nécessaire mis en forme par de dévoués compilateurs, parmi lesquels on peut citer Yvan Audouard, Henri Monier, Maurice Saint-Ferréol, Luc Étienne, Jacques Antel, etc.

Il en est qui poussent le raffinement jusqu'à contrepéter en vers ! Citons cette splendide églogue :

VACANCES POÉTIQUES

Saisons belles qui passent
Que le temps se dévide !
Maisons au long des bois,
Des tentes je m'en fiche ! etc.

Et la merveilleuse élégie :

PLAINTES D'UNE FEMME DÉÇUE

L'hommage de leurs vers qu'à l'envi les poètes
A la femme déçue offrent toujours ardent
Flatte certes le but, mais n'apaise la quête, etc.

La femme a dans la peau un grain de fantaisie...

La Comtesse ne fait pas exception à la règle.

— AHMÉDÉE et LHARIDELLE : *Sagesse n'est pas folie* (Pierre Horay, 1973).

Ce joli petit cahier regroupe des contrepèteries connues et d'autres inédites. Il est illustré de charmante et astucieuse façon : en tournant les pages, comme eût dit Henri III, le dessin se change sous le regard amusé du lecteur en un autre qui évoque subtilement le sens caché de la contrepèterie proposée. Comme l'écrivent les auteurs :

Un geste vous livrera la solution des pages...

— Jacques ANTEL : *Le Tout de mon cru* (J.-J. Pauvert, 1975).

Le titre de cet ouvrage est trompeur. Et véridique. Ce n'est pas l'un des moindres mérites de la contrepèterie que de susciter de tels paradoxes. « Seul le tout de mon cru n'est pas de mon cru ! » explique l'auteur en exposant le fondement de son ouvrage. Les cinq cents contrepèteries que l'auteur a réunies dans ce recueil sont groupées, titre oblige, par... matière. Jacques Antel est un authentique créateur. Les personnages de son livre sont les dignes compagnons des créatures de légende évoquées plus haut : la jeune Berbère au nom bien kabyle, le ministre sec, long et cassant, la candidate qui confie volontiers : « J'évite l'abus ! », le sectaire qui se prend pour un sphinx, les religieuses qui se lèvent au couchant et se passent de pain jusqu'aux matines, l'abbesse qui subit l'ascète, sans oublier le membre du jury bien matheux ni la violoniste aux « ré » singuliers qui trouva son « la », un la déchirant, avant de retrouver le « si ».

En vérité, le tout du cru d'Antel n'a rien du « faux contrepet ».

— Jean POUZET : *800 Contrepèteries inédites* (La pensée moderne, 1975) ; *500 Nouvelles Contrepèteries* (J. Grancher, 1978).

Ces deux ouvrages ont la particularité d'être illustrés par l'auteur, de façon parfois fort ingénieuse. Les solutions des contrepèteries les plus difficiles sont données en clair, ce qui offre la possibilité d'un intéressant exercice : retrouver le sens premier à partir du sens caché. Certaines contrepèteries rappelleront quelque chose au lecteur d'ouvrages plus anciens : le coureur de fond, les belles frites, les gamelles de morilles... Nous ne jetterons pas la pierre à Jean Pouzet, sachant trop bien nous-même la fragilité de la notion d'inédicité en contrepèterie.

Il convient de ne pas oublier le *Trésor des équivoques, antistrophes ou contrepèteries, mirifique parangon du beau et honnête langage* de Jacques ONCIAL, petit recueil introuvable paru en 1909. Bien des contrepèteries que présente Perceau y figurent, entourées de doctes commentaires. Empruntons à *L'Art du contrepet* de Luc Étienne cet extrait du *Trésor des équivoques* :

« Dès lors, la Contrepèterie était rentrée dans les mœurs. Elle est devenue, depuis, l'accessoire obligé de toute discussion sérieuse, car, seule, elle permet d'envisager d'une manière rapide et mathématique les deux faces d'une même question... »

Quelques citations

La contrepèterie est un sport complet, en ce sens que travaillent aussi bien les muscles qui plissent le front sous l'effort de la réflexion, que le grand zygomatique.

De ce fait, elle est hautement recommandée pour le traitement des aigreurs d'estomac, stress, et spleens occultes.

DÉMOCRITE et HIPPOCRATE*

Ayant fait beaucoup de Contrepoint, me voilà O.K. !

Wolfgang Amadeus MOZART (1768)

Je me peins les toiles*.

PUVIS de CHABANNES

Je suis glacée par les « Croix de Feu* » !

Baronne **M**aud du FOND de **CH**AMP

Ces condiments ont bien abîmé ma belle mâche.

Mère BRAZIER

Ah, m'abriter des pavés!...

Maurice G..., préfet de Paris (1968)

Père est gai!

Léon TOLSTOÏ

Maudit bic!

Herman MELVILLE

Contrepèteries décentes

(Les jeux de fous qui mettent le feu aux joues...)

De Rabelais à Léon-Paul Fargue, et de Tabourot des Accords aux surréalistes, la liste est longue des amoureux du Verbe dans ce qu'il renferme de musique intérieure. Les déformations contrapétiques fleurissent en littérature. La très jolie contrepèterie figurant en tête de ce chapitre est tirée justement de la revue *Littérature* d'octobre 1922 animée par André Breton et Robert Desnos.

Le contrapétiste puriste déplorera, bien sûr, l'absence de mot tabou et la présence de la traduction. Il n'empêche que nous trouvons un charme certain à de telles phrases, de par leur ton un tantinet surréaliste et leur belle symétrie non dénuée d'une certaine poésie.

Nous estimons de surcroît que de tels jeux de mots constituent une excellente initiation à la contrepèterie, car ils mettent à nu les mécanismes des permutations et contribuent à l'éducation de l'oreille.

Aussi proposons-nous quelques exemples inédits inspirés des « déchets des calices marqués du cachet des délices » et autres « cadrans des astres inscrits au cadastre des ans ».

CROISADES

Les pieux abbés suivaient les bœufs à pied.

Ménélas masse Hélène.
Ce Bruant était intrigant, ce truand était un brigand.
La nation des Pouilles à la passion des nouilles.

Oh, le tarin mordu de ce marin tordu !
Ayant pris mon pain sans beurre, je prends mon bain sans peur.
Ce gras pandore est un gros pendard !
Les fils des Vénitiens seraient-ils donc issus des vices des Phéniciens ?
Ce leste Jean n'a pas le geste lent.
Voilà mon père en France quoi que mon frère en pense !
Ce vieux peut ? Quel vœu pieux !

1944

La brave a quitté la cave abritée.

Ces belles truies font de tels bruits !
Papa, est-ce que les Lapons marins mangent des lapins marrons ?

Le traiteur que la Perrine contacte propose sa terrine compacte.
Terre trop abîmée : mer trop habitée !

GUERRE SCOLAIRE

L'abbé s'entête, l'athée s'embête, mais l'éminence du Finistère ne refuse pas les finances du ministère...

Cette quinte de toux vous donne une drôle de teinte de cou !
Le dentiste qui abîma mon tartre habite à Montmartre.

INFORTUNE EN CAMARGUE

Le père est dans la manade, la mère est dans la panade.

Est-on cadre longtemps sans être ladre content ?
Ne faites pas du gringue à l'horrible grue dingue !

NERVIS VERNIS

Trop d'anciens militants sont miliciens d'antan.

Mitterrand croit Cheysson et Mauroy choie Cresson.

Au Palais-Bourbon, il y a des poulets barbons ; mais y a-t-il des garces pour ces gardes ?

Les pages ont soif de justice, les juges ont soif de pastis...

Ce faux Niçois était un sot Finnois : « Sot Finnois, sois finaud ! »

(*Version auvergnate* : Ce faux Chinois était un chaud Finnois. Pour se chauffer, l'homme aux fossettes chinoises a fauché des chaussettes finnoises.)

Qui perd ses vers dans ce pré, sévère ? C'est Prévert !

Ces mosaïques sont d'un précieux et ces messieurs d'un prosaïque !

LE MARCHAND D'ORANGES GIVRÉES

Je livre le givre, et d'un geste plein de zèle, mes zestes pleins de gel !

Ce vieux père clochard, ancien clerc, pochard, passe, clerc effaré sous ce phare, éclairé.

Le réduit où se terrent les amours, en silence, n'est pas là où se tancent les amours ancillaires.

Ce petit virtuose aime mieux achever un gâteau qu'acheter un Gaveau.

PREMIÈRES DENTS

Les menottes collent aux quenottes molles.

Une beuverie au vin, et la veuve rit au bain.

VENGEANCE POSTHUME

Ah, la feinte démente de l'amante défunte !

— Célimène, c'est Mylène que Céline aime ?

— C'est l'hymen que ce sénile aime...

Rêvons de mots sensés : Raymond Devos en sait !

... Et ces contrepèt'ries, j'les dis, très peu contrit !...

«Monsieur le curé, est-ce là les félicitations?»

Variations sur un thème

Ah, madame l'Abbesse ! Je voudrais tant connaître votre ciel à fond !
Au cinéma : *Passion de Fellah.*
Cette petite éditrice pratique, Laffont l'assied.
La généticienne pratique des mutations félines.
Ah, bravo, Jeanneton : on perçoit d'ici l'effet de vos collations !
Le potache voudrait enfin connaître l'effet de la translation.
Les hypocrites pratiquent la délation dans le faux.
Faut-il sceller le trou avant la fondation ?
Les luxations répétées mènent à la fêlure.

APRÈS LA BÉNÉDICTION NUPTIALE

Monsieur le Curé, est-ce là, les félicitations ?

Sons à décaler
(Dans les deux mille à choisir)

Note

Le présent recueil contient six chapitres, comprenant chacun plusieurs rubriques.

Une rubrique contient en général trois parties : un texte où les contrepèteries sont classées par ordre de difficulté à peu près croissante (qui se trouve la plupart du temps être l'ordre « Classiques » puis « Décadentes », mais ce n'est pas toujours le cas), des exercices et problèmes qui proposent des historiettes de longueur fort variable, enfin, le « Coin des experts », où sont distillés quelques contrepets plus difficiles à résoudre.

Le néophyte pourra fort bien se limiter au texte, dans une première approche. Et qu'il n'oublie pas que la contrepèterie se déguste à toutes petites doses, et ne livre tout son arôme que si on la décortique patiemment.

Comme tout mets délicat, ou tout grand vin, le contrepet mérite qu'on en détaille les saveurs successives : « Néophyte, n'emboîte pas, inconscient, le pas* aux brutes qui picolent ! »

Que le lecteur ne se rue pas sur les « solutions figurées » de la fin du livre : il passerait à côté des joies de la découverte qui, seule, engendre le rire libérateur.

Le procédé de la solution figurée est dû à Luc Étienne. Il préserve le caractère éducatif et moralisateur que se doit de posséder tout livre sur le contrepet et qui exclut toute traduction explicite.

Si le lecteur bute sur un exemple particulièrement rétif, il peut le retrouver à la fin de l'ouvrage, à peine modifié : les éléments à permuter avec une extrême prudence sont écrits en caractères gras. L'Introduction et l'Appendice du présent ouvrage utilisent d'ailleurs ce procédé des caractères gras pour signaler quelques contrepèteries qui se sont presque malgré nous glissées dans le texte, et pour éviter au lecteur d'en chercher là où il n'y en a pas...

Toute phrase ou groupe de phrases contenant plus d'une contrepèterie est suivi du nombre de ces dernières.

Parfois se glisse dans le texte ou dans les exercices une contrepèterie difficile. Elle est alors répétée dans le « Coin des experts ».

Rappel :

— Les contrepèteries placées immédiatement sous le titre d'un chapitre ou d'une rubrique sont empruntées au Trésor commun.

— Les contrepèteries suivies d'un astérisque sont des « fausses inédites » que nous avons conservées après les avoir crues nôtres, par erreur[1].

— Notre gratitude sera grande envers les lecteurs qui nous signaleraient des oublis dans ce domaine, avec, si possible, le nom de la publication concernée.

1. Certaines contrepèteries bien connues figurent dans l'Introduction et l'Appendice. Elles sont aussi suivies d'un astérisque.

CHAPITRE PREMIER

Les loisirs

Pour celles qui cherchent des chambres au mois, il y a des libres à choisir.

TOURISME ET VOYAGE

La femme du chef de gare m'a laissé le Chaix
pendant une minute, sur le quai.

Votre gîte, quel boyau !
Ce touriste a coincé son plan dans un guichet ! (*2 c.*)
Ayant passé de la crête à l'abîme, je fuis dans la sente. (*2 c.*)
Ce bar est bondé.
Quel magnifique vue, et quel bocage, hein !
Pauvre sotte, remplie de mirages !
Cette voyageuse est lassée par l'abus des valoches.
Oh, les falaises baissent !
Je vous ai vu plonger, tous les trois, dans le Doubs !
Enfin ! Ma vieille tante va rentrer en France !
La voyageuse se penche sur le plan du lagon.
Il y a bien longtemps que ce pauvre cornac n'a pas touché un rond !
La touriste s'est montrée déçue devant le phare.
Est-ce Beauvais, la mi-route ?
Ces sentes sans fin ! On peut les longer longtemps sans risque de chuter ! (*2 c.*)
On voit souvent sur les quais des gueux qui ronflent. (*perm. circ.*)
« Oh, la belle berge vallonnée ! » Le veinard venait de glisser découvrant la berge. (*2 c.*)
Venez vite ! Des Bretonnes présentent leurs potes malouins !

PIQUE-NIQUE

Amassons les gamelles sous le pont-levis. (*2 c.*)

« LA FILLE DE TROYES OFFRE SES DEUX JOUES »

Ça gaze, du côté des baigneuses qui montrent leur dos à Trouville ! (*2 c.*)
L'accompagnatrice nous a montré un pont effrité.
Quelle triste mine, Paule ! La pauvre fille a fait une drôle de dînette devant ce bar ! (*2 c.*)
Théodule a été en Corée.
Arrêtez de proposer vos sites, ballots !
Attention aux congères de mai !
Prenez garde aux avalanches de Meuse !
Les Lapones s'abreuvent aux pis de rennes[1].
Oh, la houle est montée : la marée chasse tous les piafs ! (*2 c.*)
La cyclotouriste a un cale-pied coincé dans la mousse. Elle en a geint dans le vallon ! (*2 c.*)

Pénible à grimper, cette butte pleine de pierres ! Après cette butte, enfin, un bon polder ! (*2 c.*)
Le plan du glacier* n'a rien d'une pente marine. (*2 c.*)
Les filles de Camaret aux si jolies bottes s'occupent de la tonte des brebis. (*2 c.*)
Les filles de Troyes offrent leurs deux joues.

(*44 contrepèteries*)

Exercices et problèmes

La châtelaine qui souffre de ce que son manoir manque de

1. Pour sa bonne compréhension, il est recommandé de DIRE cette contrepèterie.

chambres déplore qu'il n'y ait même plus de gueux pour l'acquérir ; elle aurait tant voulu sa terre pleine de biches ! (*3 c.*)

CAMPING SAUVAGE

Notant les froids, la campeuse qui n'a cure des piquants, s'écrie : « Quelle bête bise, j'en ai froid dans la tente ! » Son compagnon (le randonneur bravache) qui lui reproche de trop babiller sur la route, affirme :

— Vous n'avez pas assez défendu votre tente ! Je suis effaré par la faille de votre tente, et surtout de la partie inférieure de cette tente ! (*9 c.*)

La femme du chef de gare qui a horreur des omnibus[1], a pris un sacré coup de butoir dans le cou. « Bex ! Ne descendez pas ! » crie-t-elle en faisant bouger souplement le train, pendant que le voyageur qui, goûtant maladroitement son vin, s'était taché en couchette, se réchauffait sur le quai de bronze.

— Madame la Chef de gare, en général, redoutez-vous les gares ?

— Non : les gens passent trop de temps dans des michelines.

— Madame la Chef de gare, quel sens pour Béziers ? Je reviens de Vouillé, j'suis canné !

— Voilà des rames où l'on bouffe bien : Calais-Vouillé ! Moi, je préfère voir les gîtes de Bourg*. (*14 c.*)

— Voulez-vous sentir un vent furieux qui défonce jusqu'aux vitres* ? propose le guide à la touriste. Alors, il lui a montré la tour de l'Abîme*, et l'alizé dans le beffroi. (*3 c.*)

— N'allez pas dans cette petite grotte, vous allez esquinter votre fendard ! Cette grotte est trop menue, mais cette grotte recèle des masses insoupçonnées ! Par contre, l'autre grotte : éléphantesque ! (*4 c.*)

1. Les z'omnibus : permutation circulaire à l'intérieur du mot.

PUB POUR LES HÔTES

(*Publicité d'agence de voyage*)

Notre devise : « Héros, c'est l'exotisme ! »

Dans nos petits hôtels, vous aurez le plaisir de vous accouder. En Bretagne, vous aurez droit aux bisous dès que vous vous baignerez. À Bruxelles, les Basques pourront se commettre avec la frite, mais nous vous déconseillons les friches de la Meuse. Attention au côté mordant des pipelettes de Pau.

En Tunisie, outre de petites bêtes aux abords de Monastir, vous pourrez voir plein de piafs du côté des Chotts. Contrairement à une idée reçue, l'Afrique n'est pas toujours bonne hôtesse* : on vous présentera des Peuhls trop minées ; vous verrez ainsi que la plupart des races ont la même quantité de faibles. Mesdames, vous découvrirez les roupillons de Papeete : ce sont des courts sommeils ! Vous pourrez vous étendre sur des lits indigènes pleins de cavités : un bon branchage sur la latte, et voilà le lit d'un sauvage... Au Mexique, les femmes vous offriront leur jus de piment, mais attention : là-bas, trop dîner, c'est décapant !

Les voyageuses pourront exprimer la plainte d'être crottées.

De retour à Paris, après avoir croisé de belles Africaines au Pont-Marie (certains ponts méritent le déclassement), vous pourrez enfin flâner tout au long de la Mouff'. (*23 c.*)

Le coin des experts

Le lit d'un sauvage.
Ressentez-vous déjà l'étrange de l'averse ?
Le naturiste vient déjà brûlé près de l'Arc.
J'admire les routes de votre Byzance !
Le gros Texan lassé a mordu cette petite sotte ! (*perm. circ.*)
C'est Dignes : on démarre !
On voit de la benne des sites vastes comme l'Alhambra, et on peut aller jusqu'à l'évêché.
Ah, monsieur, votre piscine est belle !
L'hôtesse a fait goûter son vin au voyageur.

EXTRAITS DU CATALOGUE D'UN ÉDITEUR DE GUIDES [1]

La Grèce facile
Monastir sans peine
Festivités des Lacs
Ballades autour de six routes
La Grotte de La Mecque (*5 c.*)

1. Les Guides « Mosché * » bien connus...

GASTRONOMIE

> — *Rien ne vaut un bon marc après la dînette !*
> — *Si : une escalope avec une belle salade.*

La cuisinière n'arrête pas de mastiquer, la sotte !
Ce coup de blanc m'a grisée.
Distrait, le Belge a pris sa fine.
Oh, le veau gras geint !
Oh, la fiasque coule !
Cet énorme glouton va finir par l'écraser, ce tout petit banc !
Horreur, Garçon ! Il y a une mite dans les belons et la carte sent le thon ! (*2 c.*)
La serveuse a goûté ce marc sans défiance : c'était un marc d'une honnête doyenne. (*2 c.*)
J'ai vu la cuisinière saucer la grive[1] : la gaillarde dévore des blancs de grive. (*2 c.*)
Mais si, la bique se marie bien avec le thon !
L'hôtelière a fait goûter sa lotte aux marrons ; elle a ensuite proposé sa poule à la mâche. (*2 c.*)
La serveuse propose une drôle de graisse de fenouil.

À LYON

L'ami tastevin compare le goût des beaune et planche sur les fines. (*3 c.*)

Mon jeune ami, on ne jette sa gourde qu'après avoir vidé son marc !

1. Il est recommandé, pour une bonne compréhension de cette contrepèterie, de dire la solution à haute voix.

Ah, la bonne potée, Blaise !
Mlle Beulemans court après la moule.
La cuisinière minaudant, passe les nouilles au dessiccateur, mais ses pâtes provoquent d'amères constipations. (*3 c.*)
Séchez-moi vite cette datte !
La Conseillère culinaire m'a fait un bon papier sur la compote.

DÉTAIL PIQUANT

Monsieur le Maire, enlevez donc cette écharpe avant de dîner !

Les Anglaises préfèrent les flans pleins de Guiness.
La boulangère a de jolis pains, en somme, et son mari se tape avec sagesse toute la fournée, pendant que le mitron enrhumé a le feu dans la narine. (*3 c.*)
Madame la cuisinière, votre gras est trop chaud ! Je vais y penser avant de dîner. (*2 c.*)

DERNIÈRES VOLONTÉS DU VIEUX BOUILLEUR DE CRU *

« Surtout, ne modifiez pas mon marc ! »

Buvez donc un peu avant de me quitter !
Ce qui compte pour moi, quand je dîne, c'est la purée.
Lèche le homard pendant la dînette.
Ce petit saoul est bien truculent !
La fine, ça devrait se déguster sans pain !
Le mercurey va avec toutes sortes de poules.
Les cuisinières niçoises choisissent les meilleures bêtes pour leur bourride.
Le pochard veut absolument trinquer aussi.
La Madelon propose un vin bien seyant.
La sauce coule sur les bols.
Le grand rabbin met son véto sur les courges.
Cet ivrogne prétend qu'il se douche avec son marc !
Le fou d'étrilles rejette les crabes osseux. (*2 c.*)
Est-ce que t'as mis tes bols ?

(*50 contrepèteries*)

Travaux pratiques

MENU

Soupe de rossignols[1]
Gélatine « Pré-salé »
Mousse à la poule
Bisque ou tête
Un thon, deux grandes cailles
•
Tripes aux papillotes (plat de résistance)
ou
Moule aux cailles
•
Pois de Chine
Chèvres à loisir
Far en deux
ou
Flan aux guignes
•
Avec les vins aussi :
Gros-plant guère vert
Médoc pour tout faire passer
Poire au pinot
(Le Chef propose sa fine en prix cassés)

(*1 c. par ligne*)

RECETTES

On a pour faire des œufs lu une bonne recette, mais il faut bien la noter avant de l'appliquer. Une fois votre raie bien vide, faire mousser l'écaille ; prendre votre boîte de riz et mettre le riz à laver. Réduire les petits sablés, sans attendre que le bouil-

1. Cette contrepèterie répare une injustice : on use trop de « roubignolles » au détriment de « roupignolles », dont, d'ailleurs, l'abréviation est « roupettes ».

lon les quitte, en évitant de ternes bulles. Attention à la norme des feux : les mets risqueraient de vous déranger ! Il faudrait presque pouvoir toujours ramener votre raie à la vie. (Sinon, les marchands de poissons ont souvent des raies de vives.) (*13 c.*)

LA MOULE AU RIZ

En penchant la moule, frotter l'écaille sur le chou. Vérifier que le riz est bien passé. Mettre quelques gouttes de Byrrh sur le thon, et les faire couler sur le flanc de l'abaisse.

Ne pas oublier de fourrer l'abaisse. (*7 c.*)

Problèmes

FABLE ARABLE

Comme le gars sifflait, en empoignant ses manches, elle vint près de ce grand en sifflotant gaiement :

— Vous êtes bien impie d'exiger tant de grappes, et vous voulez toujours me taxer le cep. Pourquoi toujours s'abattre sur mon chai ?

Il se mit à laver son foudre sur le tard*.

— Avant de faire boucher la jatte, recommanda-t-elle, centrez donc le tout en étoffant le bouchon.

— Oh, les chais de Fos ne valent pas les fûts à Nantes !

— Avec votre crâne dur, vous ne songez qu'à la piquette ! Pas question pour moi de faire l'échanson : vous avez trop de sucres et votre jarre sent le soda ! (*15 c.*)

LES GRAINS DE LA SAUCE FONT MONTER LA CROQUETTE DU GAI MARMITON (*2 c.*)

1

— Germaine, nettoie donc ce feu, et donne un rouge à ce vieux Gaston. Sens-tu, ce bleu émane ! On perçoit de loin l'effet de tes collations ! Attention, ces denrées, ça se brûle ! Et ne remue pas trop le thym quand tu sauces. Laisse donc les fèves, ta rate est trop échaudée. Je refuse ce bout de chair calamiteux. Quoi ! C'est seulement la veille, que tu cherchais du côté des courges ? Je comprends : tu cherchais les doigts du jars !

Ayant vidé mon vin à demi*, elle mima la peine :

— Elle est bien triste, la pitance de votre bar, et pourtant, vous n'arrêtez pas de bouffer des rillettes ! Faisons plutôt la moule au riz, mais je vais encore vous louper l'écaille ! Et je ne veux plus de votre infect riz au vin, c'est un riz batave !

Montant la sauce à gros grains, je sentis augmenter le volume de ma bisque dans l'état lié. Tout en lui expliquant les rites de la bisque, je lui fis déguster ma bath de bisque, pendant qu'elle ronchonnait, la rate malgré toute dilatée :

— Ce condiment risque d'abîmer ma belle mâche, et voilà qu'il me présente un bout de lard à déchets* ! Enfin, ce lard maudit !... (*27 c.*)

2

Engoncé dans la farce, et tassant le thym, le gai marmiton fait pétrir sa croquette par sa collègue, celle qui avait volé tant de riz : « Poussez-vous que j'vous fasse des tripes* ! » Et pendant que la serveuse qui a bu, c'est un larcin, va chercher de la sauge jusque sous l'averse, la caissière ploie sous les notes. Le chef, qui braise sans fin, a des cailles à la mousse*, et les jours de fête, il se fait garder le flan : « Mesdemoiselles, l'avez-vous séchée, la part du chef ? » La vieille serveuse sert les pains dans l'assiette, et le maître d'hôtel, lui, met l'habit jusqu'aux orteils. Le sommelier qui sait bien que l'abus du marc rend pénible la diction*, conseille à l'adipeuse qui réclame toujours plus de parts : « Si vous voulez du jus de poire, glissez-la entre les machines ! » Le barman qui a une pile de petits noirs*, recommande : « Ne consommez pas ces soupes sans crible, et en cas de dînette, mangez donc des œufs. Il y en aura pour tous les gars, des choux, et de jolies tartes qui méritent un bon coup de dent. »

— Ah, monsieur, dit la cliente qui se plaint d'être servie par des hommes au gros nez, vous m'avez ravie avec votre thé, et ça fait drôlement du bien, une bonne ventrée de riz* !

Et cette mangeuse de courges fut veillée toute la nuit, pendant que le patron gémissait :

— Allons, madame, vendez-moi ce riz ! Trop de tripes ont rendu ma panse douloureuse ! (*29 c.*)

Voilà des fûts à provision, mais ces bars d'ivrognes me remplissent de bourdon ! (*2 c.*)

Le coin des calés

Le chef apprécie mieux l'abaisse que les roux fignolent.
Après cette pulpe, je vous offre une petite vive ?
Ce n'est pas certain que Gault et Millau aient la peau de Courtine !

CHÈRE DE NIPPONS

Aimez-vous mieux les blancs mousseux que la geisha mêle ?

Ce sont de vraies patelles, tu sais ! Oui, je suis lasse de ces pétoncles.
La charcutière a son boudin davantage salé en août.
Le cuisinier de Megève soumet ses roux blonds à la station.
Attention aux pannes de foyer qui doit être un peu nourri. (*2 c.*)
N'oubliez pas : les cocottes adhèrent l'été. N'attachez pas des fonds opaques ! (*2 c.*)
Mais ces groseilles sont enrobées !
On a pour faire des œufs lu une bonne recette.

(Cette contrepèterie n'a pas de tabou. En voici donc, à titre tout à fait exceptionnel, la traduction, pour aider à

l'intelligence de la recette n° 1 exposée plus haut.)
— On a, pour faire des heureux, une bonne : Lucette.
Je refuse ce bout de chair calamiteux !
Ces denrées, ça se brûle !

SPORTS

Les jeunes filles aiment le tennis en pension.

Courez mon bon !
Monsieur le Président, votre tennis est bien propagé.
L'entraîneuse a fait shooter son petit gars.
Quel beau lob de Béziers !

La sportive admire le champion pendant le tennis.
Pas de bonne chasse sans solides pieds !
Le nageur crawle près du fond.
Mettons-nous en phase avant de nous baisser.

LE SKI VOLA À LA CHUTE DE MARIELLE

La skieuse en nage s'accroche à la piste du moniteur qui chute sur sa latte : (Cette sale chute devrait vous faire recaler !)
— Votre carre me donne des douleurs !
— Je vous trouve bien dolente, après mon coup de carre !
(*7 c.*)

Votre pauvre tennis est usé jusqu'aux pierres !
La championne de base-ball sent flancher sa batte.
Mais, chéri, on dirait que Patrick veut jouer au tennis !

L'entraîneuse a découvert l'athlète de Gand.
Mesdemoiselles, il faut prendre l'élan vigoureusement.
Ces perches sont coudables.
Ces botteurs nous plaisent !
La joueuse a une batte qui n'est pas de choix.
Oh, le centre fou !
La montagnarde a encore entassé ses crampons !
Voici, messieurs, l'ornière où se perd notre tennis !
La championne a prouvé un tennis de qualité : un tennis prévisible. (*2 c.*)
« Ah, ce beau Noah, quel jeu* ! Mais Borg est irrité des imitations de son lob », se dit la joueuse qui laisse traîner sa presse sur le tennis. (*3 c.*)
Ne pensant qu'à taper dès qu'on lui offre un beau tennis, la débutante a pris un lob en plein visage ! (*2 c.*)
La présidente du club découvre souvent des dents de marbre.
Rien de tel qu'une bonne garde pour se sentir sûr !
L'infortuné cycliste s'est pris les galoches dans son bidon.
Les grimpeurs mélomanes s'encordent derrière les clavicules et l'on voit peu de guides chômer. (*2 c.*)

DANS LES MÊLÉES MASSIVES

Les rugbymen luttent bien joints. (*2 c.*)

« Ne fartez pas dans la pente quand le pan glisse ! » enjoint le moniteur qui maîtrise les pentes et règne sur toutes les pentes sans fartage. « Ah, la pente est minable ! » (*5 c.*)
Les cyclistes ont de drôles de bouilles, sans cycle !
À la marquise dont la meute évolue, le chasseur fait admirer deux superbes pièges sous l'averse. (*2 c.*)
Quelle scène ! Quel boxeur !
Cette admiratrice n'aime pas les gros mots, Vilas !
— Pourquoi fartez-vous, en somme ?
— Parce qu'on ne peut skier au fond*.

REPORTAGE AU CHAMPIONNAT DE BOBSLEIGH

Oh, la chute est fameuse : zoom sur le bob !

Ne portez pas les bobs aux Houches ! (*3 c.*)

Les footballeuses apprécient l'élite des buteurs.
Ce garçon de douze ans déclare qu'il jouera au tennis à présent.
Les skieuses cherchent plus de glisse en se laissant porter par le vent.
Ce manager cherche quelque boxeur au beau nom.

(*59 contrepèteries*)

Exercices omnisports

LE FOOT RUGUEUX

Ce pâtre est terrible au football : ses partenaires shootent en priant :

— Dans le foot, il faut qu'on se redoute ! (*4 c.*)

Magnifique foot ! Quels danseurs ! Les joueurs ne restent pas passifs du côté des shoots ! (*2 c.*)

LE RUGBY

Ces packs n'ont pas toujours bonne mine ! Oh, quelle pile de drops ! Cela fait, Maso lobe[1]. (*3 c.*)

L'ÉQUITATION

La cavalière sentit qu'elle tenait une sacrée frite, en se bottant*. Mais montant le long du van gris branlant, elle fut atteinte par le bris du van. Du coup, son compagnon, lui, lâcha un étrier sur le pont, et visa mal avec son bai. (*5 c.*)

LA CHASSE

Pendant que les quatre-vingts chasseurs s'enfilent de belles cuites jusqu'à l'ouverture de la chasse, la marquise se fait sécher à l'arrivée des chaleurs, et consent à ce qu'on prête sa chasse,

1. Maso, ancien de l'équipe de France, dont les membres n'étaient certes pas des **ch**auds demis **g**ais...

même si l'on ne distingue plus l'écho des meutes*, comme l'affirme un piqueur connu. Plaignez le pire des sonneurs qui dièze près des rabatteurs, mais admirez le « mi » du veneur ! (*8 c.*)

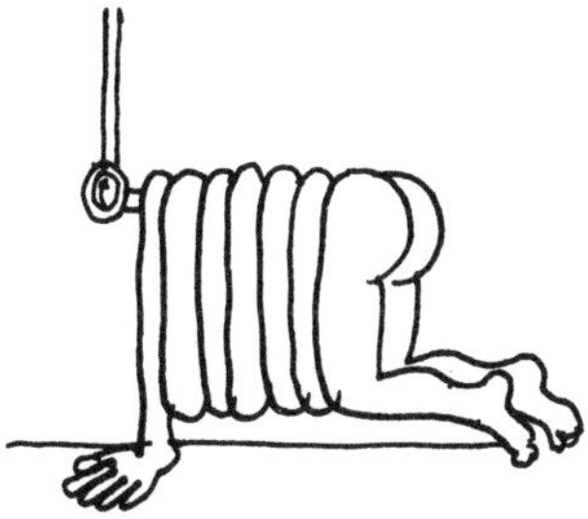

LE CATCH

Je cherche des feintes pour l'étrangler !

LE CYCLISME

À force de médicaments, ces champions vont finir par gâcher leurs chronos, et leurs brouilles pesantes leur rabattent le caquet. (*2 c.*)

LE BASE-BALL

Les joueurs comparent l'équilibre de leur batte.

Le coin des champions

« Je rêve de voir enfin la coupe Davis rieuse ! » s'écrie le photographe qui refuse de prendre de face cet horrible Connors. (*2 c.*)

« Vous êtes la bienvenue, Marquise, aux abords giboyeux de nos sites ! » (*perm. circ.*)

Voyez, l'arrière paraît figé, et l'avant, en rouge, n'arrête pas de buter !

— Eh, l'arbitre, t'as pas vu ces deux buts sournois ? (*3 c.*)

Sautez plus !

ÉCOLOGIE, NATURE ET VIE CAMPAGNARDE

Elle portait un chapelet de citrouilles
autour du cou.

Ce vaste chalet n'a pas de chambre mauve. (*2 c.*)
Les écologistes ont de belles valoches, Berthe.
Ah, l'heureux manant !
Cette mousse est joliment perlée.

Eh, fuyez la sente !
Amis écologistes, peignons novembre en mer !
Ce pâtre est félon.
La fermière montrait ses tresses derrière le facteur et faisait picorer sa poule aux communs. (*2 c.*)
L'ânesse de ma voisine travaille aux foires.
Laisse-moi approcher la bique de Tonton !
J'ai vu une légère lueur près de la mousse.
Sortez donc les cailles de ce petit moulin !
Le bûcheron s'attarde après la chute quand il abat, et sa femme a le culot de ne lui faire que des branchettes, en donnant la souche au ballot. (*3 c.*)
Que va devenir l'abysse dans ce typhon ?
Les écologistes tendent leur lit en vert.
Il aurait fallu une sacrée mousse pour cacher ces silex !
Tout en ôtant la laine de façon fort sagace, le berger arriva jusqu'aux feuilles de la sente. (*2 c.*)

Cette pauvre fille s'est fait mouiller, la sotte !
Mettez-la donc, cette petite longe à sécher.
Comme il fendait mollement, elle dut l'en blâmer.
Non mais, en voilà une coupe de troncs !
Cette litière est pleine de petites bêtes.
Ce n'est certes pas en chassant que vous renoncerez aux plaisirs de la mer !
La marquise cherche à faire adhérer bien des sites à ses bois !
Ce fermier voudrait bien des bovins aussi.
Voyez ce vieux trognon en train de se gâter !
Veux-tu que je te donne le lait, mon poussin ?
La petite bergère sait déjà comment fêter les pâtres, mais il y a trop de pâtres dans les fourrages ! (*2 c.*)
Quoi ! Lalonde aurait une verte auto magique ?
Ce maladroit s'est enferré dans les replis de la tente !
J'étouffe : y a l'azote sur le globe !
Ces pauvres bœufs sont bien noueux.
D'ici, on distingue bien la mousse de la pétale. Trop tard ! Le vent l'a véhiculée. (*2 c.*)
La bergère flatte distraitement les biques. (Elle est toujours en tête de nombreuses biques et les petits bergers ont des biques typiques...) (*3 c.*)
Y a plus qu'la routine pour m'faire sortir la bique !
Ma petite Fanchon, lave donc ce pis !
En parcourant ce joli pont, j'ai drôlement secoué la caillasse !
... La bise est retombée... Mon petit Isidore !...

(*47 contrepèteries*)

Exercices pratiques

Devant tant de fanes à piler, la fermière aux rosses hépatiques se sent tenue de fournir les bœufs*. Mais ces bœufs sont à nous et la mouche les rend rétifs ! (*5 c.*)

— Oh, les pis m'inondent ! gémit la servante qui s'occupe

de la traite des biques. Ça m'incommode, l'écart du pis ! (*4 c.*)

— Pourquoi ce déchet alors qu'on a des lois ? demande l'autochtone aux petites crasseuses qui montaient leur camp près des résidus. Ah, j'en suis bien choqué de tous ces petits tas ! (*4 c.*)

Ce sont les nymphes pyromanes* qui veulent faire une bonne braise avec toutes les pinèdes :

— Prenons garde que ces feux ne nous dénoncent* ! Oh, la futaie déjà branlante, oui, la futaie près du camp : il ne faut pas la brûler, sans cela !... (*6 c.*)

Il y a trop de fraîcheur pour tous ces locataires ! Nous devrions mettre nos pull-overs avant d'aller copiner. C'est embêtant que la bise* souffle jusqu'au banc, et nous vibrons tous dans le vent ! (*5 c.*)

L'ouvrier se fait octroyer une petite nippe avant d'aller travailler aux poires, et la femme du vigneron, qui n'ose considérer les quelques grappes de son pauvre mari comme une mine, doit montrer au contrôleur sa taille de ceps et le volume de ses gains :

— Lâchez donc mon chai, vous voyez bien que ma jatte est fichée ! (*5 c.*)

Le coin des cultivés

La fermière ne peut plus sentir les citadins, ces forbans de la cité !

J'ai vu Lalonde buriné.

L'écart du pis. (*2 c.*)

Le géomètre nul a retracé jusqu'au chou la petite marque, bien qu'il ait vu sa trace. (*3 c.*)

Oh, votre mine empiète !
Quoi ! Vous avez loupé ces cailles et cette grosse bête : un tir minable ! (*2 c.*)

MANIF' AU LARZAC

Ah, les Causses grouillent ! Voilà bien la plus bête débile cohue ! Ah, foule aimante des bergères bernées par les sites de militaires ! (*5 c.*)

Voyez, les seigles règnent, sur l'avoine s'empilent !
Sous les pas des tendrons surgissent des blés roux. (*4 c.*)

Voyez ce tas évitable, et matez ces tessons ! (*2 c.*)
La Fanchon attrape facilement les pommes de Catherine !

TRANSPORTS ROUTIERS

Il y a du moka dans l'auto kabyle.

Vos codes sont bien rouillés !
Ce malus me laisse un goût de fiel.
Le motard s'est coincé la botte contre un silex.
Il y a trop de malus à Forbach.
Depuis l'accident, votre phare est à Dreux, et il y a un morceau de rouille à cacher. (*2 c.*)
Madame la garagiste, carénez-vous l'essieu ?
L'assureur est fou du malus.
Les Daf sont bien pressées, et les Volvo repues. (*2 c.*)

AUTO-STOP

— Un p'tit coup de blanc ?
— Non, sinon c'est la gaffe !

L'électricien a coincé une douille dans un carcan.
Ah, comme j'aimerais votre Daf amarante !

RAVITAILLEMENT

L'automobiliste a profité de la pompe pour se faire faire un petit panier. À la petite hutte, il a fait gonfler son pneu, sans quitter les pompes.

— Ah, ça siffle du côté de votre chambre !
— Moi, les valves, ça m'incite à l'humour ! (*5 c.*)

SOUCIS ASSURÉS

Lassée des soucis, l'assureuse découvre la force du malus.
Mais la proximité de Falaise diminue le volume des malus.
C'est lassant de s'occuper toujours du malus des chauffeurs !
Mais elle a bien assez de malus pour remplir ses fiches. (*6 c.*)

Seul le spécialiste arrive à distinguer la chute de la valve.

(*25 contrepèteries*)

ATELIER

L'infortuné ferrailleur doit faire le tour des flaques pour récupérer sa came, et ses filles s'intéressent à la fonction des jantes. En penchant la molette, il est intrigué par le feu de la jante, alors, il met un bon coup de pâte au frein, et finit par briquer entre les jantes. Voyez-le qui s'épuise sur une de ses cames traîtresses, pendant que sa femme qui tique sur la rouille, montre qu'elle a la graisse facile, et son mari, lui, cuirasse les caisses. (*10 c.*)

Le coin des as

Loue-t-on ces rustines ?
L'assureur préfère l'élite aux risques menus.
Oh, cet empoté, immatriculé dans le Bas-Rhin !

NAVIGATION DE PLAISANCE

Le vieux marin lavait le fond de sa quille
avec le fer d'herminette.

Est-ce vrai qu'Ulysse a été mouiller au Caire ?
Écartez ce sloop, et vous verrez mon trimaran.
La nuit, tous les marins ont droit au phare*.
Quel bruit quand les monocoques se garent !
La marchande de petits bateaux voudrait voir ses sloops partis.

L'AVERSION DU GRAND SPI

À quai !... Mouille !... Ah, mon maillot coule !

Tendu lorsqu'il borde, le skipper coince la drisse entre deux mâts, pendant que l'équipière, poussée derrière l'étrave, et incapable de dévider le ris, est obligée de tailler l'écoute.

— Pourquoi toujours glisser quand vous prenez les boutes ? Bien que mes voiles soient appariées, ôtez-moi donc ce foc, et faites attention à cet énorme creux ! Ah, j'aurais dû mettre ma trinquette au quai... Il aurait fallu que se referme le spi ! (*13 c.*)

Je vois des traces de Lookheed sur la quille !
Le navigateur solitaire a fait admirer son beau roof à Papeete.
Voilà un concours[1] où se gagnent des monocoques.

(*21 contrepèteries*)

1. Le « concours » en deux mots est rompu après la traduction.

Le coin des malins

Tendu lorsqu'il borde, voyez ce spécialiste du lof appareille. (*2 c.*)

DÉLIRE DE LA NAUFRAGÉE

Quai !... Cap !... Étoiles !... Ah, vire au spi !... (*2 c.*)

CHAPITRE DEUXIÈME

La vie publique

La Présidente scrute le gars.

POLITIQUE

Quels ministres décents !

Tous les ministres des Finances ont un plan dégressif.
Pourquoi pas un petit bébé près des urnes ?
Les honnêtes candidats refusent le sucrage des fonds.
Il faut le récépissé après l'élection.
Les ministres seraient-ils serrés du côté de leurs taxes ?
Pauvres militantes ! Trop de luttes à la fois les abîment !
Depuis la mort de Brejnev, Andropov cache sa peine au cagibi.
Que tous ces cris ne vous empêchent pas de voter !
Les militants luttent sagement.
Ces deux Normands font partie des rares désignés. (*2 c.*)

18 JUIN, 13 MAI

Les vieilles gaullistes ont de ces dates fétiches !...

MAI 68 : AH, S'ABRITER DES PAVÉS !

S'alignant sur sa camarade, l'étudiant mit la main au pavé, mais glissant sur la glaise, il tomba sur-le-champ ! (*3 c.*)

À DROITE, DROITE !

Mais si, Barre a voulu l'écueil !
La vieille gaulliste propose sa rente à Foccard.

Madame Veil, ah, Lecat a fumé !
Depuis son accident de chasse, Giscard a toujours l'agrafe sur le pif !
Giscard cherche encore à se faire coter, l'affreux !

Qui a pu dire : « Moi vivant, il y aura toujours un nom sur la plaquette » ?
Est-ce parce qu'il chuinte qu'il faudrait le laisser ?
Giscard a trop laissé radoter son gros Barre.
Chirac a peur que les conseillers d'arrondissement ne veuillent avoir leur Chambre dans sa mairie.

À GAUCHE, GAUCHE !

La Présidente connaît les attitudes de bon ton. (Danielle, Tonton n'est pas Christ !) (*2 c.*)
Delors relève le gant dans le blocage. Mais il n'ose pas trop montrer son franc déglingué ! (*2 c.*)
« Cheysson, tu nous fais crier ! » disent les agriculteurs en cachant piteusement leur beurre. (*2 c.*)
Quel nom, ce Teuton !
Jack Lang a-t-il vraiment peiné Bigeard ?
Ah, ce Mauroy ! Quelle bouille, et quelle candeur !
Les communistes écossais ont montré leurs jupettes à ce brave rouquin !
À MARSEILLE. — Faites voir vos fiches de Maire !
Mauroy a un cancre ; est-ce une raison pour se faire sauter le Cheysson ?

LA POLITIQUE EXTÉRIEURE. — L'attaché n'apprécie pas le dur consul qui propose sa charte à l'ambassade. (*2 c.*)

TÉHÉRAN. — L'ambassadrice demanda si le madiran était bien chambré.

Golda Meir chercha en vain à provoquer l'allégement des conquêtes.

Brejnev... Reagan... Où est l'ampleur des Grands ?

Pas d'annexions pour les Russes !

Je suis russe : il faut que tu me cèdes !

(*43 contrepèteries*)

Examen de passage

À peine sorti du Doubs truculent, le nouveau préfet met le Var à l'étude*, après s'être réjoui de voir ce qu'a fait la Bresse. Son épouse, qui distingue à peine le Doubs du Gard, hésite à brader le Var. (*5 c.*).

Croyez-vous vraiment que l'Ayatollah s'inquiète des excès répétés de son insurrection ?

PARLEMENT EUROPÉEN OU DÉBATS MOCHES POUR LA DAME VEIL

Là, l'Europe a beaucoup de vassales, et en son sein, les joutes sont de véritables bijoux. C'est rarement gracieux, une dispute, et ce peut être impressionnant la puissance de certaines joutes ! Les orateurs ont bien besoin de dopant pour retrouver leur salive. Ah, ces débats qui s'enflent finissent par constituer d'énormes barrières : ainsi, la Grèce historique n'aime Rome qu'au moment de l'élection ! (*9 c.*)

LA RELÈVE OU L'ARRIVÉE DES GAUCHES, 10 MAI

Ah, l'urne basse qui oblige à s'assouplir en votant ! soupire ce vieux fêlé qui se présente en vain à la députation. Lui qui désirait tant montrer la piste à la Nation !

Mais l'opposition a sanctionné les membres de ce gouvernement éculé : ce gros Barre qui tant endetta [1] les foules qui chômaient ; cette pauvre Veil qui se contentait d'une seule courge, et même certain clandestin méritant à peine le nom de gueux. Quelle tristesse, ce vieux Barre en landau !

En vain, Lecanuet voulut remettre ça, Chinaud, pas. L'on vit Monory voûté à la montée des prix ; Alice la minette à l'air plutôt bistre, chercher à faire agrandir sa dot par tous les moyens (ah, la sotte ministre !). L'on en vit qui essayaient de frauder Marianne avec leurs lois.

A tous, il en aurait fallu, des poires, pour assurer leur élection *, et le chiroubles remplissait le président de trac.

Puis vinrent des rumeurs quand furent proches les dates : on aurait vu, à Berengo, le président qu'irradiaient des flammes ; il aurait ramené des diapos plein ses manches, et il aurait, dit-on, vu des dames en piaffant :

— Madame, auriez-vous une petite caisse pour ma plaquette ? pendant que la présidente, refusant de s'expliquer sur son fameux sac, s'intéressait surtout aux robes à Venise, irritée du contexte du sac.

Giscard se sentait de plus en plus dominé par la Libye, pendant que certains membres du R.P.R. s'écartaient des mythes débilitants * gaullistes, entraînant la protestation de zélés défenseurs de la Constitution :

— Pourquoi vantez-vous toujours le Centre ?

Alors, vint la nostalgie de l'habit rouge de Thorez. Coluche se retrouva grimé sur l'affiche ; on surprit la petite Huguette Bouchardeau. Chirac fut bienséant * :

— Tu as mal, Mitterrand, à l'ongle ?

Garaud se méfia des élus de son camp *, mais devant l'affiche mielleuse de cette candidate, l'électeur aurait préféré voir l'écriteau lisse * !

Lalonde se contenta de montrer une urne bridée.

Ce fut enfin l'élection du Grand Rose. Ce furent pour plus d'un d'horribles malheurs aux Chambres. Il fallut même faire

1. Quand une jolie fille tient un bar, il est bien rare qu'elle s'endette ! (*Nouvel Album*).

VOUS AVEZ UNE GROSSE COTE, NE VOUS BILEZ PAS!
SONDAGES
Cabu

des papiers aux douaniers, pour qu'ils laissent l'ancien ministre Poncet !

L'ancienne Première ministre s'est retirée, elle habite à Malabar. Tous les matins, une attachée de presse fait un papier à Tonton :

— Vous avez une grosse cote, ne vous bilez pas !

La présidente, refusant la subversion de six ministres, se penche vers le beau Fabius, c'est l'inconnu, en susurrant :

— Qu'a fait ce Cérès ?

— Un bon Cheysson, c'est plus sûr !

Badinter déclare que la plupart des flics tranchent trop souvent. Le ministre Henry se glisse dans bien des luttes* : il n'y a jamais eu autant de polices pour les F.E.N. et bien des militants se font emballer après les défis ; les flics entrent*, et les collent au violon. Aussi souhaite-t-il mettre des bornes à l'union, des bornes rusées, à l'union de ses potes. Fiterman ne veut plus de ces costauds cupides, le petit Jobert joue avec son sax, et à force d'être dans les nuages, notre Hercule national va finir en nuée.

Giscard, qui s'est fait faire un portefeuille en peau de girafe[1], et dont la dame, lasse de montrer son sac à Gex, révèle qu'il cache sa verve sous beaucoup de gestes, et qu'il brasse trop en laïussant, fait du cinéma :

— Quel corps, ce Delon !

Cherchant une bonne rente, le ministre tocard fait ressentir l'agression de son plan, car ses collègues sont aigris de son plan. Cheysson, qui a de drôles de bourdes, sûr, n'a dans la bouche que gaffes, et plans douteux, en voulant montrer qu'il connaît la thèse de bon ton. Bien des ministres se contrent, et se mouillent, alors que Giscard cherche en vain à plaquer sa caissette, et que Lecanuet rêve de fêtes atlantiques.

Les filles de Plogoff ne craignent plus les fûts proches du point de vision, ni les pannes de graphite. Elles craindraient plutôt les suppôts de Cresson, aussi retournent-elles à la tonte des brebis.

Les nouveaux députés qui estiment les disputes impensables

1. Giraud : ancien ministre de Giscard.

déclarent, au risque de provoquer les questions du recteur :

— Voyez, ces soi-disant rares députés de l'opposition conspuent pendant des sessions ordinaires, alors qu'il y a tant de votes de malheur* ! Ah, il y en a qui rejoignent les rangs de la Glose ! Horrible : on voit même Hernu toussant ! Ah, Mauroy, quelle bonne bouille de Questiaux ! Et Delors, troublé par les achats des Nippons !

Deferre demande qu'on lui sonne la garde, en rappelant :

— Il y a si longtemps que je l'aide, Mitterrand !

Que d'égards, pour cette force tranquille !

Ah, la France de l'Attente !

(*92 contrepèteries*)

Le coin des experts

Le maire de Split est tout seul, c'est moche ! Il en avait plein le dos, des Croates ! (*2 c.*)

Là, l'Europe a beaucoup de vassales.

Tu a mal, Mitterrand, à l'ongle ?

Elle habite à Malabar.

La subversion de six ministres. (*perm. circ.*)

Il y a si longtemps que je l'aide, Mitterrand[1] !

Même en toussant, vous grappillez nos voix ! (*2 c.*)

Pour honorer ses visiteuses africaines, le président cherche des baignoires pour l'Élysée.

Les filles de Plogoff ne craignent plus les pannes de graphite.

— Vos lippes dépassent les bornes ! déclare le ministre crépu. (*2 c.*)

La voilà enfin, cette fameuse spécialiste ottomane !

1. Contrepèterie enchevêtrée.

JUSTICE

La magistrature assise ment debout.

Votre cas est bien vilain !
Cette pauvre femme se plaint d'avoir été douchée par un Lombard.
Avez-vous déjà vu le gandin plaider ?
Le témoin a vu Paul et Violette.
Ces rustres dépassent les bornes !
Les querelles provoquent la dèche.
Voyez, monsieur le Juge, comme ces minois font malhonnête !
Oh, ces misérables sans pull sur la caillasse !
Alors, gendarme, vous me l'agrafez, cette tante ?

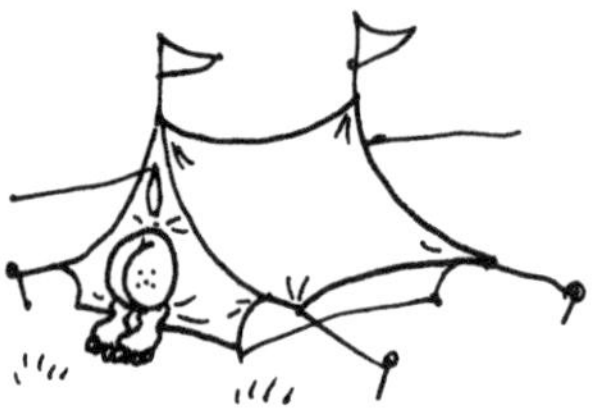

Ce contrebandier en a bien passé des nippes !
La fugitive a été trouvée par un sicaire.
L'avocate boit volontiers le verre des juges.

ÉVASION

Risque-t-on de mourir en se faisant la paire ?

La prévenue taille des jupes au Pirée.
Ce serait indécent, si vous graciez ce mec !

Sacré culot, ce juré !
La vieille avocate n'arrive pas à obtenir des plaideurs bien racés.
Ce politicien s'avoue sa vie de rapines.
Pas moyen de chasser l'Émile de la grange d'Annette ! (*2 c.*)
Ah, la bouille des accusées !
L'avocate sentit la peine des bandits*, et le juge, aimant être précis sur la peine, éprouva le remords de la sotte. (*3 c.*)
Les casseurs qui se mouillent craignent qu'on voie leurs bris. (*2 c.*)
Notant l'effroi des prévenus, la juge se penche sur les cas de ces petits gueux et de temps en temps coffre un souillon. (*3 c.*)
Mademoiselle, je vous vois trépigner : on vous a volée ? Vous savez, biaiser n'est pas voler ! (*2 c.*)
Le gardien-chef fait peindre sa loge.
Devant le bailleur, la concierge dévoila des masses de grands forfaits (*2 c.*)
La jeune avocate aime les robes osées.
Le procureur évoque la pire version de la peine.
Ce vieil avocat s'accommode des lentes affaires.
Les proscrits ont-ils droit à la Constitution ?
Oh, le bon cave !

CHEZ LE JUGE D'INSTRUCTION

Quoi ! Vous n'aviez que l'amante du mari comme alibi ?

AU POSTE

Ce blanc de poulet me donne envie de grailler !

Le commissaire s'occupe des lâches missives.
Ce beau détective dont le lumignon est incassable[1] a découvert deux douilles vides sous le car* ; mais ce n'est pas tout de déduire, il faut être sûr ! (*3 c.*)

CAUSE DE DIVORCE

Mon ami, vous me perdez sûrement !

1. En examinant *Le Tout de mon cru*, on découvre un « lumignon cassé ».

Ainsi, vous avez pu lâcher* cette pauvre fille après l'avoir tentée à la fête ! (*2 c.*)
Ce Sicilien cherche quelque bonne gâchette pour son clan.

(*50 contrepèteries*)

Étude

— Ah, Madame, j'ai honte de m'occuper de votre cas, et je suis atterré par vos fils. Je voudrais tellement voir votre grand blond casé !

— Ah, Maître ! Pouvez-vous sans retard m'ôter mon gros chagrin, sans que je sois déboutée ?

— Certes ! Mais quel ravageur, votre grand Colin ! (*6 c.*)

L'huissier est fier que sa charge soit d'enlever. Le voyant bâiller lors d'une saisie, la commissaire expose son opinion de façon désolante. (*3 c.*)

Le coin des experts

Pourquoi vantez-vous ces drôles de Toulouse qui proposent leur police au capitaine ? (*2 c.*)
Ah bon, le gros brigadier pue le raifort quand il enquête ?

FINANCE

Ces demoiselles m'autorisent à prendre
mes écus dans leur bas.

Quel est donc ce grand homme qui aurait tant aimé voir s'envoler l'écu ?
La caissière a l'accès aux bons.
Voilà un tas bien empoché.
Ce don est incomptable !
Fais voir ta marge, Loth !
J'ai du mal à vous blairer, Lafitte !
L'expert-comptable se plonge dans des tables de rentes.
Mademoiselle, votre dot est une vraie chaumière. Voulez-vous l'auberge avec ? (*2 c.*)
Cette chute de gains me déroute.
L'ancienne présidente a la vente raffinée.
Ce notaire a la bouille cossue !
Eh, où allez-vous, ainsi bourré, Lafitte ?
Le directeur de l'agence manque de fonds pour Béziers.
Quand les ventes sont fastes, on sort mensuellement. (*2 c.*)
Pas besoin de fric, quand on est consentante !
La dèche donne plein d'humilité.
Voyez ces deux banques.
La contribuable ressent la phobie de ceux qui la lèsent.
— Ah, dès qu'on s'attaque à la caisse, vous fouinez !
— Quel malotru ! cria-t-elle, en rougissant. Parlons-en de la dépense des mineurs ! J'en ai vu, des brutes empocher ! Ah, on s'entiche bien de votre fric ! Mais écoutez-les, ces gueux ! (*6 c.*)
Les lois ne servent à rien, dans la dèche !

Oh, votre part est figée !
Voilà déjà vingt francs.
Nous en avons assez de ces gros contrats !
Ce négociant en bitume vous a-t-il beaucoup légué ?
La rente a-t-elle une fonction effective ?
Réveillez-vous, mademoiselle, votre dot est charmante ! Et j'ai le plaisir de vous doter. (*2 c.*)
Votre paye, eh, vermine !
Ces riches sont aussi durs que moches.
Le financier hésite entre les fonds et les rentes.

(*37 contrepèteries*)

Exercices

Le banquier a bien trop de mal pour rechercher les roubles. Il préfère garder ses cours pour les yens, et son dollar vaut beaucoup de poids. Dévoilant son nid à devises, il met ses roupies au net, et fait débiter sa lire.

— Vous banquiez mardi ? Vous banquiez, et bien douillez maintenant.

Il fixe cette petite sotte qui réclamait toujours plus de mensualités :

— Moi, je suis pour la défense de la rente !

— Ah, ces thalers que je voudrais pêcher !

Comme elle est triste, cette petite Line, sans pognon ! (*12 c.*)

Mettez-moi donc cette annexe du côté de l'Indus !

Une fois l'affaire investie, on ne vit jamais autant de riches amasser, ni d'ailleurs, autant de dépôts de fafs ! Même les journalistes financiers étalaient leurs brouilles sur le mark !

Mais aux dûs incomptables[1], les rentiers préfèrent les valeurs bien remboursées. (*7 c.*)

1. On découvre des dûs comptés dans *L'Album de la Comtesse*.

Le coin des experts

La perceptrice avait un agent flibustier.
Alors, on en perd son pécule ?
Le change de Reagan le fait craindre. (Quel dollar, vieux pépé !)

CHAPITRE TROISIÈME

La vie quotidienne

Chaque soir, cette petite poule pondait
quelque part.

FAMILLE ET SOCIÉTÉ

Hélas ! De son amour elle m'a crié l'aveu !

Mon cher mari, voulez-vous bien fêter ma tante ?
Il a braqué sa femme en la quittant brutalement.
Comment peux-tu faire ainsi, Ginette, sans moi ?
La dame s'étendit sur le vélum, s'appuyant sur la berge.
Votre petite Line est bien sapée.
Ce lit est bien mauvais.
Les bains sont sans goût dès qu'on dessale les bains. (*2 c.*)
Ma petite Line est dans la pièce.
Essayez donc ces galoches au ballot.
Oh, index insolent !
Quel horion, manant !
Le jeune marié est mûr pour la dot.
Choquée, la pauvre fille observa sa tante pleine de confusion.
La brave demoiselle était émue de voir grelotter ce pendard.
Je sens que votre Paul s'affine !
Mon rêve : enlacer toutes les brunes !

Quelle graisse coquette !
Quel pif infâme !
Le cul-de-jatte se sert de son lit pour pivoter.
Mademoiselle, je vous incite à me retrouver.
— Quel grand moche !
— Tête de lard !
Sabine, quel sex-appeal !
Ne proposez pas votre gui à l'envi ! (Ce gui a l'odeur de vase !)
(*2 c.*)
Ce type, à Nemours, fait tristement la moue.
Chérie, j'ai couché Tonton.
Mais fendez-le donc, ce vieux manche à balai !
Voyez ce gros Bob très à l'aise.
Ce pochard veut à toute force trinquer aussi !
Quelles bêtes rides !
Ça pue, crétin !
Bob hésite !
La peau de votre crâne est pisseuse.
Ce grand roux m'a fait éponger ses salopettes.
Vous avez un très beau coq, baron !
Ce petit acrobate est encore arrivé à s'encrasser la bouille !
La promeneuse a découvert le goût de l'églantier.
Méfiez-vous des coups de ronces !
Oh, mon Annie, comme tu me manques !
Avions-nous bien besoin de ces pépées anodines ?
Manquant de jules, cette veuve accepte les veufs même pâles.
(*2 c.*)
Ah, la douce peau de Jeanine !
Cette coquine ne cherche qu'à se faire plein de potes.
Ce pauvre cadre est presque sexagénaire.
Les voyeurs ont bien des délires au Bois.
Il se peut que certaines gouapes fréquentent les tinettes.

(*49 contrepèteries*)

Dossiers

LE JEU

Je l'ai vu sans dé, ce vieux ballot : il présentait sa conquête au croupier. (*2 c.*)

Décapez donc ces roulettes !

MAT POUR L'ÉCHEC. — Le mouvement de votre fou a fait reculer mes pions mordorés. (*2 c.*)

Ce voyou a encore tiré un cœur !

Conscient de s'être mis dans un mauvais cas avec sa triche, ce joueur supplie qu'on le repêche à la roulette :

— J'ai un gros chiffre pour attirer les billes ! (*3 c.*)

Les croupiers râlent quand des débutantes manquent leur jeu.

Avant que tu ne mises, souffre qu'on voie tes poches !

LA POSTE

— C'est quoi, CEDEX ? demanda la stagiaire qui s'occupait déjà des plis à vingt ans.

— Pour le savoir, envoyez donc un pli !

La coquine tenta de vendre les lettres au vieux facteur, mais celui-ci, incapable de déplier la boîte, prétendit qu'il ne pouvait presque plus emballer, quel culot* !

— Vous n'avez vraiment plus qu'un petit tri, veinard ! (*7 c.*)

Quelle bath missive ! Mais ce vent furieux a déchiré mon colis ! (*2 c.*)

Sabine est couverte de pulls !

Ah, vous chantez quand je vous laisse !

Le coin des experts

Ah, je l'aime, cette petite, vive, indulgente !

Mes filles, attention aux demi-gauchers.

En montagne

« D'accord, t'es en vie ! Ce n'est pas une raison pour que je te lâche » Et craignant l'éboulement, ils ne se quittèrent plus. (*2 c.*)

Surréalisme

J'ai vu dans ces latrines épingler l'affiche molle. (*2 c.*)
Ah, ton ventilateur !
Les arpètes troublés par l'émotion se livrèrent à la liesse à fond. (*2 c.*)
Pourquoi louchez-vous, mes belles ?
Admirez ces deux reines !
Non ! Les mousmées du M.L.F. ne sont pas toujours gaies.

Étude sociologique

Noce pénible

— Pourquoi, monsieur le Duc, avoir troublé cette noce campagnarde ? Ici, nous n'aimons pas voir passer les mines* des gens guindés !

Comme elle avait déjà eu des feux dans le cou entre les tresses, la future épousée rugit dès qu'il effleura son cou*, et se sentit trépigner avant de se marrer : dilater sa rate la rendait toute chose* !

— Oh, monsieur le Duc, pourquoi votre bouche si près de mon menton ? Oh, cette mine paniquée !

Elle venait de ressentir la frayeur de la couche.

— Allons, ma fille, votre doute vous donne des chaleurs ! Ah, petite Armande, je bêle d'émotion en voyant votre bout de petite culotte ! Tremblante créature, ne sens-tu pas que je boude ?

Et, se tournant du côté des bûches* :

— J'irais bien derrière ces bois ; est-ce bienséant ? s'enquit-il, tout en se disant : « Quel accoutrement bien fouillé ! »

Le marié qui n'avait jamais entendu parler de tels us à la noce, et qui aurait bien voulu commencer la fête en pétant lui-même l'amorce, fit preuve de faiblesse devant la noce, et vida tout son marc dans sa folle détresse*.

— Oui, je l'aime, malgré tout, cette petite, vive, indulgente ; ma petite féline en provoque des passions ! Allons, remuez tous votre lard, et dansez !

Quelle fête ! Quelle chasse, aussi !

Il y avait des lampions, jusque sous la morgue* ; on dut même évacuer tous les lumignons !

Tous, y compris les arpètes troublés par l'émotion, allant des tables aux terrasses, se livrèrent à la liesse à fond ! On découvrait des fêtards jusque sous la pente*, des jouvencelles qui avalaient péniblement quelques œufs, et des vieilles coquettes qui sentaient le Pernod ! Beaucoup montaient sur les tables en rendant leurs tripes près des tricoteuses ; difficile de trouver la paix, au milieu des jurons ! Il y avait trop de Byrrh dans l'étable, et l'on abusait de la ponction des fines*.

De vieilles paysannes, qui ne s'étaient jamais baignées en six ans, soulageaient leur pépie en vidant leur verre, et les vieux s'abreuvaient au Bar de la Joconde, en prenant leur pinard avec la grosse Jeannette. Mainte bourgeoise écarta son clip devant tant de souillons et bien des voyeurs prirent leur temps avant de bigler.

Peut-on vraiment profiter des époux sans bal ?

La voyez-vous, là-bas, rêveuse* ? Et lui, quel rêveur, oh dis !

Et quand ils se quittèrent, ils eurent chacun leur chambre !

(49 contrepèteries)

ACTUALITÉ ET JOURNALISME

Si vous voulez qu'ils se taisent, baillez-leur donc une plume !

Cette presse est spécialiste du foot.
Y a-t-il encore des drames au Congo ?
Cette feuille de Dignes cache mal les problèmes du Var !

Quels gueux, ces chroniqueurs !
La journaliste se retrouva trempée sous l'averse alors qu'elle rédigeait.
N'ayant pas de scoop, j'hésite à sortir, du lit !
Le président convie la photographe et la presse à dîner. À cette débutante, il donne une combine pour faire de bons papiers.
— Il y a bien des hypocrites qui pratiquent la délation dans le faux, mais leurs piges sont sans poids. (*4 c.*)
Les motards de « Paris-Dakar » avaient des scorpions jusque dans leurs cames.

CHARLES ET DIANA

Cette belle nana admire son petit dieu ! Et quelle fière altesse ! (*2 c.*)

En Espagne, nul ne se souvient des baguettes d'un franc !
Quand on parle des Pouilles, Madame prend son *Canard* !

(*15 contrepèteries*)

Le coin des experts

J'ai du mal à encaisser la nulle rubrique qui nous aide pourtant dans notre lutte ! (*2 c.*)
Sans les canards, Tazieff n'aurait jamais appris l'éruption.
Vive Lady Diana !
Ces brunettes à La Hague ont fait vendre beaucoup de journaux à ce port. (*2 c.*)

ARTISANAT, TECHNOLOGIE, INDUSTRIE ET COMMERCE

*Ne me parlez pas de la philanthropie
de l'ouvrier charpentier !*

Vendez bien !
L'ouvrière a pris un bon coup de blanc au goulot.
La géomètre déballe ses mires devant le chantier.
L'apprenti frotte le béton avec sa taloche ! Drôle d'attitude devant le béton ! (*2 c.*)
N'ayez pas peur de forcer en enchâssant ce culot.
Ôtez donc ce bock avant de fraiser !
La chape est couverte de toiles.
Cette pauvre fille a encore été touchée par une brique !
Bizarre : cette forge est grippée et les laitons sont pleins de tares ; j'arrête donc de tasser l'étain ! (*3 c.*)
Faites voir votre glu à l'ancienne : cette vieille colle s'enflamme encore au contact des feux ! (*2 c.*)
Le potier a beaucoup de choix sur les jattes.
Las de se terrer aux Puces, l'antiquaire a quitté la brocante. (*2 c.*)
Ces matelas conviennent bien à nos chambres.
Voulez-vous m'ôter cette antique planche ?
Taillez-moi donc cette brique !

ÉTALAGE

La vue du gond est cachée par l'amas de ces vieilles paumelles. (*2 c.*)
Ce marchand de lin n'est pas cupide ; il est peiné par le manque de jute. (*2 c.*)

Le maçon polisseur* est sot sans truelle! (*2 c.*)
La femme du boucher a eu une fameuse commission sur le veau.
Le charbonnier d'Oran n'a plus la houille kabyle.
Adorables, ces petites chaudières roses!
L'importateur touche sur tous les laitons.
La belle fraiseuse préfère sertir la pièce avant de la carrosser. (*2 c.*)
La dessinatrice a tiré le plan du gros moteur.
Jeune homme, savez-vous seulement permuter les cotes? Et vous, ma fille ne cherchez pas à barbouiller ses cotes! (*2 c.*)
Non, mademoiselle, une panne n'est pas un bris!
La taxidermiste lâche l'eider.
Ce libraire se demande s'il doit détaxer les rayons.
La marchande d'aquariums s'occupe du tri du vivier.
Pourquoi avoir miné cette petite parcelle?
Monsieur le quincaillier, avez-vous un gond blanc?
Madame la boulangère, vos pains ont goût de ciment!
L'opticien décrasse sa loupe en frottant curieusement. (*2 c.*)
Est-ce risqué de fraiser dans le bois?
Faut-il sceller le trou avant la fondation?
Les trois orfèvres pèsent leurs broches.

(*47 contrepèteries*)

Travaux manuels

PEINTURE

Touillant ses deux couches à la fois, le peintre sent le blanc qui dégouline sur ses galoches. (*2 c.*)

MENUISERIE

« Scie bien droit pendant que je te tiens la boîte! » dit sa femme au menuisier, en vantant son coup de scie, pendant que l'apprentie fait voir le bord de sa gouge. (*3 c.*)

ÉLECTRICITÉ

L'électricien choisit les fils et les ampoules, et sa femme fait la connexion des piles.
— T'as vu cette pile, Simone ? (*3 c.*)

PLOMBERIE

Tout en rotant, le vieux plombier se branche à l'eau, mais ce choc ne vaut rien pour l'évier. (*3 c.*)

CÂBLAGE

Ces câbles ne valent pas un rond ; je préfère ces ficelles d'Aix, mais pour bien les enrouler, j'ai besoin de mes deux fistons. (*3 c.*)

TISSAGE

Le tisserand double sa trame et sa dame fait preuve d'assurance quand elle tisse :
— Amusantes, ces petites fauvettes sur ta serge ! (*3 c.*)

TAXIDERMIE

Ayant vidé l'émeu à Denain, la taxidermiste montre à son époux un gros lion à faire et lui, s'écoute empailler. Elle se spécialise dans la fesse à lion, et empaille de drôles de types ! (*5 c.*)

JOAILLERIE

Les six orfèvres observent la dessiccation de leurs ferrets et pendant que leurs épouses enchâssent en colonnes des cail-

loux vides, ils cisèlent pour mieux carrosser des jades vertes :
— Oh, des riches camées ! Enchâssons-les là ! (*7 c.*)

PRISE DE SON

Encore des bandes agglutinées ! Elles me dégoûtent, ces cassettes grecques ! Et il faut avoir le goût du rare pour presser de tels disques ! (*3 c.*)

Le coin des techniciens

Ce vieux marchand s'est fait piller les burnous et enlever un grand lot de babouches. (*2 c.*)
Oh, l'émail coule à droite ! Mets-toi là : ça cafouille ! (*2 c.*)
La femme de Marcel ne veut plus brasser dans l'eau.
Cette petite coquine hachait l'ébonite ! (*2 c.*)
Le vieux maçon ne supporte pas de voir sa fille débâtir.
Verte est ma gouge !
Il est fou, l'patron : il exige des torchons anhydres !
Les brocanteurs du Pirée recherchent l'élite des ébénistes ! (Ces héllénistes sont de sacrés bêcheurs !)
Roubaix, c'est les chignoles.

LA FILLE DU PROVISEUR AIME À VOIR DÉCHARGER
LES PÉNICHES DE POTASSE...

NAVIGATION FLUVIALE ET PÊCHE

Il faudrait ôter le derme des sprats.

Ce pauvre gardien n'a plus que deux vieilles digues sous son phare.
La fille du proviseur aime à voir décharger les péniches de potasse.
Non ma petite ! Les tanches ne se mouchent pas ainsi !
Patron, j'ai perdu ma brosse en astiquant votre péniche !
Ce petit pâlot m'a fait goûter ses roussettes.
Le rameur biaise avec la marée en souquant dans le flux. (*2 c.*)
Ah, le phare drôle !
Cassez-les donc, ces antiques péniches !
Mais mâche donc cette lotte !
Mettez-moi d'abord un bon kilo de brème dans le cabas.
Sûr d'avoir ôté le cordage, le marin a mouillé, laconique. (*2 c.*)
Le vieux pêcheur boude son sextant mouillé.
Le mousse a encore mouillé la carène !
Oh, tu sais, moi, l'abysse !... (Matez-moi l'abysse !) (*2 c.*)
Eh, payez ces roussettes !
— Quelle sorte de pêche, Line, pratiquez-vous ?
— Je préfère les libres, à la mouche.
Le pêcheur de Hambourg met son vœu dans la limande.
Faisant preuve de rondeur sur le quai, le marin reconnaît la pinasse. (*2 c.*)
Ce vieux marinier est empêtré de la chique.
On voit souvent sur les quais, des gueux qui ronflent. (*perm. circ.*)
Les pêcheurs présentent volontiers leur pêche aux moules.

Quand ils sont pleins d'embruns, c'est contre quelque tabac que les marins troquent leur chique. (*2 c.*)
Ça glisse, près du phare du dock !
Mais ces roussettes sont à peine pêchées !
Eh, le mousse, mets donc la nasse en plus !
Les pêcheurs bretons en ont cure, des marées !
La pêcheuse de Malines* s'allonge distraitement près de la crique : ça s'endort près du phare !... (*3 c.*)

(*35 contrepèteries*)

Exercices

Pendant que mon oncle faisait goûter son infecte tanche à la menthe, elle épongeait la terre du ponton. Mais l'ayant poussée derrière l'étrave, ce vieux plouc lui a botté le derrière. (*4 c.*)

L'éclusière qui garde volontiers les péniches dans le sas*, pour vider les péniches laisse* les palans faire. Et le soir, les époux des marinières chuchotent en les laissant sur le sas[1]. (*4 c.*)

À peine sur le pont, il faut la criée :

— Onze lottes !... onze fraîches !

Le pêcheur au lieu sèche la lotte, et sa femme qui rame pendant qu'il ouvre la lotte s'intéresse à l'élite des bancs* de maquereaux. Les passants trouvent cette poissarde bien mégère d'ouvrir sa lotte sous leur nez. Oh, la vilaine lotte amère ! Affirmant que sa lotte doit être consommée rapidement car c'est une lotte massive, elle se hâte du côté du congre et prétend inclure des œufs de brème dans sa note. Mais il y a trop de moustiques autour de sa lotte, alors son mari fait admirer la pureté de ses roussettes ; mais déconcertée par la peau de ces roussettes, elle finit par louper l'écaille. (*16 c.*)

1. Cette contrepèterie à double croisement de consonnes est dédiée aux marinières auvergnates que leurs maris tranquillisent en leur montrant leur péniche sauve.

Oh, mais votre péniche est attaquée par les mousses !

Le coin des experts

Ce peut être imprudent de rechercher les bancs de truites*.
Insolite, ce goudron sur le quai !
La pêcheuse de Malines* ne prend les tanches qu'en vue de l'émouchet : elle les traite en cibles de la chasse. (*3 c.*)
Y a qu'la routine pour faire l'équipe rapide au ponton ! (*perm. circ.*)
... les z'œufs de brème dans sa note... (*perm. circ.*)
À SAINT-TROPEZ. — Cache ta barquette crado !

MODE ET HAUTE COUTURE

Le petit vieux qui vend de la serge se demande
combien il a de reste sur les boutons.

La couturière use de son dé de façon contestable.
Ce peut être dangereux de se faire briller les coudes !
La femme du fripier fait de splendides pompons.
Séchez, Luce !
Ceci me paraît bien dévidé.
Ah, ces satins crépus !
Ce n'est pas toujours bon que les gants s'assouplissent !
Ô mon Annie, je t'offre ces manchons !
Les filles, attention aux vains plis !
Pauvre petite, affublée de ce fendard, elle est grotesque !
Oh, toutes ces grisettes sur le flanc !
Je préfère les nippes bien posées.
Le petit tailleur est risible avec sa pile de navettes* ! Et il voudrait faire croire que sa cousette est minable ! (*2 c.*)
Splendide robe, mon vieux Zorro !
Oh, votre belle serge est pleine de vin doux !
Vos petites pièces pourront toujours faire quelques nippes.
Cette fille gracile a dû en essayer des fendards !
J'ai vu la tante de la fripière !
Ce couturier parle avec humour des canuts.
Ces matelas sont chinables.

Le matelassier vous fera volontiers un crin de bourre.
Que fait ce vison sous votre toit ?
La jeune tapissière allonge des papiers.
Manquant de graisse pour retenir mon fendard, j'emploie deux bonnes bretelles. (*2 c.*)
Ce fripier apprécie les baisses des grandes fringues.
Vous pourriez vous faire une jolie nappe avec vos toiles !
Ces jeunes mariées préfèrent les robes très osées, et l'on peut voir leur goût au travers de leur traîne. (*2 c.*)
Les petites mains bretonnes s'occupent des bris de veste.
Quand vous verrez ma serge, ne vous attendez pas à une finette moirée. (*2 c.*)
La gentille Paulette tricote volontiers l'écharpe des mineurs. (*2 c.*)
Oh, la chausse gratte !
Voyez cette botte, Émile !
Oh si ! Mets ma casquette !
Ce fard me donne envie de m'enduire : quel fard doux ! Ce n'est pas le moment de bouder le fard. (*3 c.*)
La grande couturière ne supporte plus l'habit des petites sottes.
« Enfilez donc ces manches mon cher ami ! » propose la coquine cousette aux dessous fort simples. (*3 c.*)
« Le moindre pli me vêt », déclare ce mannequin qui aime à saisir des menues robes. (*2 c.*)
La lingère refuse de tailler des fripes à son beau-père.

(*47 contrepèteries*)

Exercices

— Oh, la finette est marrante !

Le mannequin qui n'a cure des couleurs des mailles en a récusé des robes ; c'est que le couturier roublard du côté des festons déraille à cause de ses coupes maladroites. (*5 c.*)

PRÉVISIONS DE LA SERGE

La mercière qui, pourtant, en a vu déballer des bandeaux, se moque du fabricant qui déballe avec impatience les nylons de la petite pochette.

— En touchant ces nylons sans déchet, nous pourrons sortir nos robes à l'aise. Mais ces devins avaient-ils prévu l'augmentation de la serge ? (*6 c.*)

— Mais comment t'as taillé ce bibi[1] ? demande à cette modiste nulle le chapelier à triste mine en lui faisant voir les ourlets de son bob. Quelle bête modiste* ! (*5 c.*)

Se penchant sur le cas des châtains, le perruquier trouve affolantes leurs tresses :

— Ah, ces tresses folles imitées ! Mais cette belle fille, adorable, son cil !

Son épouse, sensible à l'apparence des tifs, fit un petit pompon à ce vieux barbier. (*6 c.*)

Le coin des experts

HISTOIRE DE CANUTS ET DE CHUTES

Glissons les soies douces, et jurons pas ! (*3 c.*)

Je déplore la fragilité de vos vareuses, Alcide !
Pendant que je taillais une fripe à mon compère, il a sorti une caisse pleine de socquettes et bas mités. (*3 c.*)
Ridicules, nos chiffons ! (*perm. circ.*)

FOURRURE

La princesse de Galles exhibe un superbe loup à Chartres.
... cette belle fille, adorable, son cil...

1. Contrepèterie à double croisement de voyelles.

CHAPITRE QUATRIÈME

Les sciences plus ou moins exactes

*Ô vous, les savants qui avez **maté l'atome***
*est-ce en riant de Saclay que vous **menacez***
*de l'abîme notre **belle terre**?*

SCIENCES PHYSIQUES ET AUTRES

— Les physiciens voient le monde conique.
— Personne n'est jamais assez fort pour ce calcul.

Ces savantes ont des maths impossibles !

ACADÉMIE

Ce membre est un peu notable. (*consonnes initiales*)

La cosmonaute est-elle venue sur Séléné ?
Ce vieil astronome a connu la cote de bien des comètes.
Matez-moi l'abysse !

DÉCONVENUE SUR LA PILE

Dans sa jeunesse, Volta avait une pile peu notable (*consonnes intérieure et initiale*), mais ce fut toujours une pile bien imitée. (*3 c.*)

Cet acousticien parle aussi bien de pièzes que de dynes !
Connaissez-vous bien la force que représente une pure dyne ?
La physicienne admire le rayonnement de la pile de Phénix.
Vous contrôlez bien mal le flux qui jaillit de vos bornes !
On sent bien que vous n'avez jamais eu de notion sur la pile !
La bibliothécaire me prête volontiers ses volumes sur l'abysse.
Quel pied avait la voisine !
Vous avez de l'amide sur votre verre.
La chimiste est déroutée par ces petites pipettes.
Vous tenez vraiment à vous brancher sur les nylons ?

Professeur, dois-je stipuler l'amine ?
Excusez-moi, si j'encrasse votre loupe !
Ces lamelles sont bien massives.
Les mutants ont montré leurs bizarres phalanges aux Russes.
Oh, la comète coule !
Ah, la grosse masse subite !
Le fermier de Saclay ne veut pas de neutrons sur son lait.
Ce géologue arbore fièrement un blanc de galène.

L'égyptologue qui recherche les vestiges de fer, voudrait enfin voir un bel Anubis au bout de sa route. (*2 c.*)
Cet antique Moloch n'est pas Baal ! (*Il faut prononcer* Moloche.)
Mais cette faille est comblée par une bath silice ! (*contrepèterie double*)
L'ingénieur présente son pont avec conviction.
Lasse de gratter la marne au burin, la géologue a miné la passe. Aux défauts de la pente, elle avait senti un sacré filon dans la pente. (*4 c.*)
La voyante prétend que sa boule a toujours été formelle, et qu'elle n'a prédit que quand c'est sûr. (*2 c.*)
J'ai vu la « Bélier » bien en chair.
L'astrologue raconte des histoires de Vernes aux « Sagittaires ».
Mme Irma préfère les « Verseaux » à cause de leur pudeur.
La voyante rit de voir ses clients amusés de sa boule.
Oh, les formes naissent !
Le vieux savant préfère lâcher les congrès.
Tazieff tâta la croûte en pierre.
Cet océanographe connaît bien la latitude de l'abysse.

(*45 contrepèteries*)

Quelques domaines de recherche

« Voudriez-vous, mademoiselle me noter toutes les pluies ? » demande le vieux météorologue qui a déjà du mal à se noter les froids. Il annonce qu'il va flotter dans la Meurthe, et qu'il n'arrive pas à piger quand s'amplifie l'averse. (*4 c.*)

Las des mutations félines, ces vieux généticiens se contentent de palmer les poules, pendant que leurs assistantes pratiquent la mutation des vipères après avoir emballé les fœtus. (*4 c.*)

« J'ai une tige de germanium dans la hotte, et ses qualités ductiles rendent bien tard ! » déclare la chimiste qui sentait du téflon. Elle sent alors sa mole s'étouffer.

La laborantine qui exige toujours une zone pour pomper les gros tubes, grommelle que les pipettes devraient être soigneusement étalées. Elle a néanmoins passé l'amine et à vil prix, se laissant mouiller par le bocal. (*9 c.*)

L'astrophysicien prétend que l'écoute, ça lui donne des chaleurs. Et la cosmonaute qui s'occupe des hommes débutants raconte comment ils veulent la quitter avec une belle orbite.

Cette astrophysicienne maîtrise-t-elle les « bips » ? (*4 c.*)

Pour entrer dans ces petites boules, il faut être achromatique. Mais avec cette nouvelle technique de « puces », regardez les progrès des faisceaux ! (*2 c.*)

Cette spécialiste des bandes passantes dont le châssis est vieux doit être sacrément à bout pour faire ainsi cracher le filtre ! Son collègue est contraint d'introduire ses fiches sans temps mort. (*4 c.*)

La physicienne révèle qu'il n'est pas nécessaire de passer par les maisons roses pour aller à Saclay. Trouvant l'aimant bien glacé, elle a été observer l'aimant des chambres à vide ; elle se rend compte qu'un gros morceau est en train de se casser dans son entrefer. La voilà sensible à la réduction des sections efficaces ! Mais son champ constitue un bon plasma. (*6 c.*)

Le coin des professeurs

Il a une grande peine, Kelvin !
Kékulé exige une solide enquête.
La chimiste observe avec stupeur la bakélite durcie.
Peut-on se reposer sur le sage inventeur ?
Glacé, il est étincelant.

ZOOLOGIE

La peine des jeunes génisses, c'est de ne pas
être un veau gris.

Les petits freux sont bien agiles.
C'est bien au chaud que mâchent les scorpions.
C'est surtout au couchant que l'on voit l'épervier.
Visez donc ce rat !
Montrez-moi ces chamelles, Maud.
Je n'apprécie pas ces isards, Bob !
Répugnante, la graisse de ce faucon.
Vouée au nid, l'ornithologue se sent méditer devant cette belle buse. (*2 c.*)
Connaissez-vous l'ami des reinettes ?
Mais, ils fouillent encore, ces vieux corbeaux !
Cette boîte cache deux jolis nids.

La femme de l'oiseleur montre la sente à la fauvette.
La minette fit lever la patte au gros minou.
Je suis ému par la candeur de ces grues.
L'abysse est pleine de tueurs.
Quelle fine mouche ! Et quel culot !
La plupart des canes ont de magnifiques œufs.
Écartez la mouche de cette colonne !
Approchez donc la troupe des biques !
Ne parlez pas de votre génisse aux puristes.

Le piaf recule devant la chasse. C'est un joli piaf, dans le fond. (*2 c.*)
Ça peut se gourrer, les fouines ?
Ils me dégoûtent, ces blonds cafards !
L'entomologiste aime bigrement les mouches.
Les Danoises lapent volontiers l'échine.
Comme c'est curieux ! Votre cane est pileuse !
Les frelons sont bien agiles.
En écartant le bourdon à temps, ce pendard d'agriculteur a sali l'abeille qui butinait près du loup. (*4 c.*)
Votre génisse est bien polie.
Quelle bête molle ! Et là-bas, quelle mouche molle ! (*2 c.*)
La jument sent quelque chose qui se casse dans ses fers.
Je suis fasciné par les grues des Causses !
Les puces d'Asie sont réputées pour la longueur de leurs pattes.
Cette petite morue prend l'émeu dans ses quenottes.
Ces mâles sont bien seuls !
L'entomologiste a beaucoup de notions sur la puce.
Ces cailles sont parties sans retour.
Comme elle est douce, la mère de ces petites chamelles !
Vous ne voyez pas ce piaf ? Il crève pourtant les œufs !
Ce geai, quel polisson !

(*46 contrepèteries*)

Travaux dirigés

Commencez donc par le tri des mouches.

L'ornithologue se penche sur les verts piverts et met l'émeu dans sa note. (*2 c.*)
Ces Danois me font penser à deux gros bœufs longs.
Les blattes sont choquées et les petites puces les subissent. (*2 c.*)
Les oies blanches sont-elles conservées par le nid ?
Cette étudiante confond encore les biches et les mantes. Elle voudrait bien connaître les génisses et leur poids*, et scrute les pis à la louve. Après avoir caressé les cornes des petits zébus liés, elle a fait au prof un excellent papier sur les grondins. (*5 c.*)
Drôle de ver sous ce pis !

Le coin des savants

Pourquoi la buse n'aurait-elle pas le droit de cité ?
Qui donc a dérobé ces pauvres petits aigles ?
Ce baudet est digne d'un grand vizir !
Voici la moule, lamellibranche.
Madame, votre caniche sent le moka.

BOTANIQUE ET AGRICULTURE

La botaniste observe un plant qui vient de la Guinée.

Ah, madame, si vous saviez ce que votre plante me fait !
Mais voyons, les pêchers n'ont pas de dattes !
La conquête du blé empêcha les seigles de régner. (*2 c.*)
Ce jardinier a des pelles brunes.
Ce vieux botaniste ne peut plus que compiler les mousses.
Les ramasseurs ont peur de se faire taxer le cèpe.
Cette mousse est couverte de saules.
En soignant les pins, le jardinier couve un petit tronc : il va l'envoyer en serre. (*3 c.*)
Oh, voisin, vous avez encore raclé ma butte avec vos charrettes !
À trop la chauffer, ta menthe va fuser !
L'horticulteur a des radicules en test.
Cette jolie pousse m'a fourni une carotte et un beau chou attachés. J'adore les choux de race ! (*3 c.*)
Le jardinier propose ses courges à la petite vieille.
Attention aux orvets : c'est là que se récolte la girolle !
La botaniste distingue mal les herbes des Vosges.
Ces antiparasites enlèvent tout goût aux plants.

Chère amie, votre menthe a goût de fiel !

(*22 contrepèteries*)

Travaux pratiques

— Il me faut une bonne terre pour remplir ma chape.

— Voilà une bonne matière pour biner, mais trop de pierres empêche de bien biner. N'oubliez pas de desserrer le frein avant de sortir les socs. Bon, c'est bien tassé dur. Binons ! (*5 c.*)

Les mycologues exposent leurs bolets à Vire et font aspirer trop de spores à terme.

— Voilà des bolets que j'appellerais volontiers avides ! dit une experte, après avoir découvert les tricholomes massifs. Mais avez-vous jamais consommé un clitocybe au sirop ?

Et dépecer des russules leur rappela les amanites aux volves jaunes tout à fait uniques ! (*8 c.*)

— Ces herbes sont bien modiques, je préfère l'infusion des petits pâtres. J'aime tant les herbes à l'eau ! (*3 c.*)

Le coin des cultivés

Ah, ces pervenches, mère !
Avez-vous jamais goûté un clitocybe au sirop ?
Dépecer des russules... (Cela se pratique plutôt en URSS.)

D'APRÈS REMBRANDT
« CETTE CHUTE M'A ROMPU LE BRAS »

MÉDECINE

Mesdames, faites vérifier l'âge de votre vaccin.

Il ne l'a pas volée, cette grippe, ce pendard !
Le dentiste a mouillé la carie.
Mademoiselle, vos reins sont pisciformes.
Docteur, si je suis grosse, est-ce grave, aussi ?
Encore une victime de ses transes : quelle cinglée !
Allons, tiens ma ventouse ! (Ce bel interne préfère les ventouses aux tempes...) (*2 c.*)
Surtout, ne vous tordez pas en vous mouchant !
Docteur ! Voyez mon grand souffle !
Allons bon ! Voilà ce vieux Alex sourd.
Oh, cette glotte, Miss !
Les potions, ça embellit la mine.
Avant de l'ouvrir, le chirurgien flèche la rate.
L'infirmière prête sa loupe pour la crèche.
Docteur, vous me ferez guérir avec ce plan ?
Oh, ce pauvre Jean a l'onglée !
Le jus de canine, c'est pas la faute à ma dent[1] ! (*2 c.*)
Vous avez un air bien neurotique !
Cette chute m'a rompu le bras !
La convalescente se tourne pour faire roter sa plaie.
Ce jeune pubère est plein de vices !
Je refuse que l'on me palpe la rate sous la chemise !
Dans les leçons de carabins on découvre des préfaces épurées. (*2 c.*)

1. En hommage à deux grandes cantatrices qui donnaient volontiers le ton : Jeanine Michaud et Mado Robin.

La psychiatre en a bien lu, des visages.
Mademoiselle, séchez donc ce vieux Max !
Je vois : vous avez la trouille d'un kyste !
Comment traiter les rates chétives ?
Mais c'est un pal que vous avez dans le pharynx !
Les homéopathes proposent leurs rares doses.
Voilà un vaccin pour Beaujon.
Le masseur m'a mis un poids dans le dos.
Cette préparatrice imbécile dose mal.
Comment traiter les pires nausées ?
Aux urgences, on recolle des bouts de tarse.

Le vieux chirurgien peine aux vessies.
Vos doutes sont imprécis.
Les luxations répétées mènent à la fêlure.
La stomatologue a fait un dentier au pompiste.

(*40 contrepèteries*)

Travaux pratiques

L'infirmière déteste les malades qui se plaignent de leur panicule, et râle de voir ces six lits sans vieux. Elle en aura décelé, des cas ! (*3 c.*)

Oh, l'organisme a mal ! Quand la bile est entassée, l'écoulement de la bile est détectable. Voyez, une coulée de bile a trempé le coton. Bizarre : cette bile est pleine de miettes ! (*5 c.*)

OH, NANISME. — Ce médecin a beaucoup de naines à piquer !

À L'HÔPITAL SAINT-LOUIS

— Mademoiselle, comment pouvez-vous masser, malgré toute cette crème ?

— C'est qu'il faut une belle pommade à votre vergeture. Certes, les cloques sont erratiques, mais je peux quand même ici dater cette vergeture. Oh, mais votre derme est couleur de jaspe ! (*5 c.*)

Ce type de Nevers attrape souvent la rougeole.

Depuis sa désintoxication, il a la trouille des cuites.

Le coin des spécialistes

Les blessures de scorpions n'intéressent pas l'hématologue.

Chéri, tes boules Quiès !

Salubre, l'eau pique !

La patiente a-t-elle su tousser ?

Bismarck se fit greffer un lobe de Bazaine.

Cette salle banale est remplie de bassines.

La pauvre fille a été trépanée ; mais c'est infime ! L'interne l'a un peu scalpée en lui tenant des propos pathologiques. (*2 c.*)

La femme du détaillant se plaint d'avoir été souillée par un gros kyste.

GÉOGRAPHIE ET ETHNOLOGIE

Ce col mène à l'Aveyron.

La jeune ethnologue est surtout sensible à l'Afrique des contraires.
Ce vieux mandarin est avide du riz.
Les Blancs, c'est pas toujours galant !
Ce petit bout de Sikh est vraiment truculent.
Quels beaux grabats !
Les cannibales font gaver les Blancs qu'elles consomment.
L'exploratrice appréhende les pistes indigènes.
Il est chou, ce petit Finnois !
Quels jolis joncs ont ces coolies hindous !
La vieille méhariste a de fameuses chamelles.
Voyez cette Maure tousse, halète sous la bise ! (*2 c.*)
Les effluves de Seine sont toxiques.
Au bout du Tibre, un bouchon flottait près du grand large. (*2 c.*)
Les guerrières de brousse sont parfois ludiques. (*perm. circ.*)
Ces caïds ont des robes de Fez.
L'Italienne trouve bien triste la carence des Pouilles.
Voyez les riches Mancelles, rue du Pont ! (*2 c.*)
Les bains dessalés provoquent le désordre de l'émir. (*2 c.*)
Ces sheiks ont beaucoup de fils, mais c'est le dey qui m'a conçu. (*2 c.*)
L'aimez-vous, l'abord des chotts ?
Au Moyen-Orient, les vierges prennent des bains de foule.
Les Libyennes ne mangent jamais de vesses.
Le vizir du dey provoqua la tentation des fellouzes. (*2 c.*)

On ne peut être à la fois Mède et roux.
C'est volcanique, la partie des Andes sous le globe.
Les Amazones poussèrent les explorateurs près de labyrinthes.
Faut qu'elles s'taisent, ces grosses Ibériques !
Cet antique Vexin abrita bien des sages.
Lâchez ce bras khmer.
On voit beaucoup de nains chez les sudistes.

(36 contrepèteries)

Études

Le conférencier montre son globe en scène.
Ces buttes desséchées, quelle fournaise !
Ce vieux Job a besoin d'un petit vase hindou.
Quelles galoches avait ce vieux bandit !
Russe, tu me décides !
Le jardinier croate refuse de biner avec une serpe.

Le coin des experts

La Pied-Noir trouve zazous les Sidis.
Que de Kabyles sur cette vieille route !
Ces chauds Lapons ont besoin de quintonine : ils vont piquer des morses hagards. (*3 c.*)

Le despote exigea la concision de tous les Sirdars.
Cette Belgique, quel entrain !

ÉDUCATION NATIONALE

La maîtresse laissant faire veut voir les bons cahiers.

La gardienne du campus dessine.
Ces petites sottes seront difficiles à former.
L'écolière distingue mal le Doubs du Gard.
Ce cancre ne vous causera pas de Seychelles !
La prof' de technologie a tiré le plan du gros viseur.

CHEZ L'INSPECTEUR

Elle cherche à se faire mousser, la traîtresse !

Comment ? « Gîte » n'est pas verbe ?
Non, ce ne sont pas des cancres, juste de simples cloches !
Trop de brochures, et l'on est dégoûté des maths.
Voulant enseigner les bonnes habitudes pour la thèse, la prof' de fac se penche sur la tête de ces jeunes bizarres : « Ne vous embêtez pas à faire durer la thèse. » (*3 c.*)
Ce prof' est agro.
Mais non ! Le Var ne se déverse pas directement dans l'Oder !
Les étudiantes montrent leur dos au recteur qui n'en peut plus d'avoir ses grandes en lutte ! (*2 c.*)
L'institutrice appréhende la rédaction des petits durs.
Galopins, ne taquinez pas ces piafs si près du pont !
L'examinateur a encore collé Violette !
La conseillère d'orientation parle abusivement d'élites : « Ils m'irritent, ces grands calés ! » (*2 c.*)
Ce cancre a un 2 fort minable.
Trop grandir n'empêche pas de bosser.

Que supputent-elles, ces pauvres sottes ?
Les écolières parlent de foot en babillant.
Battez-vous, mais sans aller jusqu'aux taloches !

EXAMEN

Allons, mademoiselle, qu'est-ce que le faraday ?

Connaissez-vous l'effet de la translation ?
Les éducateurs défendent les droits aux tics.
Les étudiants sortent des facs, pleins de conclusions.
Se demandant s'il fallait un *a* à « semoule », l'écolière se retrouva notée d'un beau 2 ! (*2 c.*)

Attention : « Probité », c'est du latinisme.
L'inspecteur a un peu plein de notions.
Ces potaches finiront bien par avoir quelque lueur, à force de sécher !
L'ancienne ministre songeait censurer.

(*36 contrepèteries*)

Exercices

— Mon cher collègue, je souhaite revoir le cas fumeux* de ces candidates compliquées, en les notant de nouveau.

Ces redoublantes étaient en train de ressasser leur chute*, lorsque l'intrusion de ces gros profs les firent hâter ! (*4 c.*)

L'instituteur arrive à ce sujet : l'averse.

Les mois de novembre* apportent l'humidité, et juillet l'averse.

Suivons le trajet de l'averse : voilà une jolie terre qui demande l'averse. Oh, l'averse est gelée ! Mais l'averse est joyeuse*. Ces joncs sont en quoi ?... Ah, levez le branchage !...

L'averse d'orage* a fini par lasser Chimène : « J'ai senti jaillir l'averse, et me voilà acculée de l'autre côté du champ ! »...

La pêche lutte sous l'averse où elle gémit !...

« Que fait ce gros géant sous l'averse ? Il va se faire mouiller, au coin ! » (*17 c.*)

La pauvre fille geignait sous l'averse.

CHAPITRE CINQUIÈME

Les arts et les lettres

Les Beaux-Arts sont un plaisir des dieux.

MUSIQUE

Le luthier montrait son « la » dans les vitrines.

Maître, je vous montrerai mon Couperin pendant que vous dînerez.
Ces musiciennes ont toutes deux paires de luths.
Les guitaristes ont de solides barrés quand ils dièsent.
Cette célèbre cantatrice donnait volontiers le ton.
La choriste préfère les libres chants.
Ténor, du feu !
Quand j'admire ces magnifiques ténors, j'en perds le ton !
Quel « mi » valeureux !
La soprano vantait le « si » du ténor.
Cette Carmen en a assez des « do » de Bizet.
Les petites choristes ont peur qu'un jour leurs potes muent.
Ce chantre a un « mi » bien venu.
Vois, ce petit rat comblé* épate l'étoile. (*2 c.*)
Maître, je suis effarée de l'ardeur de votre « do » !
La diva provoque l'éjection du ténor enroué : quelle rude éjection ! (*2 c.*)
Le chef supplie qu'on lui fasse un petit bécarre sur le « do ».
Ce technicien en a coupé des sons !
Admirez l'aîné des organistes qui passent en mineur. (*2 c.*)
Le maître de chapelle était ému par le son des quintes.
Callas n'est pas arrivée à Bizet sans peine.
Carmen a proposé sa dot au matamore.
Tu joues bien du cor, Daquin !
Brutale, la mezzo quitta la basse.
Ah, madame, votre « si » est troublant !

Glassharmonica : Mozart appréciait la percussion du verre.
C'est une limite, cette grosse basse !
Ah, la basse d'élite [1] !
Cette joueuse de trompette a l'air plutôt bonasse.
Les luths sont dans la pièce, mais le joueur de guitare devrait se méfier des sonos ! (*2 c.*)
Vous le donnez bien mollement votre « sol » ! Je suis vexée !
Ce « ré » est bien vide ! Mais ce « fa » est bien vide, aussi ! (*2 c.*)
Ces cors sont bien penauds.

(*37 contrepèteries*)

Études

Lully exigeait de bons contrats pour ses passe-pieds.
Le petit Debussy jouait parfois avec le grand affolé.
J'aime la jolie couleur ronde de Mozart !
Voilà les pires vinyles ! Ah, ces cassettes m'écœurent ! (*2 c.*)

QUELLE FANFARE ! ELLE EST DANTESQUE !

Afin qu'elles puissent jouer au cirque de leur instrument, les musiciens quittent leur fanfare devant les dames. Pour voir si elles ont le sang chaud, les percussionnistes leur donnent deux cymbales, et la dame à la jolie caisse claire leur fait fête. Et pendant que le chef montre son « mi » sans percussion, la corniste, déroutée par ces petits pistons*, se penche sur la clé d'octave qui peut beaucoup. Voyez ces cors en demi-tons bémols, ne pouvant plus diéser comme des bœufs à cause de leurs « mi » avariés ! La basse refuse que l'on chromatise son tuba, car, dit-elle : « Trop de rancœur m'étouffe en modulant ! »

Les instrumentistes trouvent que ces horribles sons couvrent trop, mais les flûtes les font en « ré ».

1. La solution n'est ni « Ah, la bath d'hélice », ni « Ah, la balle des Scythes ».

— Oh, le son pénible !

Tètant machinalement son sax, la débutante sentit qu'elle avait le « fa » bouché *. Elle finit tout de même par donner son « sol », exsangue, et découvrit subitement tout le sel du saxo, pendant que le chef, enfoncé dans sa chaise, battait sans mesure. Il brailla, en tripotant sa baguette :

— Ah, ces pataquès qui me mettraient en fuite ! Ces « mi » sont bien lâches ! ajouta-t-il, en se moquant de l'adresse douteuse de la clarinettiste dans les « fa ». Vous n'arriverez jamais à dévaler tous ces « si » ! Et c'est pas possible, les trompettes quand on danse ! Enfin, pourquoi les majorettes sont-elles rouillées, sans képi ?

(*28 contrepèteries*)

Le coin des virtuoses

Le jeune Pelléas tiqua, sans maudire le plan de Golaud. (*2 c.*)
Mettons-nous à l'abri pour jouer au cirque.
La pianiste a découvert Mozart dans les rondos.
Borodine s'intéresse aux falbalas de Luce qui rêve[1].
... la dame à la jolie caisse claire leur fait fête[2]...
... Voyez ces cors en demi-tons bémols[3]...

1. Borodine : compositeur russe du fameux groupe des Cinq auquel appartenait entre autres Balakirev.
2. Contrepèterie à double croisement de consonnes.
3. Contrepèterie holorime (voir la fin de l'Appendice).

PEINTURE

Madame Vigée-Lebrun.

VERNISSAGE

Bécaud, puis-je vous présenter Magritte ?
Sacré rapin, ce vieux Dédé !
Titien avait un peu de Léonard.
Cette beauté sculpturale a fait déroger Chardin.
— Oh, monsieur, quelle ravissante berge j'ai vue dans votre Watteau !
— Ah, madame, quelle belle jatte j'ai découverte dans votre Chardin !
La barbouilleuse s'amuse d'avoir une vilaine cote.
Eh, ne battez pas Magritte !

À MONTMARTRE

Ce petit boudiné me rappelle votre butte !

L'égérie du rapin s'habituerait vite aux rites de la butte, et dînerait bien avec ce vieux rapin, mais ce radin n'est jamais pressé ! (*3 c.*)
Ce beau Vinci brossa la natte de la belle Mona.
J'aime assez le Degas des « Sources ».
Ce Bodard ne ressemble guère à Magritte.
Ce vieux rapin malade a encore de la gouaille sur sa couche !
Ne posez pas ainsi de cette façon, Maurice : difficile d'apprécier votre visage de dos. (*2 c.*)
Attention à l'agressivité de certaines laques !

Quittée par le grand Bonnard, la pauvre fille en fut réduite à montrer son pis à Chagall. (*2 c.*)

(*21 contrepèteries*)

Le coin des experts

Quel magnifique ton, cette laque de Chine! (*double croisée*)
Ah, Magritte bosse!
Ce brave Braque a peint aussi des homards : ce sont des Braque, *L'Art en mer.* (*2 c.*)
Ah, Renoir le veut!
J'expose Magritte au milieu des badins.
Monet détestait les croûtes de Paul.
Les toiles profanées de Magritte sont belles! (*2 c.*)

LITTÉRATURE

J'ai toujours peine à lire !

Virginie est minée : Paul ment !
Mademoiselle, connaissez-vous le coût des Becket ?
Les Rougons de Zola étaient remplis de stress.
Phèdre abandonna sa loupe au petit hypocrite.
Oh, les fables mentent !
Il y a trop de clans pour ce seul Goncourt.

La bibliophile a plein de Becket dans le cabas.
Mais où avez-vous donc été pêcher ces Courteline ?
La rousse proposait son lit à Vitré.
Ces trucs de Daudet, quels bobards !
Mme de Sévigné songeait parfois à la berge bien remplie de colverts.
Labiche, ce peut être coton !
Chimène étant lassée, le Cid a fini par se vexer. (*2 c.*)
Ce vieux Fayard est sur une drôle de pente ! (Mais on ne peut être à la fois Fayard et Payot...) (*2 c.*)
Ah, Céline nous dépasse !
Quel gros Bodard !
Eugénie la voit : la peine du père grandit.

Cette romancière présente toujours quelque héros apathique.
Quelle peste, Céline !
Ah, ce Bossuet bien calé !
Votre Green, quel pendard !
Bizarrement, la libraire avait Sapho derrière son Dante.
La critique affirme que chaque fois qu'elle flatte l'élite, elle se débecte.
Fanny enlaça effectivement ce gros Panisse.
Hamlet bouleversa la foule de son homélie.
Que j'aime ces vers, Virgile !
Catulle a cessé ?
Vous avez des attitudes de Bruant[1].
La femme d'Ernest s'intéressait aux dents de renard.
Béatrice n'avait besoin que d'un seul Dante à la fois.
L'éditrice ne supporte pas qu'on lui rate les Flaubert.
Oh, ce sabre, Eschyle !
La poétesse se laisse prendre aux larmes du branchage.
Ah, mais je voudrais voir votre phare, Aladin !
Ô ma belle Égérie, ta muse me refoule !
Ce cossard, quel front !

(*38 contrepèteries*)

Exercices

Dans *Les mémoires d'un âne*, la saynète montre Cadichon.
Ah, ce lent Mowgli !
« Non, je n'ai pas peur des beaux ogres ! » s'écria Blanche-Neige. Et les nains s'égarèrent dans la brume endormie. Qu'ils sont donc émouvants, les nains de cette saynète ! (*3 c.*)

1. Contrepèterie sans tabou.

« Ce n'est pas normal que les pages de ce volume soient toutes ravinées ! » déplore l'éditrice qui refuse les bibles ratées. Préférant les succès ressassés, elle ne craint pas de choisir Dumas, en surveillant l'imprimeur qui a déjà accroché sa maquette, alors qu'il dispose de vélins à la page. Elle n'aurait pas craint de coter Platon. (*7 c.*)

Victor Hugo avait-il vraiment l'entrain de Javert ?

Le coin des linguistes

Allez, les stances des Rougons me rappellent ce Zola banni ! (*2 c.*)

C'est rare pour les lecteurs de ressentir l'humanité de Gide. (*2 c.*)

On risque de perdre son tonus en lisant trop ! (*2 c.*)

LE MALADE IMAGINAIRE

Ah, ma vie sans syndrome !

L'académicien chenu s'est mis dans un mauvais cas : il a l'habit vert en déroute. (*2 c.*)

Ces vieilles philologues voudraient qu'on mette l'accent sur leur sémantique.

Ah, cette page inouïe ! Elle se corne au moment de la fabrication ! (*2 c.*)

Voilà un succès ressassé !

Madame, vous avez édité sur bien des Beaux-Arts ; mais je voudrais tant voir mes contes à votre goût ! Ah, les Beaux-Arts provoquent bien des débats... (*3 c.*)

HISTOIRE

Omphale ne veut plus qu'on l'embête avec cet Hercule !

Les femmes de Cro-Magnon plaçaient leurs fils près des Eyzies.
C'est bel et bien Adam qui inventa le premier pli.
Jupiter exigeait que Junon batte Saturne.
Ce vieux Pan glandouille !
Dangereux de forger l'averse ! Jupiter a foudroyé le nain du regard. (*2 c.*)
Sisyphe est arrivé au bout en treize ans.
Prométhée sent des becs !
Cet horrible Moloch est rempli de barbaque ! (*prononcer :* Moloche.)
En Mésopotamie, on découvre bien des sites sans bibles !
Les anciens bâtisseurs préféraient l'airain au sable.
Échauffée par ce bon Samson, Dalila finit par se brûler.
Jézabel se pencha sur des lésions de Job : « Qu'il est raseur, ce Job-là ! » Et soudain, ce brave Job se sentit tout lésé. (*3 c.*)
Persée lâchait Pégase quand il dînait.
Hoplites, découvrez donc Saba ! (*Visite à la reine de Saba, comme l'a involontairement contrepété Roland Bacri qui, horreur, avoue qu'il est contrepétophobe !...*)
Oh, ce gros père Hérode !
Quittez donc cette lente Sapho !
Pénélope ne suivit pas toujours la voie d'Ulysse.
C'est inhumain de parquer ces esclaves à la mine !
Elles gagnèrent beaucoup grâce à leurs ventes, les Phéniciennes !

Les Amazones avaient les reins masqués, mais n'hésitaient pas à montrer la force de leurs mains[1]. (*2 c.*)

Io bientôt ressentit la révulsion du pis.

Votre pauvre Pline est écroué !

Négligeant les potins, le jeune Curiace traînait Sabine comme un poulet ! (*2 c.*)

Ah, ah, Messaline, vous aimiez donc les popes !

Le tribun présente sa chair à l'épée : voyez, ce guerrier cède devant l'airain ! (*2 c.*)

Horace peignait Sabine avant de la faire pouffer, Sabine ! (*2 c.*)

Horace a fini par priser Sabine. (Il s'inquiétait du dépit de Sabine !) (*2 c.*)

ROCHE TARPÉIENNE

Les Romains plongeaient dans le trou, l'abîme à Latins !

Les Vandales souillaient sans classer.

MILLE ET UNE NUITS

Le sultan s'en sortit difficilement de ces mages vilains !

La vieille mère aux vingt chiennes avait une jatte hors d'usage.

Malgré le froid, Charlemagne sortait sa Berthe sans vigogne.

Rendras-tu mon bois ?

Oh, le vassal geint !

Les preux s'enflammèrent pour bien des nobles causes.

Ce preux Abélard se fit châtier.

1. La solution n'est pas « l'amorce de leur fin ».

JE VAIS VOUS LIVRER LES SECRETS
DU FAMEUX MESSAGE DE SAXE.

Les Croisés finissaient par avoir quelque viatique, aussi.
La reine veut l'archer près du dais, et le beau chevalier joute en rugissant. (*2 c.*)
Oh, le valet geint !
La femme de Guillaume Tell faisait bâiller le bandit.
À la tour de Nesles, il y avait quantité de chambres d'amis.
François Ier ne voulait plus de cette horrible Ninon fâchée.
Henri III exhibait volontiers sa biche au débotté, et mouillait volontiers ses quignons. Sa Ligue sentait venir le vent... (*3 c.*)
Henri IV n'aimait pas tant que cela les chapons, dans le temps ! Il avait une petite préférence pour les chapons frits. (*2 c.*)
Les Vénitiens avaient parfois des vagues jusque sur leurs berges.
D'Artagnan dégaîna sa flamberge voyante.
Mansard est immonde, et Lenôtre est bien vain. (*2 c.*)
Le chevalier d'Éon avait, dit-on, un fâcheux minois.
Petit à petit, la Pompadour acquérait l'étiquette.
Montrez-moi ce fameux message de Saxe ?
Est-ce vraiment par la PETITE vérole que Mirabeau avait la bouille cloquée ?
Votre Cook est toujours impayable !
Le cordonnier Simon dîna maintes fois avec le petit Capet.

CHARLOTTE CORDAY

Ayant amené ce Marat défunt, j'allongeai le ci-devant froid. (*2 c.*)

LE RADEAU DE LA MÉDUSE

Les naufragés n'avaient même plus la force de bouffer les rames !

Mme Tallien sentait bien que sa tante se fanait !
Marie-Louise trouvait cocasse la mine du vieux portier.
Napoléon mit sur pied le raid des grognards.
Ce vieux dey est décharné ! Et le jeune dey est complaisant. (*2 c.*)
Ne vous trempez pas, Lafitte, dans le Bosphore !
Cavour s'écria : « Je refuse qu'on matraque les Pouilles ! »
Lord Byron prenait souvent son thé avec des opiomanes.

Lesseps exposa son vœu : un vrai chenal !

« Jamais on ne verra la révolution de nos idées faillir ! Et toujours nous le brandirons, ce levain révolutionnaire ! » Ah, Lénine en péta d'émotion ! (*3 c. assez difficiles*)
Voyant brûler leurs combattants, les résistantes se faisaient sauter en plastiquant. (*2 c.*)
Le soldat harki vida ses douilles, cédant à la tentation des fellouzes. (*2 c.*)
Castelot a un sacré meursault, Decaux[1] !
Les mythes nous façonnent, ces mythes provoquent notre émotion ! (*2 c.*)

(*88 contrepèteries*)

Exercices

Marguerite de Bourgogne aimait les rois bien assez. Présentant sa tante au gros bouffon *, elle faisait trotter son bouffon. Mais à force de tricoter près de son bouffon, ce bouffon était tout tendu. (*5 c.*)

L'historien qui se penche sur la Grèce historique n'a que faire de ces Occitans hérétiques. (*2 c.*)

1. L'auteur prie ces deux grands historiens de bien vouloir l'excuser des libertés qu'il prend avec la chronologie.

Quel mythe, cet Hannibal ! Il adorait les sites puniques. (*2 c.*)

Le coin des spécialistes

Le son de Calliope, c'est le pet ! (*2 c.*)
Pompée fit nettoyer les arpions de ses morts.
Cette fameuse Messaline, Tite l'abordait.
Le centurion a dépassé sa lance.
Metternich fit souvent trinquer l'Aiglon.
Phèdre, laisse tomber ton Thésée !

Et, parodiant une contrepèterie célébrissime :
Oh, Thésée, vous, en bas !

La future belle-mère de Coligny : Ma fille, donnez donc votre part à ce bon Gascon...

ARCHITECTURE, DÉCORATION ET PHOTO

Aimez-vous ce mur d'ambre ?

La femme de Rodin trouvait ses bustes trop modernes.
Carnot[1] savait sculpter un peu, et taillait l'émeu dans la nasse. (*2 c.*)
Madame la Marquise, votre ornière est-elle douve aussi ?
Ces voûtes amplifient la douleur de nos cris !
Ces dix solives tiennent mieux que les toits à la mode. (*2 c.*)
L'entrepreneur a encore raté ma cloison !
Ah, la bath échelle !
L'urbaniste a érigé une butte bien crépie, et sa femme a découvert le plan de l'égoût. (*2 c.*)
Oscar, je ne veux pas de ce pouf !... Oscar... mon chou ! (*2 c.*)
Le Corbusier détestait les toits sans raison.
C'est vrai que Viollet-Le-Duc amputait les voûtes ? Il a su créer bien des mauvais projets.
Je n'aime pas les fausses grilles.
Ah, la hotte est montée !
Le photographe cherche quelles vitres pourraient s'adapter à son énorme chambre.
Mademoiselle, votre cliché est-il à l'étau ?

(*20 contrepèteries*)

1. Presque homonyme d'un authentique et célèbre sculpteur : Carpeaux.

Étude de projet

Tout le monde n'apprécie pas vos motivations, Eiffel : il faut être mordu pour faire ainsi la Tour ! (*2 c.*)

SPECTACLES

Ce n'est pas un métier de faire du ciné.

Quel Becket !
Ah, ces cinéphiles et leur mythe de Gabin !
Votre fougue attire plein de trèpe !

L'illusionniste adore le truc des sous.
Pour la scène du sérail, inutile de cadrer les stars !
La figurante a laissé le chou-fleur.

DRESSAGE

La puce est à la naine.

« Quel rêveur, oh, dis ! » s'écria Colombine, présentant une note comique. (*2 c.*)
Connaissez-vous les vestiges du « Rex » ?

MOULIN-ROUGE

Ah, charmants ces nylons ! Mais quelles magnifiques reines pour notre Pigalle ! (*2 c.*)

La tragédienne aurait voulu connaître les vraies sources du bide !
Ces stars à la retraite n'ont plus de résidence.

Film soviétique : *Les Faucilles de la faim.*
Film égyptien : *Passion de fellah.*
Fim breton : *Le Phare du dédain.*
Film franco-chinois : *L'Averse de jade.*
La vieille actrice se souvient encore comment elle fut fêtée par Bidault, et songe aux délices du « Rex ». (*2 c.*)
En soulevant le couvercle, Dracula coinça sa canne dans le pivot !
La maquilleuse grime la foule des figurantes.
Avec l'Abel Gance, ça bardait sec !
J'aurais tant voulu connaître votre gloire, Renan !
Valsez, jolies danseuses !
James Bond tirait son plan sans se faire griller.

(*26 contrepèteries*)

Exercices

La télévision

Vous avez vu, c'est[1] quoi sur la Deux ?
Catastrophe ! Elle a encore mis la Deux !
La speakerine expose un fait grossier.

Le cinéma

L'ouvreuse propose des places bien faites.
Pour que la starlette recommence la scène du bon pied, il faut que son partenaire l'apaise !

L'opéra

En principe, le dais s'arrête au niveau des fosses, et les vents ne doivent pas atteindre les cintres. (*2 c.*)

1. La traduction change « c'est » en « ces » (ou « ses »).

AU CONSERVATOIRE

Vous avez des faces ineptes !
Voilà : débute apaisé.
Ces deux-là sont bien noués !
Votre minois est trop chenu.

LE THÉÂTRE

« J'en émerge de *L'Avare* ! » déclare la comédienne en faisant remarquer à Scapin que sa Zerbinette lui colle à la peau. (*2 c.*)

Le coin des experts

Les pitres, c'est rue Daunou !
Cette comédienne adore les parodies.
Comment faire définir la gouaille ? Ce n'est pas par les joies de la verve ! (*2 c.*)
Est-elle malade de la coqueluche ?
Ce vieux grouillot avait une couche molle.
La maquilleuse fait trop de grimages sous l'averse !

CHAPITRE SIXIÈME

Le sabre et le goupillon

L'aumônier couve ses ouailles...

ARMÉE

La cantinière a fait laver le topinambour.

Les parachutistes se font légers pour mieux chuter.
Tirez beaucoup, vite, en l'air !
Le général tirait son plan avec beaucoup de ganaches.
Oh, les bleus cafardent !
Le major a un morceau de gâté à son plan.
Général, je ne veux pas qu'on tue !
Attention aux douilles de ces grands cadets !
L'Amazone en a douté des guerrières.
Mais ces rangs sont de véritables gladiateurs !

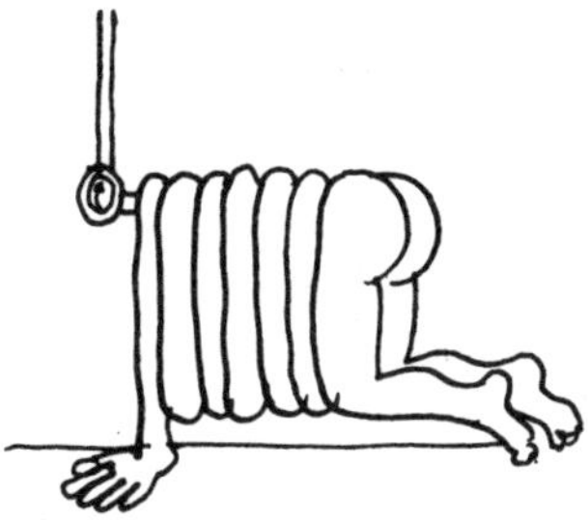

L'adjudante a un pas bien tranché.
Ce première classe a coincé son ballon entre ses galoches.
Hernu, ces douilles sont coûteuses !
Le vaguemestre est épuisé par les colis du fort.
Général, ne vous tordez pas sur mon char !
Le méhariste pose ses mains sur la chamelle, et la mate.
Les indigènes se méfiaient des Blancs trop galonnés.
La cantinière appréhende les bleus maniaques.

L'adjudant se marre en vue des sections : il va inspecter le pied des troufions. (*2 c.*)
Voulant plonger entre deux fosses, le para a glissé sur la crête.
Les poilus n'avaient pas peur de se trouver le nez contre les Teutons !
L'aumônier parle de quille au moment du courrier.
« Encore un pont de coupé* ! » s'écrie le général qui déplore le dommage des chars. (*2 c.*)
La maréchale a ouvert son message devant le Corse.
Les jeunes recrues qui n'avaient jamais vu de camp jusqu'à Maintenon montraient leur liesse au feu. (*2 c.*)
Pas moyen de bien bouffer dans ces forteresses !
Le vaguemestre a fouillé le courrier.
La cantinière déplore qu'il y ait trop de peaux dans la compote.
L'élite des pilotes provoque bien des « Bang » !
À la suite de l'entraînement, les marines se retrouvent vite dans la base. Et c'est à la base qu'ils récurent leurs galoches. (*2 c.*)
Qui a parlé de popote ? C'est Carnot !
L'artilleur en connaît, des culasses !
Le brigadier a épuisé ses douilles sur un petit biquet.
Voyant d'énormes tanks, la colonelle est toute contrite.
Tous les sous-off aiment Saint-Maixent.
Fallait voir le képi de l'adjudant quand il a vu l'état de ses douilles !
Bidasse se bidonne en astiquant son char.
Taisez-vous et briquez !
C'est plutôt rare, les douilles incolores !

(*42 contrepèteries*)

Exercices

— Visez-moi ce petit bai et sellez-moi le grand ! J'ai trop mal aux tempes, j'ai du mal à brider. (*3 c.*)

La colonelle à la monte houleuse trotta en laissant le grand s'expliquer et, passant d'un air mutin, elle lui chipa la botte. (*4 c.*)

Les trois majors s'inquiétèrent de la couleur de leurs cipayes.

LES SOUDARDS PILLENT SANS PEINER

La cantinière n'aurait jamais dû garder ses meilleures lampes pour l'épicier. Ayant fracassé sa tente*, des gros lards de soudards lui enlevèrent toute pâleur en l'avinant. Elle dut alors donner ses plantations à ces vilains félons. (*6 c.*)

Le coin des experts

Oh, les chars toussent, halètent sous la bise ! (*2 c.*)

Taquinant l'épinoche sous une giclée de balles, les assiégeants furent repoussés par une avalanche de traits. Que de bris causés par l'assaillant ! (*3 c.*)

La sentinelle a planté sa guérite derrière la marchande de bidons.

Au 14 juillet, des tanks idiots se font aduler et Hernu veut des dragées entre deux chars.

CHEMIN DES DAMES

Ah, ce Verdun aux relents magiques !

Les légionnaires ne craignaient pas les charges viets !

GUERRE DE RELIGION

Mes braves, pourfendez ! Il me faut l'abbesse ! Vivent les parpaillots !

Hein, rapides, ces cibles !

Quoi ! Près de Lascaux, des bennes militaires !

MARINE

Elle a reçu toute la farine sur sa mante.

Le mousse a dû s'perdre dans les mâts !
La femme du bosco a découvert un vieux rat tout échaudé.
L'amiral se présente bien cambré au matin.
Mère, la flotte !
L'amiral s'est fait faire un petit pompon sur le pied.
Pourquoi menacez-vous la marine ?
L'amiral n'apprécie pas que les mousses aient le goût du lucre.
Le mousse connaît bien la manœuvre des quilles à la poupe.
La captive devait chaque jour briquer l'étrave.
Oh, le gros sextant brodé !
L'amiral exige qu'on lui rince le pont.
Qui chantera jamais la douleur des mousses !
Les mutins se disputèrent les parts. (*contrepèterie décadente*)
Pauvre mousse, noyé sous la grêle !
Distrait, le harponneur plongea son bas dans la Vilaine.

(*15 contrepèteries*)

Exercices

Sortant de la fête, c'est en Russe que l'amiral racla ses galoches sur le bateau et fit scruter sa petite Line à la poupe. (*3 c.*)

Le mousse s'est pris ses deux taloches en bordant malencontreusement des voiles appariées, mais finit par dénouer le cordage, docile. (*3 c.*)

Le coin des experts

T'as vu les salves ?

« LE RÉVÉREND ARRIVE À LA PIÈCE REMPLIE DE MORMONS »

RELIGION

Monseigneur a fait venir des lits pour l'évêché.

Le révérend arrive à la pièce remplie de mormons.
Ce vieux sincère est un peu pâlot mais sa mine est papale. (*2 c.*)
Monsieur l'Abbé, votre bible est bien faite.
Ah, les rites bougent !
En quêtant, le prieur qui voulait avoir le banc de Taizé lorgnait sur les fonds de l'abbesse. (*3 c.*)
Le Suisse avait un trou sur la pique.
C'est risqué de repêcher cette calotte !
Éminence, votre pèze alourdit votre robe !
Découvrant l'abbesse il trouva Sapho !
La chaisière trouva glacial le bock au frigo.
Le vieil abbé se fait malentendant. (Ils ne se taisent jamais, ces cabots ?) (*2 c.*)
Ah, plût au ciel que je fusse un saluce !
Les frères se plaignent : « Les dames nous dérangent ! »
La supérieure parle peu de la Vierge au rosaire.
Les sœurs lingères taillent des fripes à tous les pères, en espérant un peu de nappes. (*2 c.*)
Ces compères ont de bonnes bouilles.
Monseigneur, comment préserver les pains de la sécheresse ?
Ces moines paillards, caftez-les au pape !
Après Nicée, le Conclave.
La novice est sans défense devant les saluces.
Cette abbesse de choc a dérouté plus d'une bigote !
L'ermite se laisse mouiller sans calice.

Ce prieur a de drôles d'habitudes pour Taizé ! Regardez la sévérité de son lit ! (*2 c.*)
De pieux voiles cachent le bout de la tresse. (*2 c.*)
Les chaisières cachent des ficelles dans les replis de leur mante.
Mes filles, attention aux taloches des abbés !
Monseigneur, allez-vous quand même punir ces pauvres bêtes ?
Ah, ma sœur, je voudrais tant connaître votre ciel à fond !
La dame patronnesse ne refuse pas les rares dons, mais le curé s'affole devant ce don incomptable, et renonce à donner un chiffre à l'abbesse. (*3 c.*)
Le prieur a bouffé près de l'allée.
Monsieur le Curé, votre broche me cache la Vierge !
Non, frère jardinier ! Ne montrez pas votre bêche à la messe ! Et vous, frère cuisinier, ne mouillez pas tant de couennes ! (*2 c.*)
Monseigneur, que diable voulez-vous faire de ces noms de boxeurs ?

RUBIK'S CUBE AU SÉMINAIRE

Passe-moi ton cube que j'te donne la solution !

L'abbesse trouva fort épicée la bête au curry.
La femme du sonneur voudrait tenter le glas.
Cette belle rousse se gausse des vieilles bigotes !
La sœur de charité est incommodée par le cou des gueux.
« Quelle chute ! » s'écria le confesseur en ôtant sa calotte !
Oh, Monsieur le Curé, quel est ce grand poids sous votre vitrail ?

POUPONS DANS LA CRÈCHE

Mettez la Vierge au fond ; oui, la Vierge en terre, mais ne frottez pas le santon jusqu'au bout ! (*4 c.*)

Voilà des novices sans défense devant la Vierge.
Voici encore les moines qui badinent avec leurs rites !
Les bulles du pape sont mornes.
Ah, Bernard, regrettez-vous ces bulles ?
Les bigotes ont des traits compassés.

Les chartreux font déguster leur fine, placides. Quelle fine ! et quels prêcheurs ! (*2 c.*)
Ah, le moût de cette chartreuse ! (La pente de la Chartreuse s'expose au frimas des Gaules.) (*2 c.*)
Depuis qu'il chasse, le vicaire mène ses douilles à la cure.
Les curés précis s'animent pour matines.
« Votre glas m'endort ! » se disent les abbés qui se taisent. (*2 c.*)
Les novices font des chatouilles à leur pape.

Ma sœur, je verrais bien votre prieur, à posteriori !
Cette horrible vipère m'a mordu le sein !
Le frère jardinier réclame un peu d'eau pour biner.
Très Saint-Père, il ne faut pas cesser les bulles !
Il faudrait un miracle pour que ces nonces deviennent fébriles !
L'infirmière est surprise par le foie du pape.
Les chartreux goûtent leurs praires à la fine.
Ne parlez pas à la légère de la verve de la mule du pape !
Le nouveau pape a des bulles modernes.
Cromwell quittait rarement l'Office des puritains.
Elle glissait bien, la luge de Werther !
Oh, le complice gueux ! Et l'abbé acolyte ! (*2 c.*)
Brutal, ce rabbin marquait l'Hébreu.
« Ce modeste tennis conviendra-t-il à ce curé précis ? » se demande l'abbé jaloux du tennis du chapelain. (*2 c.*)
Isaac, le rabbin envie votre taille.
Le curé a trouvé cet énorme cierge *, et l'agite entre les bigots. (*2 c.*)
Le grand rabbin compare les zèbres aux bœufs.
— Ouvre vite : Brahma guette !
— Oh, Vishnou, le laid ! (*2 c.*)

CHUTE SACRÉE

Les théologiens débattent volontiers sur la chute. (*2 c.*)

Ces cathares avaient de bonnes bouilles.

HÉRÉTIQUES HISTORIQUES

Le bourreau piqua les rétines avec son pal en fer. (*3 c.*)

Ce rabbin et sa femme : couple élégant !
Les confesseurs jansénistes appréhendaient les doutes des prévôts.

AU COUVENT DES OISEAUX

Le saluce se montre à la fauvette...

Ayant retrouvé l'ancien sicaire, la sœur l'a laissé dans l'évêché*. (*2 c.*)
Mes sœurs, ne songez pas toujours au tennis du préau !

(*100 contrepèteries*)

Exercices et problème

Le nonce fut surpris par l'allégation du fellah.

Voulant goûter la faveur des saluces, ces belles ferventes s'agenouillent devant les saluces. Mais ces moines salaces étaient près de leur chute, ces saluces étaient proches de leur fin ! (*4 c.*)

LA SCÈNE DES VŒUX

Voyez la novice et, céans, la Vierge :

— Monseigneur, votre Vierge ne me convainc guère !

Ce vœu est d'un pernicieux ! Alors la postulante en nie le vœu. Ah, ces vœux pleins de nerfs !

Mais quand les jeux sont faits, adieu la verve.

— Mes sœurs, l'abbesse est alitée, tranquille, et Monseigneur refuse d'apporter son vin à nos complies, préférant sans doute approcher le vin des cierges.

Les Vierges vibrèrent quand le chantre poussa son « si » ! La vitre aussi vibra sous la pression du « mi ». (La valeur de leurs chantres accroît le volume des voix que les abbesses s'envient, et le prieur a quitté l'abbesse hier, à cause des frictions provoquées par ces répons de moines.)

Voyez à présent, l'abbesse défile, émue par la scène des vœux, car elle trouve que c'est minable, la quête.

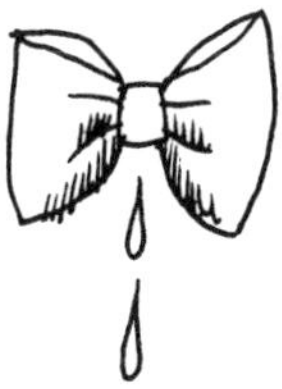

— Dire que tant de prêtres arrivent à placer leurs cieux jusque dans la quête !

Pourtant elle les méprise, l'abbesse, ces fous de théologiens.

— Ce n'est pas en comptant sur vos marottes* que nous apprendrons quelque chose sur nos vœux. D'ailleurs, nos filles ne méditent pas, c'est rare.

Mais cette révérende mère a exploré l'action de tant de saints qu'elle dégage une forte odeur de sainteté quand on lui soumet d'autres cas. Elle refuse d'exclure le moindre saint avant d'avoir vu opiner les pères, provoquant toutefois l'expulsion de quelque saint, car elle prétend que sagesse est source de foi.

Ah, l'emphase de l'abbesse irrite l'évêque de Bourges.

— J'interdis désormais de parler de mythes à l'abbesse.

Trouvant que sa mitre manque de chic, l'évêque se met à chipoter, et tend sa mitre au cardinal, pour la mettre sous la protection de l'habit rouge. Sous prétexte du rejet de l'abbé parasite, il fait remonter l'affaire de la messe du couvent jusqu'au pape que l'on voit un moment flotter*, déconcerté par la mixité de la foule.

— J'entends bien : ces bruits viennent de Taizé ! On rejette l'abbé qu'on suscite* ! On en a fait, pourtant, des mirettes à ces beaux chanoines. On m'a même rapporté que la sœur jardinière montrait un bel épi à l'arrivée des moines !

Ah, l'abbesse falote, effrayée par les guerres !
Et doucement, du pape, elle a séché les fleurs.
Elle qui n'excitait que la pitié des moines* !... (*46 c.*)

Le coin des initiés

Le pape n'apprécie pas les pétales ridées.
Éminence, votre Pie X est trop haineux !

À LA SYNAGOGUE

Le vieux rabbin cassé a loupé l'anneau de peu. (*2 c.*)

Mes sœurs, notre vote n'est pas pour les mecs.
Le jeune vicaire ne souhaite pas séparer le glas du chant.
Ce vicaire va bien se retrouver abbé en six ans.
Ah, lévite victime d'une prise de bec !
L'emphase de l'abbesse irrite l'évêque de Bourges. (*2 c.*)
Mes sœurs, l'abbesse annule vos vœux !
Le sicaire a dévalé la pente en chutant et fait dévoiler sa botte à la messe. (*3 c.*)
La révérende mère a connu tant de cas, qu'elle dégage une forte odeur de sainteté.

Index

Oh, index insolent !

Le rôle de l'index est de faciliter les rapprochements qui font s'animer les mots passifs.

Ainsi par exemple, le mot « pou » est passif quand il est isolé. Il dévoile par contre des ressources cachées dès qu'on le rapproche de « latrine », engendrant ainsi une contrepèterie connue de longue date.

Un tel mot qui, poli au début, s'anime au contact d'un autre, s'appelle contrepétophile.

Cet index dresse un catalogue non exhaustif de tels mots passifs avec pour chacun une liste de possibles complices (le complice gueux).

Le lecteur ne manquera pas de reconnaître au passage de tels mots.

Biche : Ballotte, cravater, étoffer, matinalement, mouton, terre.
Blanc : Galant, galoche, galonné, gaver, goût, grave.
Botte : L'amiral, malade, malaise, marron, mi-route, salie, silex.
Boule : Achromatique, amuser, calmar, formelle, mouche, mouton, mythologie.
Brûler : L'ascension, censeur, denrée, encenser, essence, recenser, Samson.
Bulle : Cesser, consterné, moderne, morne, quai, terne.
Butte : Bénir, crépi, pierre, polder, rite, tout timide, vue.
Cabas : Becket, bouillon, brème, brique, chute.
Caille : Bouille, bourbon, brouiller, coupable, débrouiller, découper, goûter, jour, louper, mousser, papou, retour, sous l'eau.
Caisse : Bouille, fête, fond, forcée, fouille, fuite, plaquette, raquette.
Car : Bouillon, deux, dock, don, douche, dur, durée, endormi.
Chambre : Ami, l'aimer, malheur, matelas, mignon, minois, mot, vitre.
Charme : Espèce, geai, latte, lier, nylon, spécieux.
Chasse : Cuite, mas, mater, pied, prêter, standard.
Chute : Bien habile, canut, latter, léger, nasse, valve.
Conquête : Allégement, basset, blé, céder, cocher, croupier, legs, quai.
Dot : Chaumière, croix, l'émoi, moyen, plaisir.
Feu : Corse, croix, dénoncer, nettoie, norme.
Fine : Appellation, épaisse, Paule, Pierre, pile, point, prêche.
Fond : Caisse, canette, corsé, crawler, liesse, vierge.
Frite : Base, basque, belle, Bert, biseautée, bock, bol, veau.
Gant : Assouplir, blondir, clou, flamme, renfloue.
Grand : Calé, classe, pèle, plaisant, siffloter, souffle.
Lard : Dèche, doigt, et dansez, maudire, nudité, radis.
Lob(e) : Bazoches, Béziers, désir, et j'accuse, visage.
Lotte : Amère, consommer, ensommeiller, mangue, marron, massive, ramer.
Mine : Crêpe, pack, parrain, partial, passer, polie, pote, potion, poule.
Mouche : Binette, boule, la mouche, libre, rate, rétif, tanche.

Mousse : L'écaille, gamelle, grêle, hôtel, lucre, lueur, pétale, saule.
Mythe (Mite) : Abolir, bain, bois, boule, Gabin, l'abbesse.
Nylon(s) : Brancher, charme, Chine, déchirer, pochette.
Papier : Combine, grondin, honte, long, longe, Papon, Tonton.
Part : Danser, Dédé, deux, dinar, dîner, dollar, doux, Line, lippe, radin.
Prix : Van (vent), Vatican, vendre, vestige, vil, voûte.
Riz (Ris) : Boîte, dévider, lave, la moule (au), vent, ventre, vin, vital.
Serge : Avide, bave, en brave, fauvette, laver, prévision, retrouver, vante.
Source : Bain, balle, ballon, beau, bible, bonheur, boule, bus, buse, Degas.
Tennis : Chapelain, curé précis, expansion, nos pères, Patrick, pendant, pension, pente, pierre, préau, (à) présent, primer, propagé, prouver.
Vaccin : Agit dans, Beaujon, figer, l'âge et les régions, la neige, sujet.
Valve : Bru, chute, déchue, humour, plu, Serge.
Vent (Van) : Bidet, bris, gris, prix, siffle.
Vente : Défi, faste, fiable, Phénicienne, raffinée, souffrir.

Sans oublier les : Bises, bornes, boutres, butins, délations, fouilles, houilles, marc, piafs, quiches, rates, sottes et autres valoches.

Accouplements et tabous

— Quelle grande fringue !

Nous sommes au marché aux Puces, chez une marchande de fripes. Las de fréquenter les tabacs et fatigués de béton, nous vagabondons non loin des berges où des clochardes, à la coule, se font mouiller.

Attention : cette petite phrase nous fait dresser l'oreille. Puces, fripes, béton et tabac, berge et mouiller chatouillent agréablement notre fibre rabelaisienne et déclenchent presque malgré nous le processus irréversible de la contrepèterie.

Le lecteur a déjà reconnu la présence de deux contrepèteries toutes faites dans notre petite saynète. Il est tentant d'utiliser les autres sympathiques vocables restés inutilisés.

Une grande fringue ; cela appelle irrésistiblement le lapsus : une grande bringue. Comment faire de ce lapsus une aimable contrepèterie ? Tout simplement grâce à un « tabou », auquel pourra s'accoupler notre grande b(f)ringue. Il nous faut donc un mot qui, par la substitution **b-f**, va fournir le tabou désiré. Et c'est là où le contrapétiste chevronné puise dans son catalogue intérieur LE tabou idoine et son « prête-nom » : la baisse, bien sûr ! Nous sommes aux Puces, où l'usage est de marchander. Donc :

« Le client provoqua la baisse de cette grande fringue. »

Nous venons de mettre en lumière le rôle essentiel de ce véritable « fichier » qui repose en tout contrapétiste, collection de tabous dont chacun s'adapte à une substitution déterminée, et qui s'est constituée peu à peu dans l'inconscient poétique. L'accès à cet inconscient est d'ailleurs provoqué par cette sollicitation musicale qu'est l'évidence d'une rime. Bringue-fringue, serrer-terrer, confrère-compère, base-vase, etc. Ces rimes vont déclencher l'alchimie contrapétique :

> Nous sommes las de nous terrer aux Puces.
> La marchande taille des fripes à son compère.
> La vase de la berge est mouvante*.
> Qui donc a défoncé le clos de la pocharde* ?

Nous laissons au lecteur, à titre d'exercice, le soin d'accommoder notre petite histoire de brocante à sa manière, en la complétant par de sympathiques contrepèteries.

> ... Défoncer... Brocante...

Défoncer rime avec dénoncer. Couplage **n-f**. Le feu paraît tout indiqué pour réchauffer l'atmosphère :

> La pyromane craint que ce feu ne la dénonce*.

Brocante-croquante : **b-c** ; nous retournons aux Puces :

> Las de se terrer aux Puces, l'antiquaire a quitté la brocante.

Au lecteur de jouer, à présent.

Pour l'y aider, nous lui donnons un extrait de ce fameux catalogue « Accouplements, tabous ». (Accoupler... Accouder : dans ce petit hôtel tranquille, on a le plaisir de s'accouder.)

Couplages de consonnes

B - ç (s) : Bains, ballots, bâtir, descendez, sites, sources...
B - c (qu) : Becket, bœufs, bond, bouille, but, cabas, quitter...
B - ch : Bas (bât), bath, batte, chaise, chiite, chou...
B - d : Bar, dites, dos, Doubs, doucher, Lombard...
B - f (ph) : La baisse, l'abbesse, Lafitte...
B - g (j) : Buter, exiger, l'agite, la gîte, verbe...

B - gu : Blanc, bru, galoches, goût...
B - fr : Basque, botter, fraiser, frite...
B - l : Bêcher, butiner, l'élite, léser, loucher...
B - m : Boniche, botte, boule, mander, mite, mouton, mythe...
B - n : Bien aisé (bien n'aisé), bœufs, bu, fournir, nous...
B - p : Biner, butin, butte, emballer, pèse, pèze, Sabine...
B - r : Baie, butte, rende, rite...
B - t : Béton, brique, tabac, taloche, thèse, thurne...
B - tr : Bain, bique, bout, treize...
B - v : Berge, grand bi, valoches, vendez, vite...
B - z : Bob, zoom, *et toutes les liaisons au pluriel* : les z'Houches, etc. (Cette remarque sur les liaisons s'étend à d'autres couplages : « Aimez-vous les beaux z'hommes, ô ma belle ? »... Les beaux z'arts sont un plaisir des dieux ! etc.)

C (qu) (k) - ç (s) : Caissette, clip, décaler, son, souiller, Suisse...
C - ch : Cancre, cas, châtain, chu, nicher, Nikon...
C - d : Car, deux, dock 6, don, douille, dû, quart...
C - dr : Caisse, dru...
C - f (ph) : Caisse, corsé, feu, fond, fouille...
C - g (j) : Jeu, jonc, jus, vaque hein...
C - gr : Comanche, grouille, grue...
C - gu : Anguler, clan, Goncourt, gond, groupe, gueux...
C - l : Cutine, lacune, long, loucher, lumignon...
C - m : Cote, coule, en mulet, mont, mouille, quiche...
C - n : Cana, cocasse, nom, nouille, nu...
C - p : Kiné, pont, population, Pouilles, sans pull, tricoter...
C - pl : Coter, pleut, plomb plu...
C - pr : Cause, coûte, preux, prompt...
C - r : Coter, quai, rond, rouille, rû (rue)...

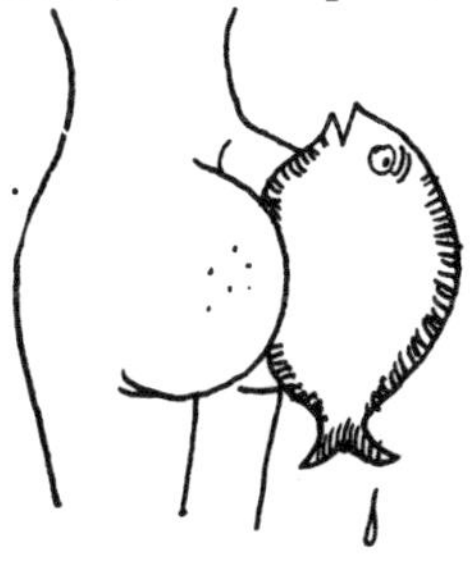

C - t : Bique, coucher, crique, moque, thon, touiller, troupe...
C - tr : Coup, tracas, tronc, trouille...
C - v : Caisse, qui, vœu, Vouillé, vue...
C - x : Les quitter, Max, sec...

D - f (ph) : Confit d'oie, dalle, Dante, délation, far (phare), foi (foie, fois)...
D - g (j) : Du thé, gésir, jars, joie, jure...
D - ch : Char, chaire hier, choix, date, tordez...
D - gu : Des deux lasses, Doubs, douter, gare, Landes...
D - l : Déchet, dune, lard, merle...
D - m : Chaumière, détresse, dînette, dot, doux, marc...
D - n : Deux, reine, un art...
D - p : Daf, Dédé, dîne, dollar, dyne, part, Perche, pressé...
D - pr : Dose, doute, les preux...
D - r : Don, rare...
D - s (ç) : Daim, déduire, dussiez, garde, Sarre, sûr...
D - t : Bide, doucher, mode, pétale, tard...
D - v : Ledit, Oder, Var...
D - z : Daube, les Beaux-Arts, les débats, lézard...

F - ch : Chante, fa bouché, fat, finnois, shootez...
F - g (j) : Défection, fouisseuse, jante, j'enfouis...
F - gu : Flan, fouine, goûtez, se gourrer...
F - l : Laisse, la Mouff', long, loutre...
F - m : Fiche, fiel, Forbach, foule, malus, mante (menthe), messe...
F - n : Dénoncer, feu, Nantes, normal, pif...
F - p : Fine l'épaisse, les finauds paissent, poutre...
F - pi : Morfond, pièce...
F - r : Bouffer, forteresses, fût (fûtes), rente, rillettes...
F - s : Cesse, fin, Saluce, sente...
F - t : Biffer, bouffon, fric (l'Afrique), tante...
F - tr : Football, fou, tresse...
F - v : Défi, fils, vente, vesse...

GU - ch : Gâte, guerre, léguer, Mig...
GU - g (j): Ajouter la vergue...
GU - l : Ganse, laine, loup, sagace...
GU - m : Gamelles, monocoques, mousse...
GU - n : Gueux sans nous...
GU - p : Gaillard, guerre, Guinée, plan, pousse...
GU - r : Gond, rousse...
GU - s : Gain, galop(e), gus, sono...
GU - t : Gamin, gâter, tous (tousse)...
GU - tr : Fougue, goût, traîne...
GU - v : Guy (gui), vlan !, vulgaire...
GU - z : Bègue, gobe...

J (G) - ch : Chuter, jatte, léger, longer...
J - l : Lutter, pâlot...
J - br : Jacquemart de Bruges, mangé.
J - m : Joule, muter, voulez-vous m'ouïr...
J - n : Décharné, il a bien (n')ouï, jeu, périgée, Vernes...
J - p : Génisse, gercer, jaffe, jeep, jet (geai), jute, loge...
J - r : Éjection, jais, jonc, jute, rigolo, Riton, rouisseur...
J - s (ç) : Geint, j'eusse, joie, l'averse...
J - t : Jatte, je veux t'ouïr, le petit gesticule, verte...
J - tr : Belgique, entrain, filles de Troyes, geint, javelot, joncher, joue...
J - v : Gît, verve, vit-on ?...
J - x (cc) : Beaujon, les régions, vaccin...

L - ch : Branchage, Chimène, là, latte, liasse, mille, mouche...
L - m : Consoler, lotte, mèche...
L - n : Décoller, la Luce, pile, venu...
L - p : Courteline, lieu, lippe, lutin, lutte, passive, pêcher, roulettes...
L - r : Grand, élection, en curé, laideur, l'amour, sif-floter...
L - s : La mousse, lenteur, liège, Luce, piler, sèche...
L - t : Bile, coton, laiton, latté, loucher...
L - v : L'air joli, lampe, l'évêché, lit...

L - x	:	Saxo, sel…
L - z (s)	:	Belle, lob, lobe…
M - ch	:	Chambre, chamelle, chasser, chiche, chott, chou, l'aimer, mairie, malheur, mât, mate, Maud, minois…
M - n	:	L'émeu, menacer, niche, note…
M - p	:	Minaudant, mine, mutin, passer, perde, pote, poule…
M - r	:	Coup de main, mont, mute, riche, rote, roule…
M - s	:	Mains, mastiquer, mensuel, Musset, saoule, sotte…
M - sc	:	Scorpion, Scott…
M - t	:	L'abîme, humérus, mater, môme, tordu…
M - v	:	L'éviction, mi, novembre, vote…
N - ch	:	Chiquer, l'aîné, natte, nier, Ninon, pichet…
N - p	:	La puce, Nicée, Ninon, peu, piquer…
N - r	:	Décorer, le nom de la Russe, l'heureux manant, pire…
N - s	:	Ceux, cosse, nains, pisser, saynète, sue…
N - t	:	Biner, décoter, tiquer…
N - v	:	Nid, vœu…
N - z	:	Les z'œufs, Pise…
P - ch	:	Chine, chute, Nippon, Pakistan, patte (pâte)…
P - r	:	Carotte, la peine d'Erin, pont, rue de la Paix…
P - s	:	Dessine, pâlot, pin, puce, roussette, subissent…
P - t	:	Empailler, pente, tennis, tine, trottiner, type…
P - tr	:	Latrine, pique, pou, traiter…
P - v	:	Piauler, pis, ver (vers, vert, verre), voile…
P - x	:	Cep, taxer, vacciner…
P - z	:	Lésine, Pise, zut…
PR - ch	:	Chose, prier, shoot…
R - ch	:	Chute, mire (myrrhe), rate, riant…

R - s : Cède, délice, les sections, rein, Rex, russe, sable, son...
R - sc : L'habit scout...
R - t : Byrrh, l'étable à purin, thon...
R - v : Avait volé, coup de vin, rampe, riz...
R - z : Bouse, pèze, robe...

S - ch : *Toutes les contrepèteries auvergnates.*
Chaix, chuchoter, laisser, péniche, sas, Suchet...
S - t : Chasse, détaler, fête, l'abysse, saucer, thym...
S - tr : Cingler, sans truelle, sens, sou, train...
S - v : Aussi, retrouver, scie, Serge, trouver, vexe, vin...
S - gr : Grain, sauce...
S - z : Baisser, s'user...

T - v : Graver, vente, ventouse...
T - x : Set (Sète), taxer...
T - ch : Biche, l'été, mante (menthe), moche, tas, terre...

TR - ch : Chic, chou, mitre, trier...

V - ch : Bâche, convier, lève, vibre...

Déplacement de consonnes

Nous ne donnerons que quelques exemples, parmi les plus courants :

L : Clou (tirer un), flamme, gant, l'Alpine, Pline, plisser...
R : Baguette, banc, gâter, houpette, le tout du cru, Mède, tique...
C : Houille, kabyle...
P : Hisser, hutte, pneu (le pneu du résident...)...
M : Hotte, houle...
B : Aise, cube, hors d'elle, les z'eaux...

S : Ex, hein, Jean Huss...
T : L'habit, vite...
F : Hesse (les frondeurs de la Hesse...), outre...
D : Art, banc, mer...

Couplages de voyelles

Mitonner, m'étonner : le tabou devient honnête par substitution **i-ê**. On a le choix, non pas dans la date, mais entre la peine et la bête. Jacques Antel rapporte ainsi les propos de sa cuisinière :

> Cette bête n'a pas fini de mitonner !

Les bottes, pannes, cailles, buttes, feutres et autres valves sont prêts à se porter à notre secours en cas d'appel.

Déplacement de voyelles

Le mot passe-partout, dans cette situation, c'est la vierge. On peut aussi se servir de la fiente, des chotts et des piafs. Les déplacements d'autres voyelles sont peu fréquents. Citons tout de même « Moabite » et « opiner ».

Et contrepétons cent ans !...

Voici un petit tableau qui résume quelques possibilités de couplages de voyelles :

	A	AI	EU	I	EN	UN	O	OI	OU	ON	U
A		Baser Face Lâche	Cas Mâle	Batte Panne Pif	Accule Chante Glas	Sas Shunt	Chaud Dort Maths	Choix Na ! Pâle	Caille Mâle Pouf	Cas Papier Rat	Chute Pâte Valve
AI Ê			Quai	Bête Bise Peine	Pan Rende	Sait Trait	Mette Rôde	Boisé	Mêle Mouche Pelle	Quai Ronde	Buse Quai Rue
EU				Mille Qui Vœu	Camp	Ceux Nain	L'écho Meute Molle	Coi Noix Peuhl	Feutre Nous Voulu	Conter Nom Pion	Mule Nu
I					Bris Siffle Vent	Scie Tri Vin	Botte Mythe Veau	Boîte Nid Pile	Mille Mouche Quille	Bonté Qui Riz	Anis Butte Rite
EN							Faute Mante Plante	Broie Penser	Boude Crampe Foot	Bonder Camp Longue	Brûler Camp Pente
UN IN							Pain Sot	Pincer Soie	Main Sous	Son	Su
O								Moite Paul	Bol Mole Pou	L'écho Pont	Borne Mute Pote
OI									Moelle Poule	Coi	Coi Pull
OU										Bison Cou Tronc	Coup Mule
ON											Annonce Ponte Rû

Précis de pataphysique du solide

Pour les personnes davantage sensibles à l'aspect architectural de la construction contrapétique qu'à ses résonances poétiques et musicales, nous nous sommes amusé à élaborer une théorie spatiale du contrepet, basée sur le réseau cubique.

Le ton volontairement doctoral de l'exposé se veut une gentille satire du ton aride de certains cours magistraux qui nous furent naguère infligés. Qu'on ne le prenne surtout pas au pied de la lettre.

D'autres personnes, sans doute fort savantes, trouveront au contraire peu rigoureuse et fâcheusement vulgarisatrice la présentation de cette théorie cristallomorphe.

C'est en pensant à ces experts que nous avons rédigé un résumé de notre théorie à la suite d'icelle, où, à défaut de rigueur, ils retrouveront une syntaxe et un vocabulaire sans lesquels ils se sentent horriblement dépaysés. Nous sommes, pour notre part, allergique à ces **maths impossibles**...

Précis de Pataphysique du solide

(Méthode cristallographique
pour composer des contrepèteries...)

Tout le monde connaît ce petit jeu de société qui consiste à passer de LYON à AGEN en ne changeant qu'une seule lettre à la fois. Le contrapétiste joue un peu à ce jeu lorsque, partant par exemple du mot SITE il arrive rapidement à un mot tabou, qui n'est pas la ville de SÈTE[1]. Avec le couple « site » et « bête », nous tenons une amorce de contrepèterie[2]. Or, par quel mécanisme y sommes-nous parvenus ? En changeant successivement la consonne initiale de « site » puis sa voyelle. Cette opération peut se schématiser de la façon suivante :

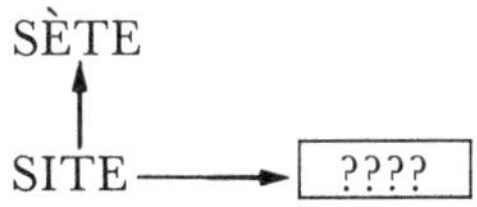

L'idée vient tout naturellement de compléter le carré :

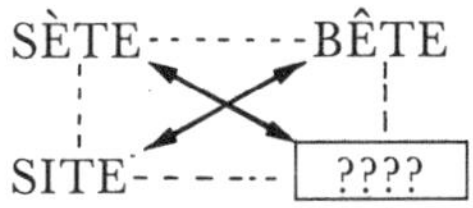

Nous avons là un carré dont deux sommets opposés, c'est-à-dire ceux qui sont reliés par une diagonale, forment un couple de mots contrepétophiles.

1. Ou son homonyme « sept ».
2. Nous pouvons par exemple imaginer que Blanche-Neige est mécontente de son séjour chez les nains : « J'en ai assez de vos bêtes sites ! » (Mais ces quenelles sont bienvenues !)

Une telle figure, que nous baptiserons « contrecarré », renferme en elle le germe d'une contrepèterie : à partir du couple « sujet », celui qui ne contient pas le mot tabou, nous obtenons le couple « réponse » par un simple changement de diagonale.

Cette méthode graphique peut paraître inutilement compliquée. Cela est évident pour UNE contrepèterie. Mais nous allons voir que l'on peut bâtir de la sorte une véritable mosaïque dont les motifs sont des contrecarrés de toutes tailles.

Partons en effet du tabou précédent, et écrivons quelques mots qui s'en déduisent en changeant la consonne initiale, et d'autres qui s'en déduisent par changement de la voyelle.

BUTTE								
BOTTE								
????	QUITTE	DITE	FÎTES	GÎTE	MITE	PITT	RITE	SIT
BÊTE								
BATTE								

Rien ne nous empêche, à présent, de compléter le réseau :

BUTTE	•	CHUTE	•	FÛTES	JUTE	MUTE	????	????
BOTTE	COTTE	CHOTT	DOT	FAUTE	•	????	POTE	ROTE
????	QUITTE	CHIITE	DITE	FÎTES	GÎTE	MITE	PITT	RITE
BÊTE	QUÊTE	•	DETTE	FÊTE	JETTE	METTENT	????	•
BATTE	•	????	DATE	FAT	JATTE	MATHS	PATTE	RATE

Les points —•— signalent qu'il n'existe aucun mot d'usage courant sur la maille concernée.

Nous constatons la présence d'autres mots tabous, indiqués

par le signe ???? ce qui entraîne l'apparition de nombreux contrecarrés. Nombreux, car à partir d'un seul mot tabou, on peut former bien des contrecarrés (et des contrerectangles).

????	—	QUITTE
|		|
BÊTE	—	QUÊTE

mais aussi

BUTTE	—	JUTE
|		|
????	—	GÎTE

ou encore

????	—	CHIITE
|		|
BATTE ou BATH	—	????

qui a l'avantage de posséder un couple doublement tabou.

Un bref calcul montre que, sauf erreur ou omission, ledit tabou est source de 27 contrecarrés (qui sont la plupart du temps des contrerectangles) dont cinq doublement tabous. Nous avons éliminé les carrés qui n'ont que trois mots et ceux qui ont deux tabous sur le même côté. Si l'on fait le calcul pour tous les tabous, on arrive au total appréciable de 116 germes de contrepèteries, dont neuf avec double tabou.

Nous ne prétendons pas qu'avec cette méthode nous venons d'enrichir le Trésor commun de 116 contrepèteries : certains contrecarrés n'ont aucun intérêt, mais surtout la découverte d'un couple contrepétophile n'est que le tout début de l'élaboration d'une contrepèterie. Comme le dit joliment Luc Étienne : « Ce n'est pas tout d'avoir des rimes, le poème reste à faire. »

Il n'en reste pas moins que, sans recherche de couples, il n'est point de contrepèterie. Cette démarche est nécessaire à défaut d'être suffisante.

Pour illustrer l'efficacité de notre méthode, donnons un exemple de contrepèterie connue qu'elle permet de redécouvrir : le contrecarré

BUTTE, ????
????, RITE

nous suggère de nous transporter à Montmartre où s'agitent les pinceaux et fleurissent les amours :

L'épouse du rapin s'habitue aisément aux rites de la Butte.

(Elle avait fini par accepter de dîner avec ce vieux rapin, mais le vieux radin n'était jamais pressé.)

Autre exemple de contrecarré doublement tabou :

CHUTE, ????
????, RATE

Ces chutes répétées finiront par lui faire éclater la rate !

Nous laissons au lecteur le soin d'exploiter lui-même ce filon, en lui recommandant vivement le contrecarré doublement tabou « Botte, mite ». Remarquons que, selon l'ordre d'utilisation des mots d'un couple, on compose soit une contrepèterie de voyelles, comme le premier exemple, soit une contrepèterie de consonnes initiales, témoin le deuxième exemple, ou encore :

Le minet chuta sur la jatte* !

« Mais alors, cette méthode est limitée à ces deux techniques contrapétiques ! » objecteront certains. Grave erreur, car jusqu'à présent nous nous sommes limités au plan.

En effet, qu'avons-nous fait dans ce qui précède ?

Partant d'un mot tabou, nous avons, en quelque sorte, tracé deux axes : celui du changement des consonnes initiales, et celui du changement des voyelles. Nous avons donc défini un plan.

Mais pourquoi diable nous limiter à ces deux dimensions ? Quelle platitude ! Prenons notre envol, à nous les grands espaces ! Et pour cela, traçons donc un troisième axe dans la troisième dimension :

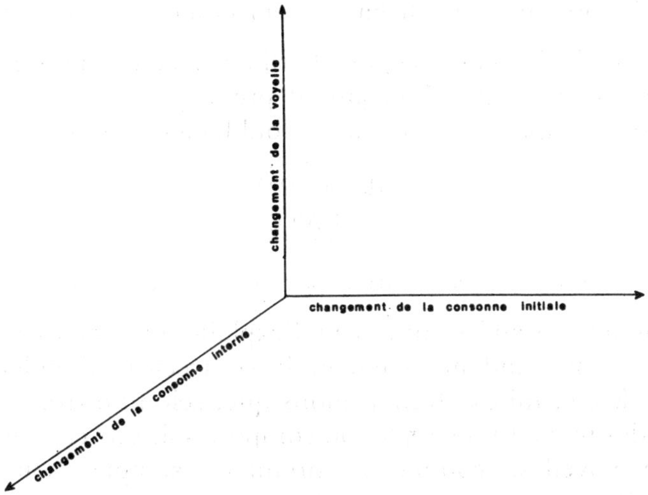

ce sera l'axe du changement de la ou des consonnes intérieures au mot.

À partir, toujours du même tabou, nous obtenons une nouvelle suite de mots :

BUTTE

BOUTE

BOÎTE

BOTTE

???? QUITTE CHIITE DITE FÎTES GÎTE...

BISSE

BISE

BYRRH

BIP

Il ne reste plus qu'à compléter le réseau, comme nous l'avons fait pour notre mosaïque plane. Voici schématisées les étapes successives de la construction du réseau complet.

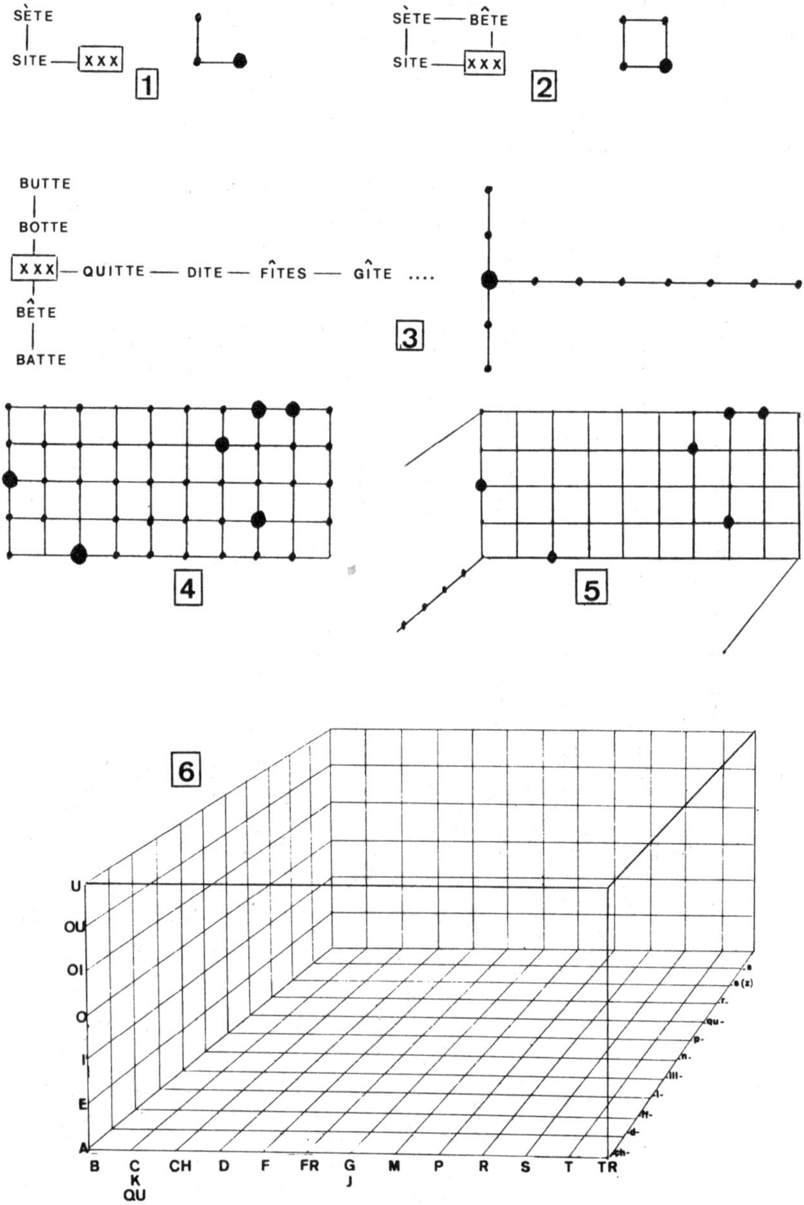

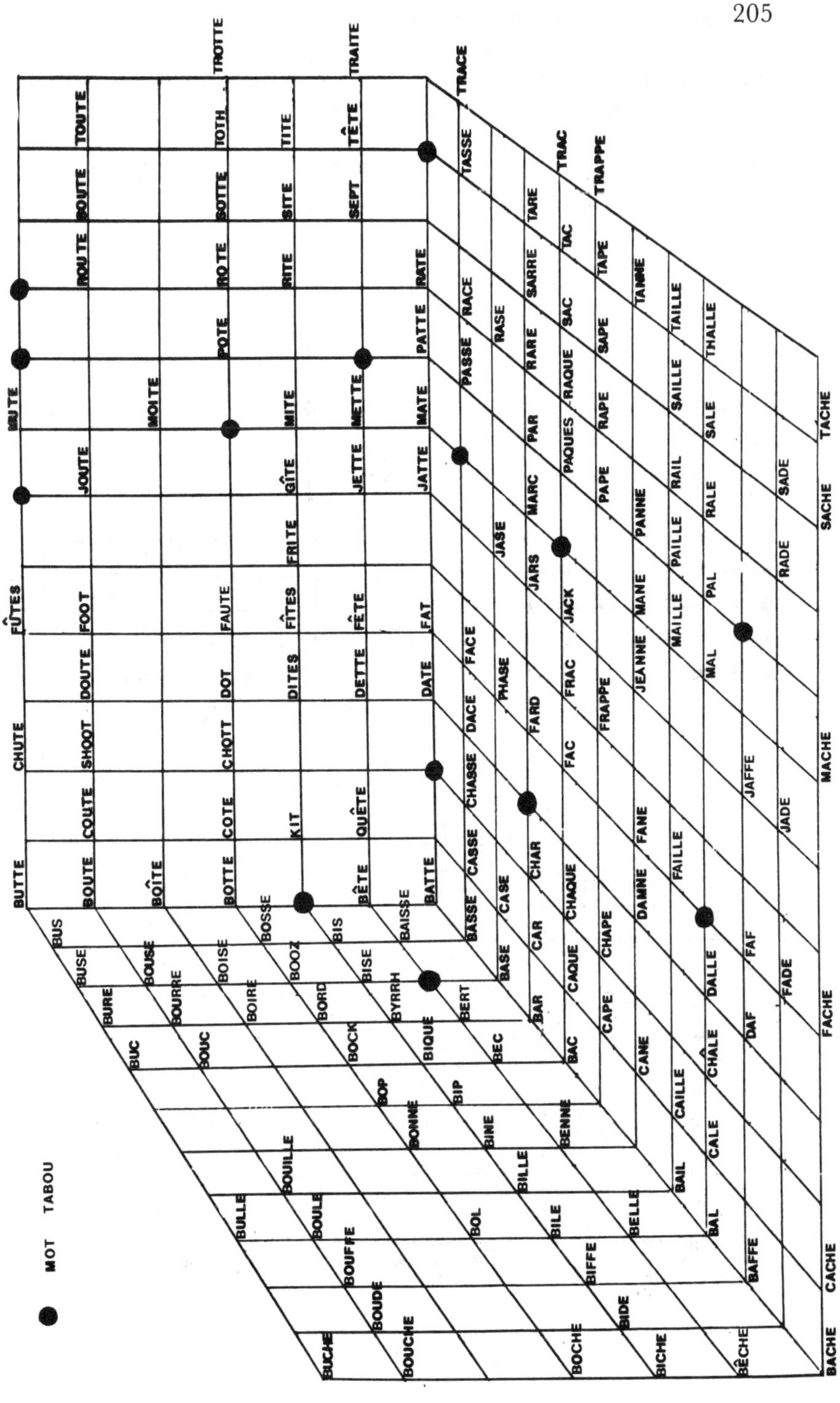

● MOT TABOU
BUTTE
CHUTE
FÛTES
MUTE
TROTTE
TRAITE
TRACE
TRAC
TRAPPE
BOUTE
COUTE
SHOOT
DOUTE
FOOT
JOUTE
ROUTE
SOUTE
TOUTE
BOÎTE
MOITE
BOTTE
COTE
CHOTT
DOT
FAUTE
POTE
ROTE
SOTTE
TOTH
KIT
DITES
FÎTES
FRITE
GÎTE
MITE
RITE
SITE
TITE
BÊTE
QUÊTE
DETTE
FÊTE
JETTE
METTE
SEPT
TÊTE
BATTE
DATE
FAT
JATTE
MATE
PATTE
RATE
BASSE
CASSE
CHASSE
DACE
FACE
PASSE
RACE
TASSE
CASE
PHASE
JASE
RASE
CHAR
FARD
JARS
MARC
PAR
RARE
SARRE
TARE
CHAQUE
FAC
FRAC
JACK
PAQUES
RAQUE
SAC
TAC
CHAPE
FRAPPE
PAPE
RAPE
SAPE
TAPE
DAMNE
FANE
JEANNE
MANE
PANNE
TANNE
FAILLE
MAILLE
PAILLE
RAIL
SAILLE
TAILLE
MAL
PAL
RALE
SALE
THALLE
JAFFE
JADE
RADE
SADE
BACHE
CACHE
FACHE
MACHE
SACHE
TACHE
BUS
BUSE
BURE
BUC
BOUSE
BOURRE
BOUC
BOISE
BOIRE
BOSSE
BOOZ
BORD
BOCK
BIS
BISE
BYRRH
BIQUE
BAISSE
BERT
BEC
BOP
BIP
BONNE
BINE
BENNE
BOUILLE
BILLE
BULLE
BOULE
BOL
BILE
BELLE
BOUFFE
BIFFE
BOUDE
BIDE
BÛCHE
BOUCHE
BOCHE
BICHE
BÊCHE
BASE
CAR
BAR
CAQUE
BAC
CAPE
CANE
CAILLE
CALE
BAIL
BAL
BAFFE
DALLE
CHÂLE
DAF
FAF
FADE

Notons que ne sont représentés que le rez-de-chaussée et deux des murs extérieurs de l'édifice.

Il nous est loisible d'observer que cette construction obéit à des règles précises :

— Le plancher de chaque étage est caractérisé par une voyelle (ou une diphtongue) déterminée : A pour le rez-de-chaussée, Ê pour le premier, I pour le second, etc.

— Chacun des murs qui, par un effet de perspective, semble venir vers l'observateur, renferme des mots qui commencent tous par la même consonne (ou groupe de consonnes). Seule la phonétique nous intéresse : les sons ca, ka, qua, ou bien gemme, j'aime, etc. sont confondus.

Chaque mur parallèle au plan de la feuille de papier contient des mots qui possèdent tous la même consonne (ou groupe de consonnes) interne : bulle, Jules, mule, poule, moelle, pile, sel, mal, etc. par exemple.

Ces règles simples permettent de deviner le mot situé à tel ou tel endroit de l'édifice, sans avoir à les écrire tous, chose qui rendrait la figure parfaitement illisible.

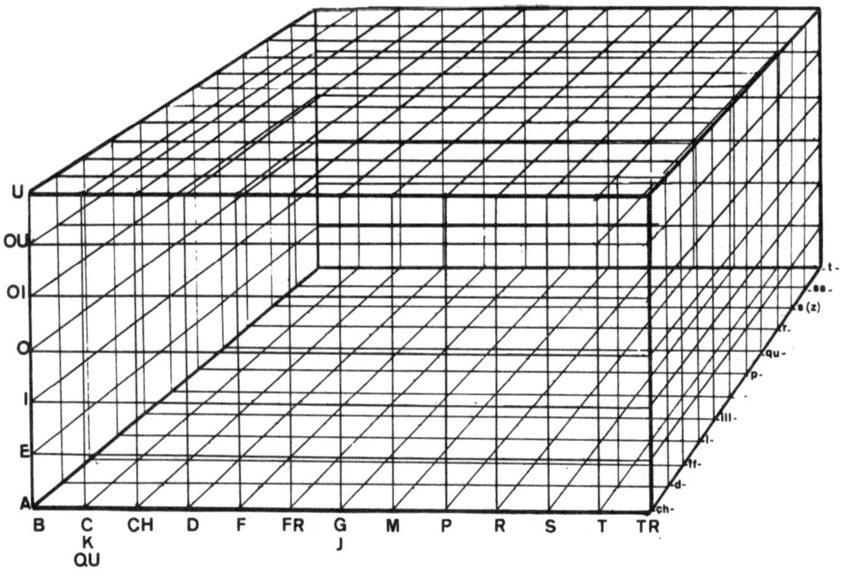

Nous disposons pour cela de deux techniques équivalentes. Un petit dessin valant mieux qu'un long discours, voici deux schémas qui nous éviteront bien des gloses. Le mot à repérer a été choisi au hasard : MINE. Le lecteur trouvera des exercices d'application à la fin du précis ; il aura naturellement toute licence pour découvrir les mots de son choix, et toute latitude d'orienter ses recherches dans la direction qui lui plaira.

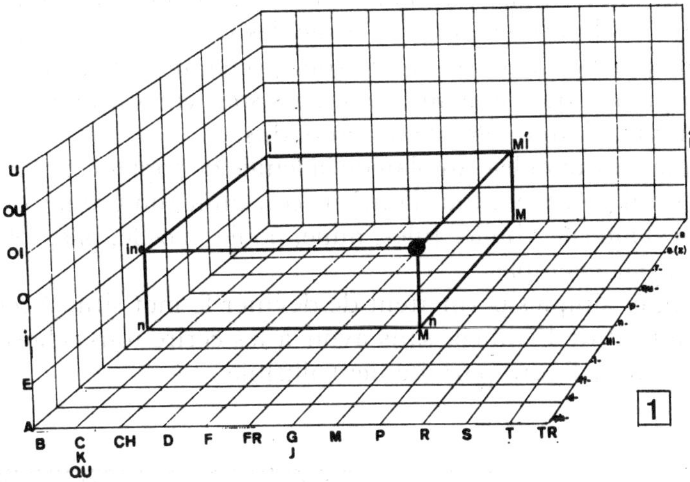

1

MINE

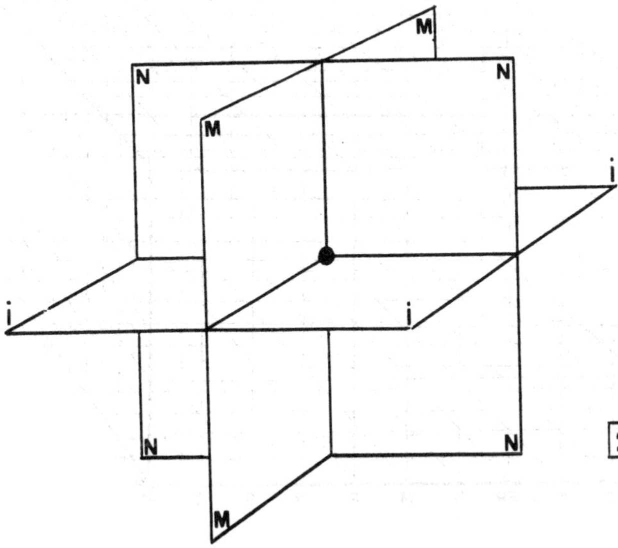

2

Ces règles permettent aussi de dessiner n'importe quel étage, mur ou cloison. Ainsi, par exemple, le deuxième étage, celui des I (Pour la commodité du dessin, nous supposerons que nous le voyons d'en-haut) :

BICHE	BIDE	BIFFE	BILE	BINE	BIP	BIQUE	BYRRH	BISE	BISSE	????
QUICHE	KID	KIF	KIL.	QUINE	•[1]	KICK	KIR	•	•	QUITTE
CHICHE		CHIFFE	CHYLE	CHINE	CHIPE	CHIC	•	•	•	CHIITE
•	•	•	•	DÎNE	•	DICK	DIRE	DISE	DIX	DITE
FICHE	•	•	FILE	FINE	•	•	FIRENT	•	FILS	FÎTES
FRICHE	•	•	•	•	FRIPE	FRIC	FRIRE	FRISE	•	FRITE
•	GIDE	GIF	GILLES	•	JEEP	•	•	GISENT	•	GÎTE
????	•		MILLE	MINE	•	MICK	MIRE	MISE	MISS	MITE
•	•	PIF	PILE	????	????	PIC	PIRE	PISE	????	PITT
RICHE	RIDE	RIF	•	•	RIPE	RICK	RIRE	•	•	RITE
•	CID	•	•	•	•	SIC	SIRE	SISE	SIX	SITE
•	•	•	•	•	TYPE	TIQUE	•	•	TISSE	•
TRICHE	•	•	•	(la) TRINE	TRIPE	????	•	•	TRISSE	•

1. Ce point signale, comme à l'accoutumée, l'absence d'un mot d'usage courant, encore que si nous nous donnons licence d'user d'homonymes, nous pouvons faire appel à l'équipe, et à ses dérivés équiper, équipage, etc.

Sans être le septième ciel, ce deuxième étage est riche de six tabous. Celui qui figure en première ligne, et qui nous est familier à plus d'un titre, nous fournit, à lui seul, la bagatelle de SOIXANTE contrecarrés ! Nous sommes moins courageux que le lecteur qui ne manquera pas, nous en sommes sûr, de compter le nombre de contrecubes (ou contreparallélépipèdes rectangles) engendrés par ledit tabou, dont la fécondité n'est un secret pour personne.

Nous reconnaissons immédiatement quelques couples célèbres qu'abrite ce deuxième étage :

— BICHE-MITE

— BISE-FRITE et ses cousins (Mlle Beulemans préfère les frites biseautées).

— MITE-BILE (ou mythe débile comme eût pu l'évoquer J.-J. Rousseau).

Donnons un exemple inédit :

> Renouant avec le jeu *, ce voyou, las de ne jamais tirer un cœur, se plaint que trop de types lui donnent des piques.

Le dernier élément de cette triple contrepèterie est issu du contrecarré :

PIQUE	—	TIC
|		|
????	—	TYPE

Il serait facile de dessiner de la même manière la cloison des mots commençant par la lettre C, qui ne manquerait pas de nous livrer quelques savoureux tabous. Nous laissons au lecteur le soin d'explorer tous les étages de son choix, et d'en comparer les charmes.

Nous nous apercevons à présent que tous ces planchers, murs et cloisons délimitent une grande quantité de petites cellules cubiques aux coins desquelles sommeillent des vocables qui attendent que le contrepoète, nouveau prince Charmant, les vienne réveiller (*fig. page suivante*).

Du contrecarré, nous sommes arrivés au contrecube. Notre

belle construction est en fait ce que les cristallographes utilisent couramment sous le nom de réseau cubique.

Quelles perspectives alléchantes ! Le passage du carré au cube multiplie les possiblités déjà immenses d'une mosaïque de contrecarrés par un nombre qu'il est difficile d'évaluer. Notons tout de même que, dans l'exemple qui nous occupe, nous passons de 66 carrés à 792 cubes élémentaires. Or un cube a six

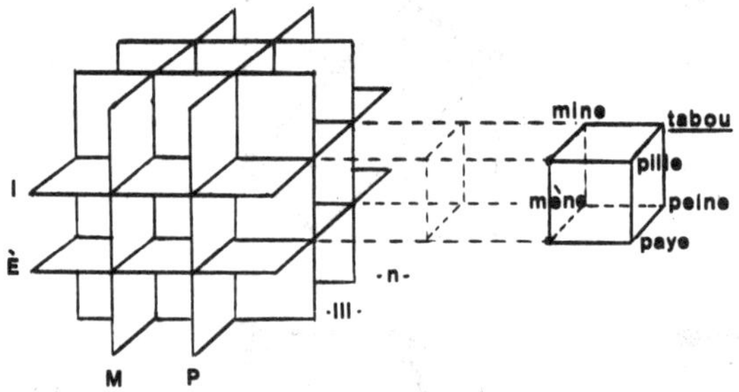

faces ! Six carrés ! Et n'oublions pas qu'avec les diagonales de deux faces parallèles d'un cube et deux arêtes perpendiculaires auxdites faces, on a six autres rectangles ! Merveilleux « contrecube » ! Il porte en lui les germes de DOUZE contrepèteries ! Certes, maint germe restera stérile faute de tabou pour le rendre fécond[1], ou au contraire, par excès de tabous (un contrecarré qui n'aurait que des tabous n'engendre pas de contrepèterie au sens habituel : ni le sujet, ni la réponse ne sont traduisibles. Il en est de même d'un contrecarré qui comporte deux tabous sur le même côté : chaque diagonale possède un tabou).

Donc, tempérons notre enthousiasme : un contrecube peut être plus ou moins fertile. Et ne perdons pas de vue qu'hélas, tout contrecarré ne procure pas automatiquement une contrepèterie plausible.

Il n'en reste pas moins qu'un contrecube à trois tabous, que la chance aura judicieusement placés, possède NEUF contrecarrés fertiles. Le schéma ci-dessous, plus qu'un long discours, en convaincra le lecteur. Un gros rond sur le cube signale un tabou[1].

1. Cette phrase ne comporte, sauf erreur, aucune contrepèterie.

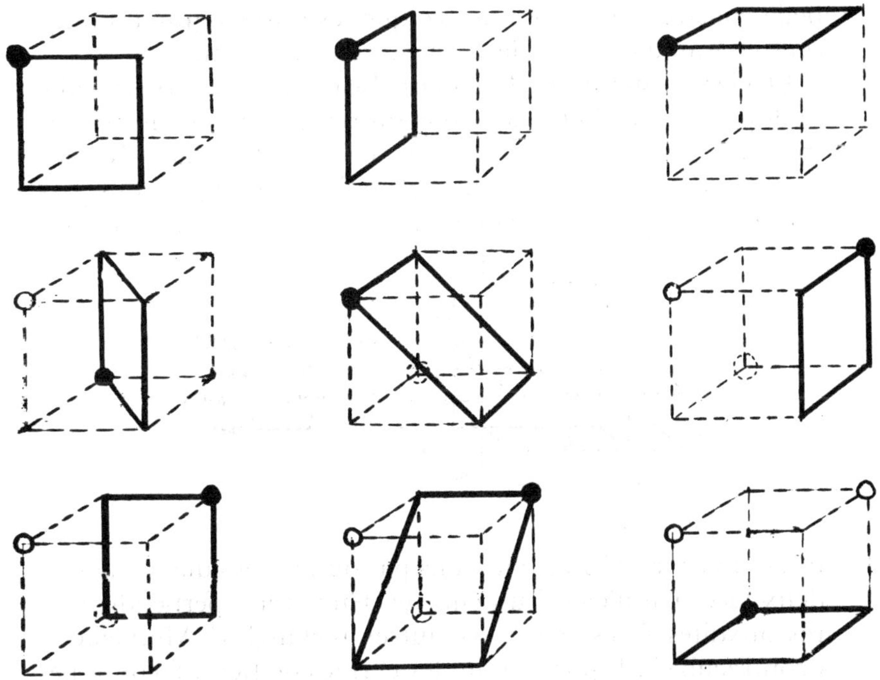

Il existe aussi une configuration à DEUX tabous qui donne le même nombre de contrecarrés : les deux tabous sont placés sur deux coins opposés du cube. À titre d'exercice, le lecteur pourra s'amuser à vérifier que le contrecube suivant :

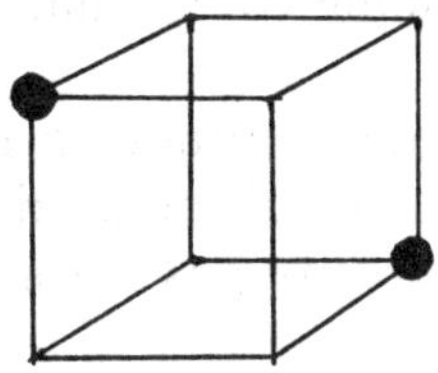

possède bien neuf contrecarrés. Attention à ne pas compter deux fois les contrecarrés doublement tabous. Une solution par l'exemple est proposée à la fin de ce Précis (page 222), avec les amorces des contrepèteries qu'engendre le contrecube choisi.

Le hasard ne faisant pas toujours bien les choses, la plupart des contrecubes ne possèdent qu'un seul tabou. Mais un tel contrecube contient, si tous ses sommets sont occupés par un mot existant, SIX contrecarrés. Et puisque chaque tabou figure sur une grande quantité de cubes ou parallélépipèdes variés, on imagine sans peine l'effroyable fécondité contrapétogène d'un réseau cubique !

« Le contrepet ne serait-il finalement que des histoires de cube ? »
(PYTHAGORE)

Comme nous avons déjà vu que la représentation complète de notre édifice, avec tous ses étages, murs, cloisons et vocables, serait illisible, nous nous bornerons à l'étude de quelques contrecubes.

Le contrepet étant au confluent de plusieurs disciplines, nous utiliserons sans hésiter les possibilités de représentation plane d'objets à trois dimensions offertes et par la géométrie descriptive de Monge (1746-1818), et par la tomographie (TOMOGRAPHIE, *n.f.* : Procédé de radiographie qui permet de faire des clichés sur un seul plan du volume observé, avec effacement des autres plans, *in* Petit Larousse 1967, 33e tirage), procédé plus connu sous le nom de découpage en tranches (indolore, il est vrai).

Voici donc un cube composé de 27 cubes élémentaires sur lequel nous allons appliquer ces deux techniques. Il possède quatre mots tabous, et quelques sommets sans mot. Son examen ne manquera pas de révéler quelque germe de contrepèterie.

Contrairement au fameux Rubikube, celui-ci est fait d'une matière transparente qui permet de voir les mots de chaque sommet d'un cube élémentaire. Ceux qui sont directement visibles sont écrits en caractères ordinaires, ceux qui sont visibles par transparence figurent en italique.

Commençons par examiner la face horizontale inférieure du cube :

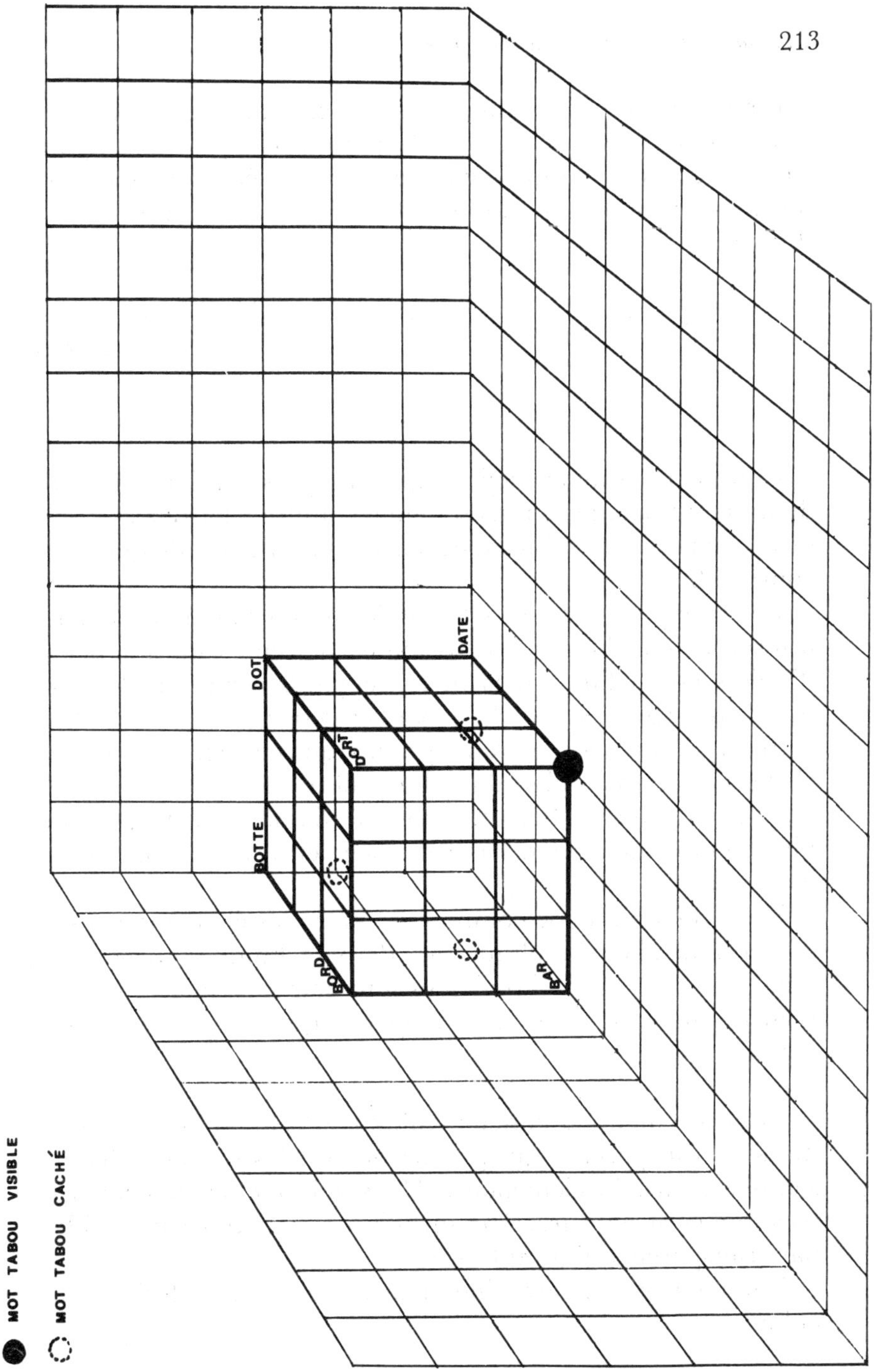
DOT
DATE
DORT
BOTTE
BORD
BAR
MOT TABOU VISIBLE
MOT TABOU CACHÉ

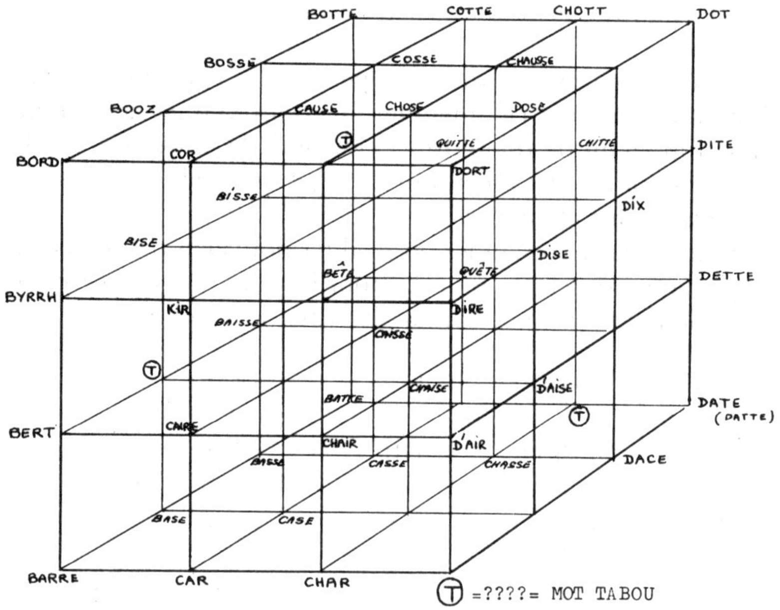

BATTE (bath) —	• —	???? —	DATE (datte)
BASSE —	CASSE —	CHASSE —	DACE
BASE —	CASE —	• —	• —
BARRE (bar) —	QUART (car) —	CHAR —	????

Le contrecarré doublement tabou attire immédiatement le regard. Ce couple char-date fait penser à quelque grand événement historique. Et voilà une très belle contrepèterie que l'on doit à J. Antel :

« Seule, l'entrée du premier char marque une date. »

Livrons à ses émules le contrecarré

BATH —	????
BASSE —	CHASSE

(Petite Marquise, votre châsse est bien bath !...)

Notons à ce propos que l'on peut utiliser des mots dérivés (bâton, basson, etc.) et imaginer un Nemrod musicien qui joue du bâton avant de rejoindre la chasse de la marquise, célèbre pour ses nombreuses relations cynégétiques (elle se fait sécher à l'arriver des chaleurs).

Examinons à présent les possibilités nouvelles que nous offre la géométrie descriptive : rabattons la face verticale arrière du cube dans le plan horizontal. Et voici le résultat :

BOTTE	COTTE	CHOTT	DOT
????	QUITTE	CHIITE	DITE
BÊTE	QUÊTE	•	DETTE
BATH	•	????	DATE
BASSE	CASSE	CHASSE	DACE
BASE	CASE	•	•
BARRE	CAR	CHAR	????

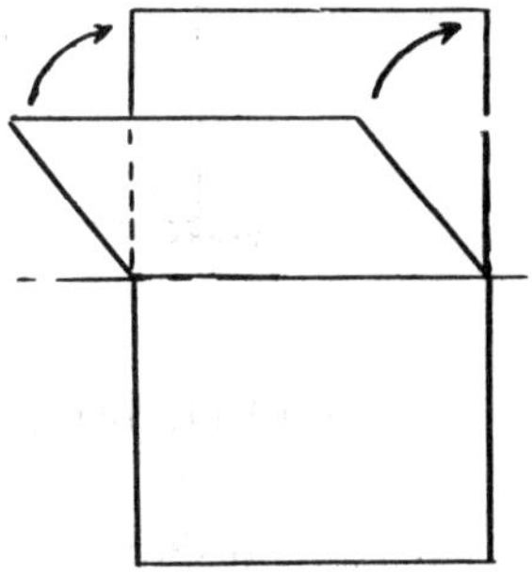

Isolons le contrecarré :

BÊTE	DETTE
BARRE	????

Le couple « barre-dette » rappelle un certain meilleur économiste de France. D'où la réflexion de cette contribuable :

Ah, ce gros Barre qui me couvre de petites dettes !

Ou encore, tirée de notre rubrique politique :

L'Opposition a sanctionné les membres de ce gouvernement

éculé, dont ce gros Barre qui a tant endetté les foules qui chômaient.

Après la politique, l'armée :

????	—	QUITTE
|		|
BASE	—	CASE

Ce permissionnaire va pouvoir enfin quitter sa base.

(Notons que ce permissionnaire a un petit côté religieux qui n'a pas échappé aux amateurs de jeux de mots que sont les contrepétomanes !)

De la base on passe à la basse, et de l'armée à l'Opéra :

????	—	QUITTE
|		|
BASSE	—	CASSE

Brutale, la mezzo a quitté la basse !

Revenons un moment au gros Barre et à ses petites dettes. Il est tentant de considérer notre cube à trois étages comme un véritable cube hongrois, et de faire tourner les deux étages supérieurs d'un demi-tour par rapport au rez-de-chaussée.

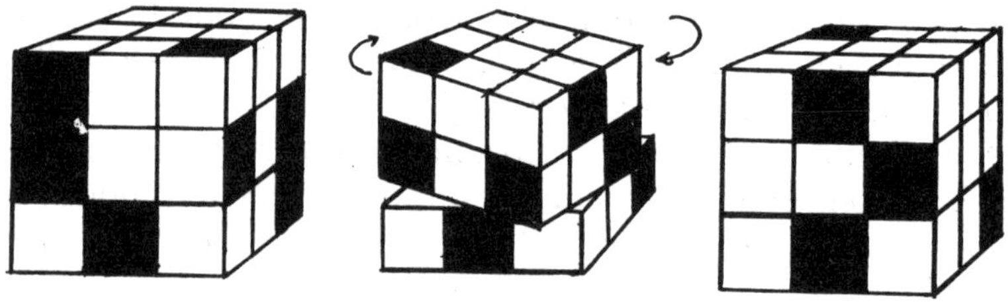

La face du cube qui nous regarde offre alors la physionomie suivante :

DOT[illegible]	—	CHOTT	—	COTTE	—	BOTTE
|		|		|		|
DITE	—	CHIITE	—	QUITTE	—	????
|		|		|		|
DETTE	—	•	—	QUÊTE	—	BÊTE
|		|		|		|
BARRE	—	CAR	—	CHAR	—	????

Nous reconnaissons le contrecarré barresque, mais en rotant, les dettes et les bêtes lui ont donné une physionomie bizarre : les couples se retrouvent maintenant sur un même côté, et non plus sur une diagonale du « carré ». Ces considérations plutôt académiques n'empêchent pas le contrapétiste, personnage pas toujours respectueux des valeurs mathématiques, de n'en avoir cure. Les petites dettes de son pauvre Barre continueront à lui sauter aux yeux.

L'idée est lancée. Nous attendons les propositions d'un éventuel fabricant de Rubikube contrapétique.

Le lecteur peut maintenant s'amuser à puiser dans ce cube, ou dans d'autres qu'il aura construit lui-même, toutes les contrepèteries que son imagination et sa fantaisie lui inspireront. Nous n'avons ici « tomographié » que deux des plans verticaux de notre contrecube qui, si nous comptons bien, en possède six contenant au moins un tabou, auxquels il convient naturellement d'ajouter les trois plans horizontaux tabouporteurs. Si l'on n'oublie pas que ce cube ne dépasse pas la lettre D, et qu'il se limite aux quatre sons **a**, **e**, **i**, **o**, l'on imagine sans peine le nombre fabuleux de contrecubes que l'on peut construire, rien qu'à partir des trois suites de mots sur lesquelles nous avons construit notre édifice !

Afin d'aider le lecteur à s'entraîner au repérage des contrecarrés et contrerectangles internes à un contrecube, nous lui proposons quelques amorces de contrepèteries nées de notre exemple :

> Voilà de bonnes bases pour renforcer vos dires.
> Ton Barre me comble... d'aise !
> Le chanoine prit son Byrrh et quitta la serveuse.
> T'as envie qu'on s'batte avant de prendre le kir ?

TRANSPORTS

La marchande de poids lourds est en dette d'un car.

Ces politiciens se battent pour prouver la qualité de leurs dires.
Enfoncé dans une chaise, le chef d'orchestre battait sans mesure.

A lui, s'il le désire, de peaufiner ces contrepèteries, et d'en trouver de nouvelles. Qu'il n'hésite surtout pas à utiliser l'homonymie pour éventuellement bâtir plusieurs contrepèteries à partir d'un même contrecarré. Prenons un exemple au hasard : Barre. Il a pour homonyme : bar. Une contrepèterie pratiquement identique à celle que cet honorable professeur d'économie nous a déjà inspirée peut alors se glisser dans une historiette dont le contexte est un peu moins noble ; on quitte les lambris de Matignon pour un quelconque estaminet qui tolère de menues ardoises :

Je suis couvert de petites dettes au bar !

Et si d'aventure, nous pilotons sans ménager notre peine une jolie touriste étrangère, l'initiant progressivement aux finesses de notre langue, nous pouvons être amené à l'entraîner dans un petit hôtel, où elle s'enquerra, perplexe :

— Et là, dites, c'est un bar ?

Mais que nul n'oublie qu'une fois les deux parties d'un couple en présence, il faut les animer par une agréable mise en forme. L'élaboration d'une contrepèterie est chose passionnante.

Paufiner *, peaufiner, voilà notre joie !

Et là, nulle mathématique n'est d'aucun secours...

Cet exposé qui, nous l'espérons, aura mis en lumière les aspects hautement scientifiques du contrepet et son caractère pluridisciplinaire, ne saurait se terminer sans un retour à la linguistique. Ce retour est imposé par la nature même de la géométrie contrapétique : les suites que nous avons définies sont formées de vocables disposés bout à bout. Ne faudrait-il pas chercher là l'origine du mot « tabou » ?

Nous posons la question aux philologues chevronnées, espérant qu'elles seront favorables à un accent mis sur leur sémantique.

Il convient enfin qu'un traité de contrepet s'achève sur une image poétique. La délicieuse pudeur de la contrepèterie ne réside-t-elle pas en ceci : les mots tabous restent cloîtrés comme en des petites boîtes ; résoudre une contrepèterie fait se déplier la boîte.

L'auteur précise que l'idée de cette représentation spatiale du contrepet lui est venue au moment de rédiger l'Index des mots contrepétophiles et que si, dans ce Précis, quelques exemples ont été extraits des Sons décalés, *pas une contrepèterie de ce recueil n'est issue d'un contrecube. Tout reste donc à faire dans ce domaine et, en particulier, la généralisation de la méthode aux contrepèteries de syllabes. Non, le contrepet n'est pas mort !...*

REPRÉSENTATION DANS UN PLAN D'UN CONTRECUBE QUI NE L'EST PAS

(Newton laissa tomber une gomme sur son plan.)

1. La tomographie, ou découpage en tranches

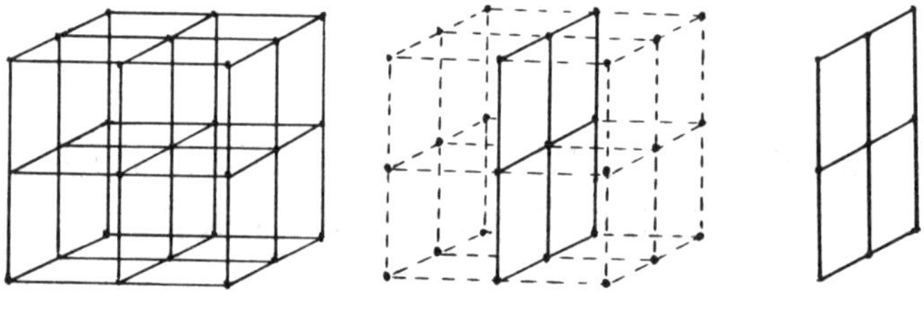

Le contrapétiste met en évidence le plan qu'il va utiliser de façon gaillarde[1].

On peut ne pas se limiter aux plans verticaux ou horizontaux, et se servir des plans qui passent par les diagonales.

1. Dans *L'Album de la Comtesse*, on découvre des « plants fort gaillards », et l'on se souvient que « le Général a présenté son plan à Lagaillarde ».

2. Le développement, ou l'art de déplier la boîte

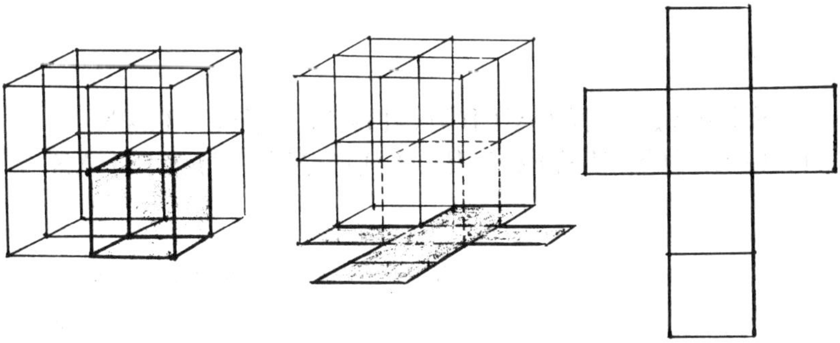

Cette méthode, inspirée des techniques de la géométrie descriptive, est surtout enseignée dans les séminaires : on présente son cube et on se fait donner la solution.

CONTRECUBE À DEUX TABOUS ET NEUF CONTRECARRÉS

(Solution de l'exercice de la page 211).

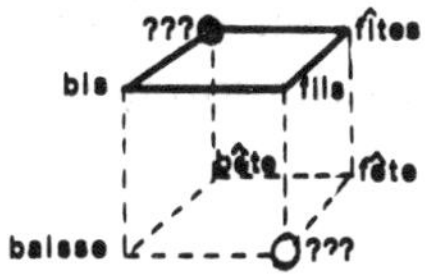

Quelle biture ! Pauvre fils ! (Cette contrepèterie a la particularité de n'utiliser que la diagonale qui contient le tabou.)

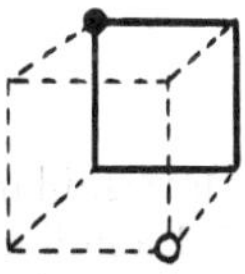

Mais, baronne, que fîtes-vous à ma bête ?

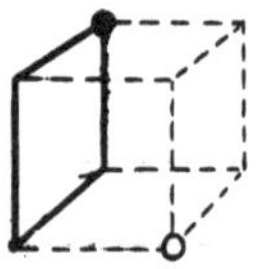

Ce vieux baryton bisse : sa femme ne trouve plus ça bête ! (ou « Que de bêtes sournoises ont parcouru l'abysse ! »)

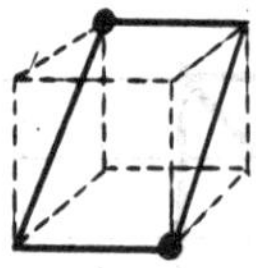

Lafitte est bien contre les baisses. (Ou « Lafitte est abaissé », ou encore « Présentez Lafitte à l'abbesse ».

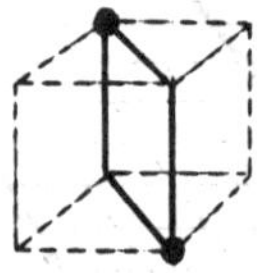

Oh oui ! Mes fils raffolent des petites bêtes !
(Ou les célèbres « bêtes offices ».)

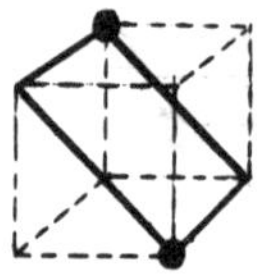

Le ténor bisse toujours aux fêtes. (Ou « Quand Cousteau plonge, c'est toujours la fête à l'abysse ! »)

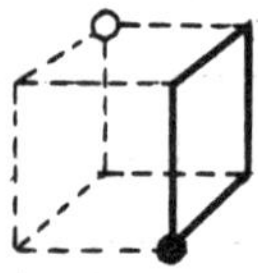

Oh, baron, que faites-vous à mes fils ?

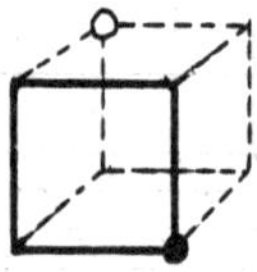

AU CIRQUE. — L'écuyère sent la douleur de ses fils : elle a tant baissé !

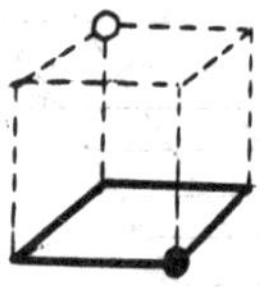

Il y a des petites baisses entre les fêtes *.

Remarquons que décortiquer un tel contrecube est un moyen très sûr de composer des contrepèteries à solutions multiples : Lafitte et l'abbesse, la fête et l'abysse, etc.

Exercices

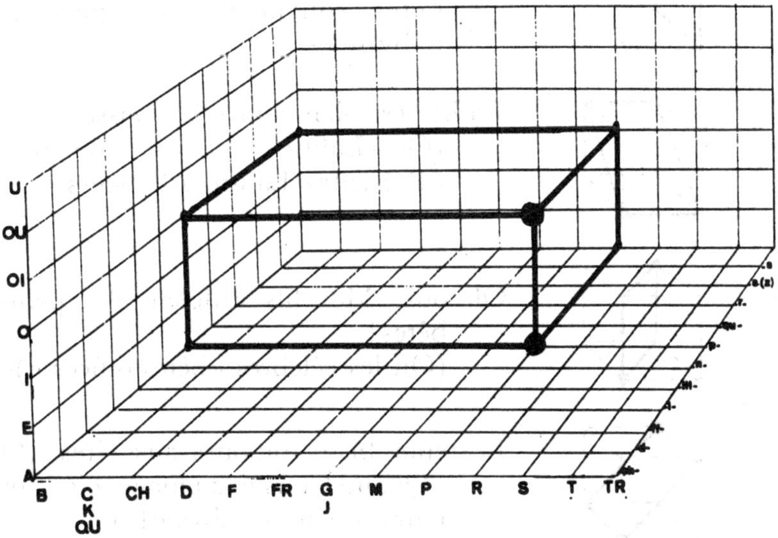

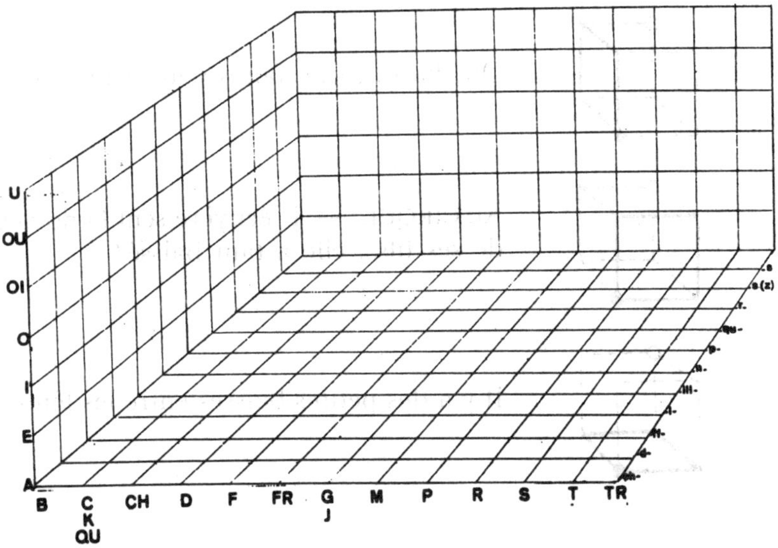

1. Reconnaître les mots symbolisés dans le réseau supérieur.

2. Placer dans le réseau du bas les vocables suivants : Caille, caisse, fine.

3. Reconnaître dans le réseau ci-dessous les mots situés aux sommets du contreparallélépipède rectangle représenté en gros traits. Compter les contrerectangles et élaborer la contrepèterie engendrée par les quatre vocables symbolisés par des ronds noirs.

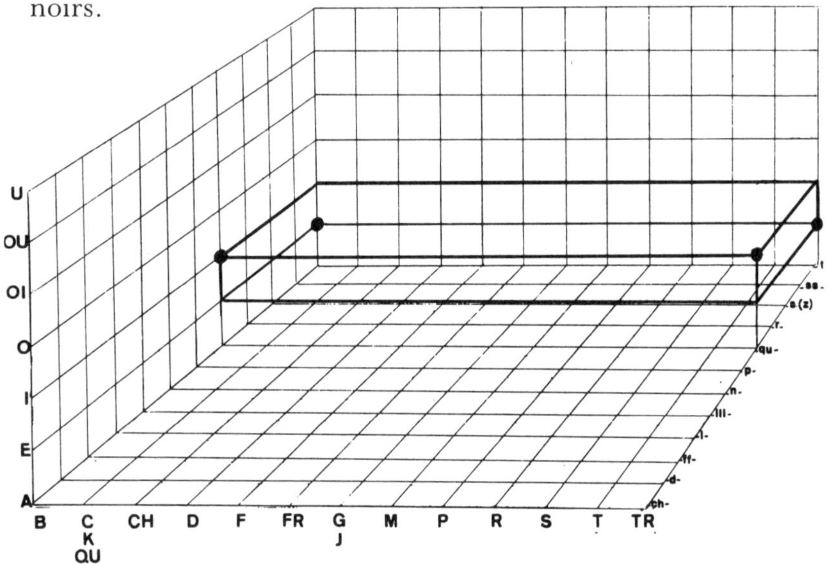

4. Même exercice que le 3.

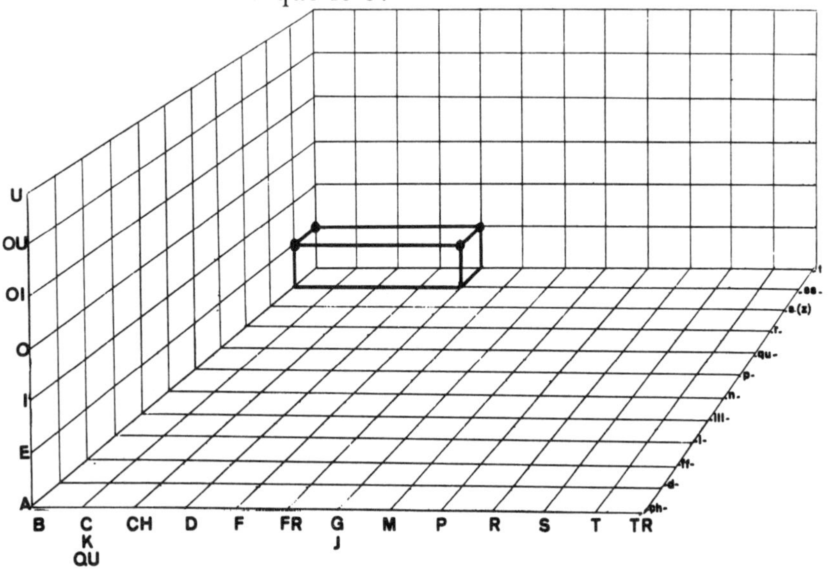

5. Représenter sur le réseau ci-dessous le mot tabou illustré par la contrepèterie suivante :

La voyante prétend que sa boule est formelle.

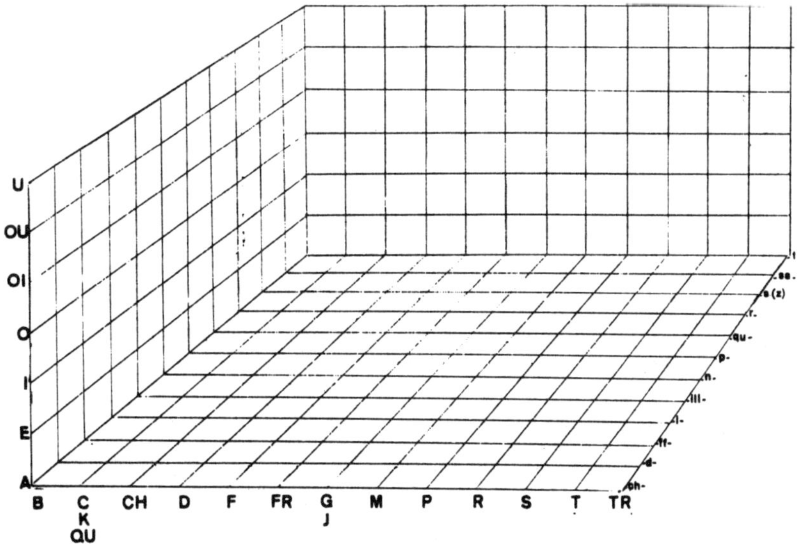

6. Même exercice qu'en 5 pour les contrepèteries suivantes :

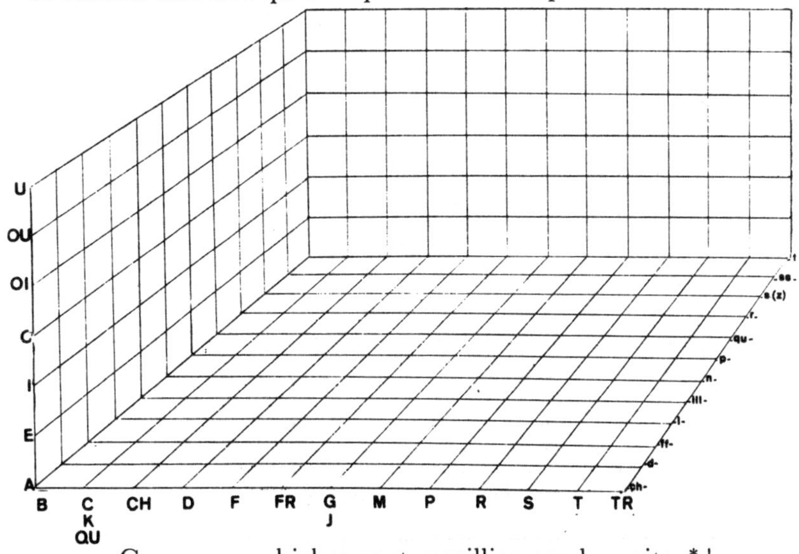

Ces pauvres biches sont assaillies par les mites* !

Les cailles boulottent*

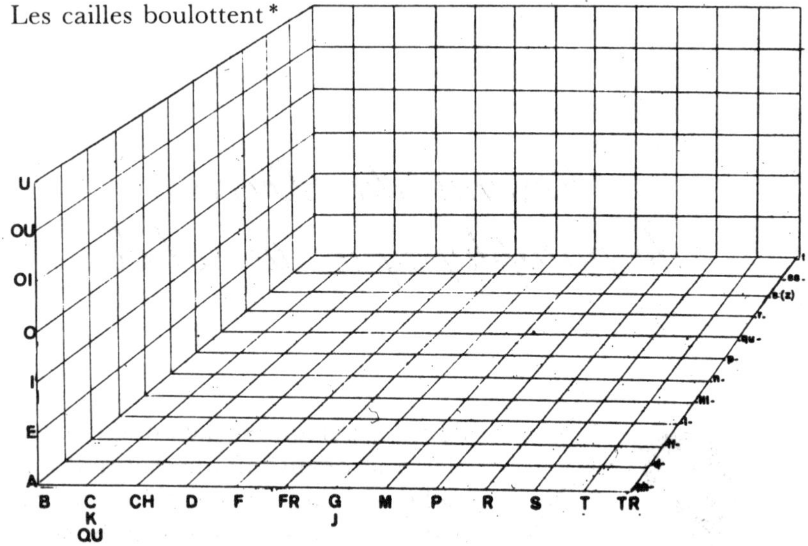

Nous supposons le lecteur suffisamment familiarisé avec le procédé pour pouvoir se passer de la solution graphique.

Problème

1. Déterminer les mots du contrecube élémentaire ci-dessous.
2. Esquisser toutes les contrepèteries qu'il engendre.

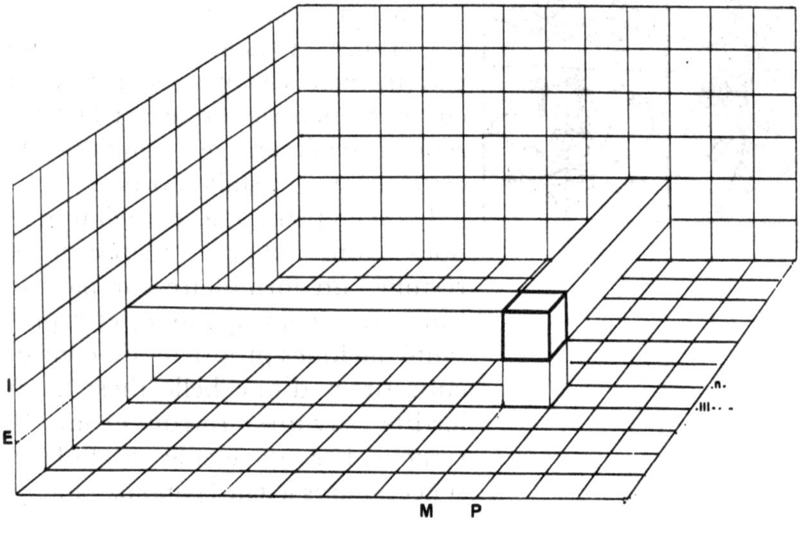

Résumé du Précis de pataphysique du solide

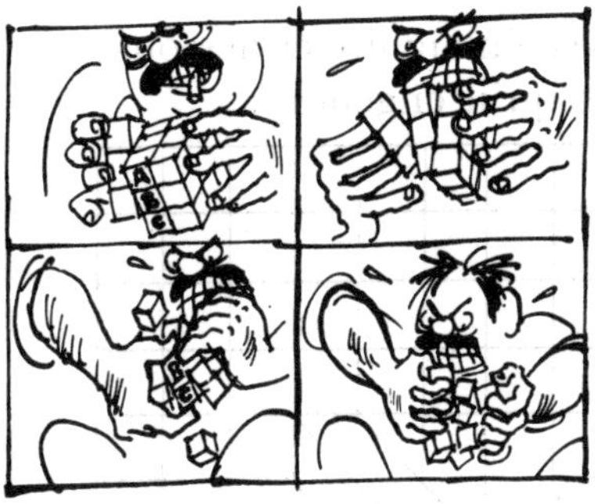

Pour les personnes davantage sensibles à la beauté mathématique formelle de la construction contrapétique qu'à son aspect architectural, nous nous sommes amusé à résumer notre théorie spatiale du contrepet. Le ton volontairement doctoral de ce résumé quintessentiel se veut une féroce satire des cours magistraux que nous subimes naguère. Il ne doit surtout pas être pris au premier degré.

Certaines personnes, sans doute extrêmement savantes, estimeront au contraire peu rigoureuse et fâcheusement schématique l'agogique de cette théorie cristallomorphe.

C'est en pensant à ces savants que nous avons rédigé à la suite de ce résumé, un formulaire complet de l'inversion contrapétique, et représenté quelques propriétés du contrecube tirées d'une belle thèse*, où lesdits savants retrouveront la rigueur, la syntaxe et le vocabulaire si nécessaires à leur épanouissement.

RÉSUMÉ QUINTESSENTIEL DE LA THÉORIE SPATIALE ET CRISTALLOMORPHIQUE DU CONTREPET

À Rubik...

Définitions

1. On appelle « acolytes » ou « couple potentiellement contrepétophile » tout doublet de vocables définis partout tels que par permutation d'au moins un élément de chacun, l'on obtient un autre doublet contenant au moins un vocable défini presque nulle part, appelé « tabou ». Le doublet image est alors dit « couple fertile ».

2. On appelle « contrecarré » tout quartet de vocables comportant deux couples images l'un de l'autre par la permutation définie au § 1, dont au moins un est fertile.

3. On appelle contrecube un octet de vocables, généralisation à trois dimensions du contrecarré qui, lui, en a deux.

Représentation géométrique

Dans l'espace euclidien ordinaire, nous conviendrons de représenter un contrecarré par un carré ou un rectangle aux sommets desquels se placent les éléments du quartet, de telle manière que les deux vocables d'un même couple soient disposés sur deux sommets non adjacents.

Conséquence n° 1 : Un couple occupe les deux extrémités d'une diagonale.
Conséquence n° 2 : L'autre couple occupe les deux extrémités de l'AUTRE diagonale.

Définition

On appelle « contrepèterie » le changement des diagonales d'un contrecarré.

Quelques cas particuliers

A. On appelle « contrecarré non contrepétable » tout contrecarré qui comprend deux tabous sur un même côté.

Théorème :

Tout carré dont le nombre de tabous est égal ou supérieur à trois est un contrecarré non contrepétable.

La démonstration est laissée à la sagacité du lecteur.

Remarque : Un nombre de tabous de contrecarré égal ou supérieur à cinq sort du cadre de cette étude.

B. On appelle contrecarré vide, noté ∅ ∅ ∅ ∅, tout contrecarré dont un au moins des sommets est vide. Nous étendrons à de tels contrecarrés l'appellation de contrecarré non contrepétable.

C. On appelle « contrecarré belge », tout contrecarré dont une diagonale est vide, et dont les vocables composant le couple qui occupe la diagonale non vide se déduisent l'un de l'autre par la permutation simple d'un ou deux de leurs éléments.

Exemple : Le contrecarré

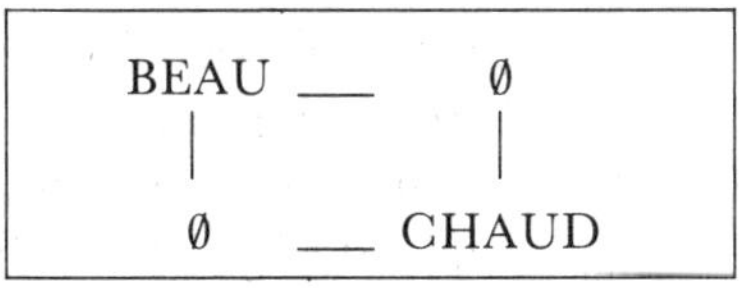

est un contrecarré belge.

D. On appelle « contrepèterie belge » une symétrie dont l'axe est la diagonale vide d'un contrecarré belge.

Théorème : Toute contrepèterie belge est un endomorphisme bijectif.

Corollaire : Les deux vocables du couple d'un contrecarré belge sont images l'un de l'autre dans cette bijection.

Exemple de contrepèterie belge : Il fait beau et chaud*.

Vérification graphique : Notons $S_\emptyset$ la symétrie d'axe Ø Ø.

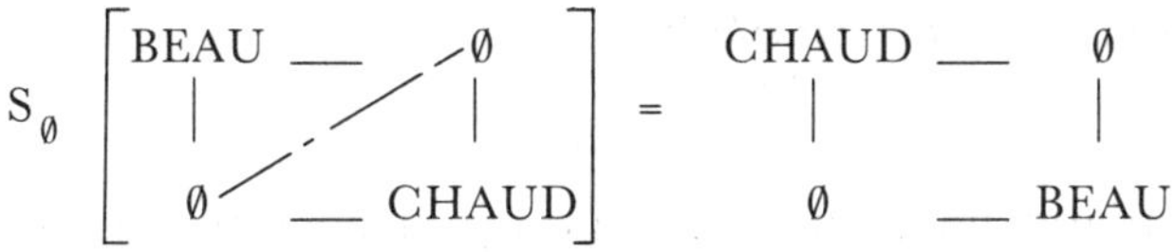

D'où la traduction qui s'en déduit.

Théorème des contrecubes

Un contrecube engendre au plus neuf contrecarrés.

Le nombre maximum de tabous d'un contrecube à neuf contrecarrés est égal à trois. Son nombre minimum est deux.

Les cas intermédiaires débordent du cadre de cette étude.

Théorème des acolytes potentiels

Toute suite finie de vocables qui ne diffèrent que par la consonne ou le groupe en général non abélien des consonnes initiales forme, par association avec toute suite finie de vocables qui ne diffèrent que par des voyelles ou diphtongues, et/ou par des consonnes, ou groupe abélien ou non de consonnes intérieures, un nombre en général non nul d'acolytes ou couples potentiellement contrepétophiles. Les tabous auxquels conduisent ces acolytes ou couples potentiellement contrepétophiles se trouvent sur les mailles d'un réseau cubique (et) ou plan (ou) dont les arêtes (et) ou la trame (ou) supportent les trois (et) ou deux (ou) suites de vocables initiales et leurs transformées par translation de vecteur perpendiculaire auxdites suites.

Évariste Galois étant prématurément décédé faute d'une bonne gar**d**e pour se sentir **s**ûr (il présentait fâcheusement sa **ch**air à l'é**p**ée), ce théorème n'a pas à ce jour reçu de démonstration digne de lui.

Nous comptons fermement sur les prix Nobel et autres médailles Field pour apporter enfin une solution à ce problème fondamental et pluridisciplinaire.

Faut-il se reposer sur un **s**age in**v**enteur?

[L'auteur remercie le nommé Euclide sans lequel cette théorie n'aurait jamais pu voir le jour.]

Les schémas du «Précis» sont de la main de l'Auteur.

Formulaire de pataphysique du solide

Pour les personnes

FORMULAIRE MATRICIEL DE L'INVERSION CONTRAPÉTIQUE

La clarté de ces formules rend tout commentaire superflu.

$$a\begin{bmatrix}x\\y\\z\end{bmatrix}=\begin{bmatrix}x\\iy\\z\end{bmatrix}$$

$$b=\frac{1}{\sqrt{2}}\begin{bmatrix}-1&-1&0\\1&-1&0\\0&0&\sqrt{2}\end{bmatrix}=M\left(\alpha=\frac{5\pi}{4}\right)$$

$$b\begin{bmatrix}x\\iy\\z\end{bmatrix}=\begin{bmatrix}-\frac{1}{\sqrt{2}}(x+iy)\\\frac{1}{\sqrt{2}}(x-iy)\\z\end{bmatrix}$$

$$c=\begin{bmatrix}1&0&0\\0&0&1\\0&1&0\end{bmatrix}$$

$$c\begin{bmatrix}-\frac{1}{\sqrt{2}}(x+iy)\\\frac{1}{\sqrt{2}}(x-iy)\\z\end{bmatrix}=\begin{bmatrix}-\frac{1}{\sqrt{2}}(x+iy)\\z\\\frac{1}{\sqrt{2}}(x-iy)\end{bmatrix}=\mathbf{r}_s$$

$$U=cba:$$

$$U=\frac{1}{\sqrt{2}}\begin{bmatrix}-1&-i&0\\0&0&\sqrt{2}\\1&-i&0\end{bmatrix}$$

$$U^{-1}=a^{-1}b^{-1}c^{-1}$$

$$a^{-1}=\begin{bmatrix}1&0&0\\0&-i&0\\0&0&1\end{bmatrix},\qquad b^{-1}=\frac{1}{\sqrt{2}}\begin{bmatrix}-1&1&0\\-1&-1&0\\0&0&\sqrt{2}\end{bmatrix},$$

$$c^{-1}=\begin{bmatrix}1&0&0\\0&0&1\\0&1&0\end{bmatrix}$$

$$U^{-1}=\frac{1}{\sqrt{2}}\begin{bmatrix}-1&0&1\\i&0&i\\0&\sqrt{2}&0\end{bmatrix}=U^{+}$$

MORPHOLOGIE, PHYSIOLOGIE ET PATHOLOGIE DU CONTRECUBE

(A. Labricq, Thèse.)

(*fig. a*)
Sur ce contrecube à huit cubes élémentaires, on a matérialisé les contraintes qui s'exercent sur un contrecarré :
Stérilité du côté doublement tabou.
Fertilité de la diagonale.

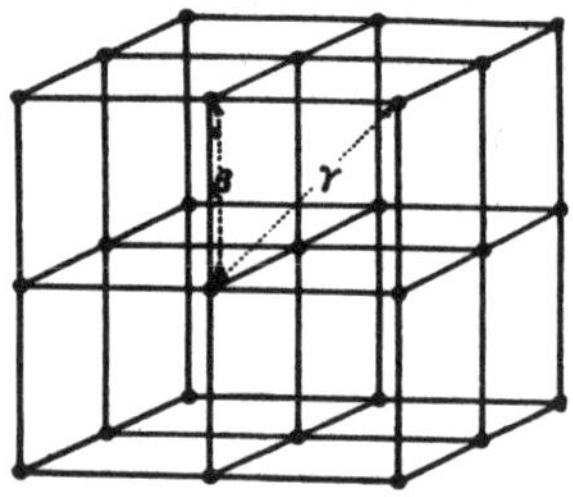

(*fig. b*)
Pathologie du contrerubikube
On notera la présence d'impuretés qui rendent ce cube impropre à la contrepèterie.

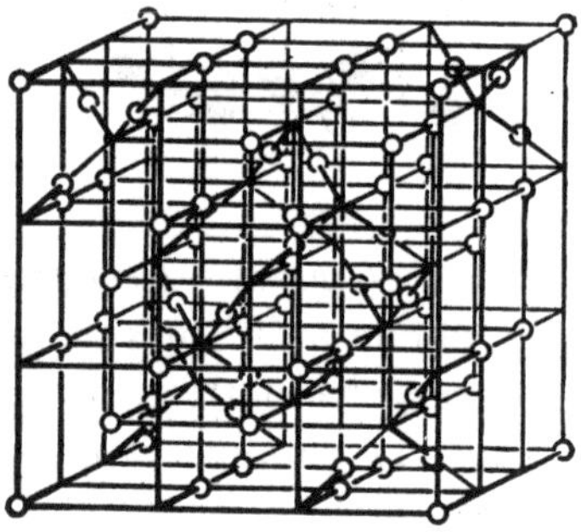

Tension artérielle du contrapétiste

On remarque la présence de deux pics :

1. au moment de l'audition d'une contrepèterie ;
2. au moment de sa compréhension.

Mesures effectuées sur quatre sujets :

a. Sujet plutôt hypertendu.
b. Sujet plutôt hypotendu.
c. Belge.
d. Sourd.

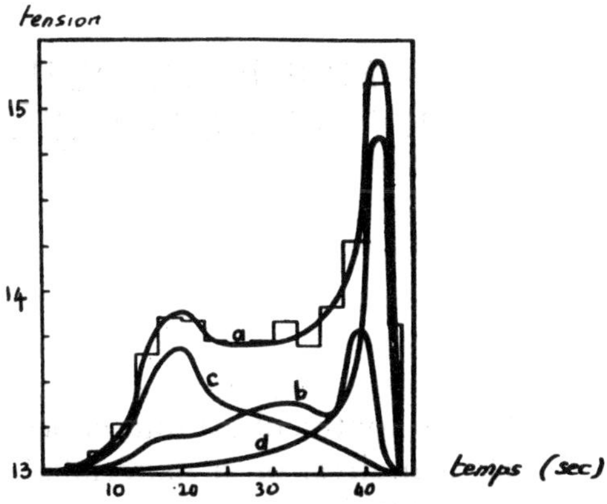

(*fig. c*)

1 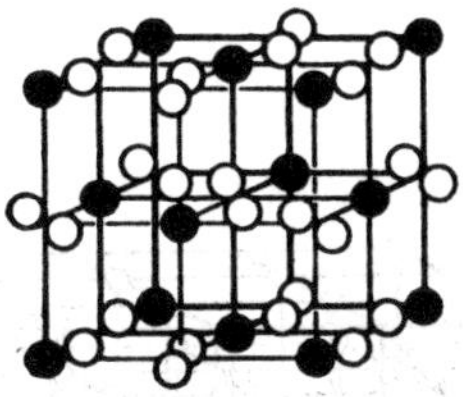 2. 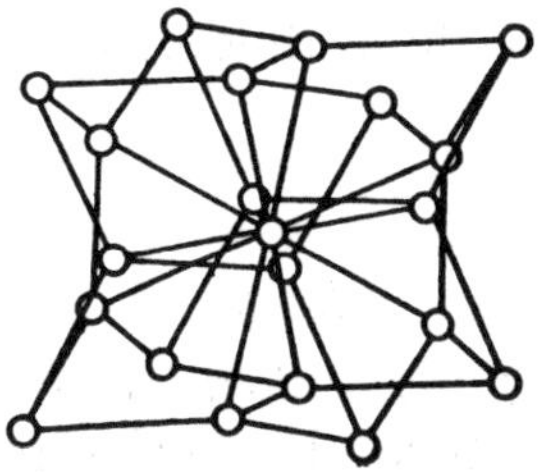

(*fig. d*) - *Évolution temporelle du contrecube*

1. Ce cliché a été pris au moment exact de la contrepèterie. On observe nettement la substitution progressive des vocables : la réponse apparaît en clair alors que le « sujet » s'assombrit.
2. Sur ce deuxième cliché, on observe l'état général du contrecube quelques instants après la révélation de la contrepèterie. Il se gondole et finit par se tordre.

La Solution des Pièges...

Rappelons que les éléments à permuter aux risques et périls du lecteur sont écrits en caractères gras. Les sources des contrepèteries non inédites sont signalées par des abréviations : R, *La Redoute* ; ART, *L'Art du contrepet* ; AC, *L'Album de la Comtesse* ; SF, *Sagesse n'est pas folie* ; T, *Le Tout de mon cru* ; P, Pouzet.

INTRODUCTION

Quel **ch**amp de co**t**on !
Debré montrera sa pi**st**e à la **n**ation !
La pi**r**e du**n**e (T)... la **p**ure **d**yne.
« **F**olles à la **m**esse » (Rabelais).
Les jeunes filles **d**oubtent de leur **f**oi (Rabelais).
Bandes **pass**antes, **l**amelles **m**assives, **b**oules achro**m**atiques, fl**ux** qui jaillit des b**o**rnes.
La Gr**è**ce hist**o**rique, les **O**ccitans hér**é**tiques.
Parler des **g**énisses aux **p**uristes.
Les p**ente**s mar**ine**s, la la**t**itude de l'aby**ss**e.
Bécaud, puis-je vous présenter Ma**gr**itte ?
Lutter dans le **pé**trin (ART).

Les **r**ites sont un **b**ien nécessaire (AC).
Certains s**aint**s sont **ex**pliqués.
Il cherche à se faire **c**oter, l'a**ffr**eux !
Entrer dans les Ann**al**es en sortant du b**us**.
Les émirs font prendre des bains de f/oule à leurs v**i**erges.
L'Arlésienne apprécie les hommes qui aiment B**i**zet ass**ez**.
Cette m**us**e jamais ne ref**oul**a ses hôtes.

APPENDICE

Les **péd**agogues ont l'air **d'aim**er.
Avoir **s**u dé**c**aler.
Recherches sur le p**a**pier, sans h**on**te.
L'école des **M**ines de **P**aris (R).
Les **s**ites de **b**anlieue (AC).
J'ai vu la **b**erge des **V**endées.
Les archéologues **c**orréziennes ne négligent pas les **f**ouilles.
Les ports qui ne sont pas minables (P). Les sites à bâtir (R). Soulever les valoches jusqu'au niveau de la berge (AC). Fouiller dans les coins (SF). Les joies de la verve. ...Mise en valeur par bien des chantres.
Vous ne pouviez vous passer de va**cc**in dans les ré**g**ions où vous fûtes (R).
Les v**il**ains anthropoph**ag**es.
Oui, elles font **g**aver les **B**lancs qu'elles consomment !
Des **l**arcins pudiques sont soumis à sa sa**g**acité.

Contrepèteries classiques

A. Les **n**ouilles **c**uisent au **j**us de **c**ane (R).
L'abus du **m**arc rend pénible la **d**iction (AC).
Le vieux marcheur veut **c**ourir sur le **m**ont (ART).
La cuisinière n'arrête pas de **m**astiquer, la **s**otte !
Voyez la maîtresse, **l**aissant **f**aire (ART).

On ne peut être en même temps **m**ède et **r**oux.
Ce **b**ond est digne d'un **c**omanche (SF).
Il est trop **b**on pour la **qu**itter (ART).
Votez au **C**entre (T)!
C'est une jolie **b**ête qu'un **f**aucon (ART)!
Je **f**uis dans la **s**ente.
N'allez pas à la **m**esse sans **f**oi (T).
Le dentiste a **m**ouillé la **c**arie.
Une **b**elle **th**èse (ART).
Ma chère, votre **m**enthe a goût de **f**iel!

B. Le prieur est en train de gra**v**er la no**t**ice.
Ces da**m**es nous dé**r**angent!
Ma**t**ez-moi l'aby**ss**e!
Mettez-moi donc cette pi**l**e bienve**n**ue (AC).
Une sorte de ra**g**e lui tient lieu de ver**v**e (R).
Le séminariste rêve de se voir en cu**r**é avec une ca**l**otte (R).
Docteur, si je suis grosse, est-ce gra**ve**, au**ssi**?
On reconnaît les con**c**ierges à leur a**v**idité (R).
À Beau**m**ont-le-Vi**c**omte (Rabelais).
Le chasseur alpin passe de la crê**t**e à l'abî**m**e.

C. J'ai vu le vieux **l**ycée Am**p**ère[1] (R).
Chaque soir, cette petite poule pon**d**ait quelque **p**art (R).
Il l'a**p**aisa en la **b**erçant doucement (R).
Jupiter exigeait que Junon **b**atte Sa**t**urne.
Le cuisinier a un ca**n**ard sur le **f**eu (R).
Géla**t**ine **p**anée (ART).
Lèche le ho**m**ard pendant la **d**înette!
Voici, monsieur le Curé, la **b**annière de**m**andée (R).
Ne vous trempez pas, La**f**itte, dans le **B**osphore!
La marquise a **b**êché trois a**ll**ées (AC).
Ce **b**ar est bien bon**d**é!
La petite Sarah joue sur la **b**erge du ra**v**in[2] (R.)

1. Il existe une version plus complète de cette contrepèterie : « Quand j'ai vu ce vieux lycée Ampère, je me suis senti atteint de **li**vides **pen**sées! » (ART).

2. Nous préférons, quant à nous, la version de la Comtesse : « Les **m**utins ont **p**assé la berge du ravin. »

D. Il faut savoir prendre la **ch**ose en **r**iant[1] (R)!
Écarte le f/oc, attention à cet énorme **cr**eux!
Le fakir est arrivé à **p**ied par la **Ch**ine (R).
La maison offre de superbes **ch**ambres au **m**ois (R).
La jeune fille à le **ch**oix dans la **d**ate (ART).
J'ai retiré la **cl**é du **b**ac (R).
L'antiquaire recherche des **br**as de **ch**aise (R).
Il faudrait retirer le **d**erme des **sp**rats (ART)!
J'ai une grosse **fr**ite dans mon **b**ock (ART)!
Ma fille, j'ai le **pl**aisir de vous **d**oter.
Cette **pr**esse est spécialiste du **f**oot.
Seule l'entrée du premier **ch**ar marque une **d**ate (T).
Les filles de **Tr**oyes offrent leurs deux **j**oues.

E. La femme de Rodin trouvait ses bu**st**es trop mode**rn**es.
Le rabbin écorchait l'hé**br**eu et sa femme l'é**c**ossais (R).
N'approchez pas les mains de la pi**st**e de l'égoï**n**e (ART)!
Ca**ss**ez-les donc, ces antiques péni**ch**es!
Bran**ch**ez les co**l**onnes (AC).
Jeune homme, il ne faut pas ta**ch**er l'éboni**t**e (AC).
La jeune fille ressent l'a**v**ersion de l'a**sp**erge (AC).
Faudrait voir allai**t**er la bi**ch**e (ART)!
L'em**ph**ase de l'a**bb**esse irrite l'évê**qu**e de Bou**rg**es (*2 c.*).
La fille du proviseur aime à voir décharger les péni**ch**es de pota**ss**e.

F. Les Rou**g**ons de Zola étaient remplis de **st**ress.
Le révérend arrive à la **pi**èce remplie de Mor**m**ons.
La **Ch**ine se dresse devant les Ni**pp**ons (R).
A**ch**ète, que je **r**ie (R)!
La femme du chef de gare m'a lai**ss**é le **ch**aix (AC).
In**sp**ectez le **g**erme (R).
La conservatrice a **b**iffé Ma**gr**itte.
Elle avait un chapelet de ci**tr**ouilles autour du **c**ou (R 1963).
J'aimerais rajeunir l'é**t**at de ma **cl**oison.
C'est à ses grands **tr**aits que l'on reconnaît la Bel**g**ique (T).
Phèdre abandonna sa **l**oupe au petit hypo**cr**ite.

1. Contrepèterie qui pourrait prendre une actualité brûlante dans la bouche d'un député de l'opposition :
« Maintenant que vous avez la chose, eh bien riez-en ! »

Contrepèteries décadentes

A. Le dompteur dresse sa b**ê**te à l**i**re (ART).
J'ai trempé ma b**o**tte dans votre c**i**terne (R) !
Attention aux p**a**nnes de m**i**cro (R) !
Ces savantes ont des m**a**ths imp**o**ssibles.
Les mathématiciens cachent leurs b**o**rnes sous des flots de form**u**les (T).
Quoi ! le chauffeur est encore gr**i**s après m'avoir tamp**o**nnée ! (T)
Les effets de cette **u**nion sont tout à fait t**o**niques.
Beaucoup de Grecs furent h**o**nnis par l'**U**nion !
Cet **o**bus en veut à notre **U**nion.
Les astronomes arabes ont-ils connu l'**U**nion d'**O**ranie ?
L'**u**nion des p**o**tes, l'**u**nion des C**o**rées (R), arriver à l'**U**nion par la R**o**se (AC), l'**u**nion qui mène à la n**o**ce.
Votre **u**nion est bien **o**sée !
Ma pauvre b**ê**te est presque à l'âge de l'arthr**i**te (ART) !

B. Ah, Madame, que vos f**i**ls sont durs à la p**ei**ne (R), (SF) !
Jeune homme, ces cr**am**pes vous font-elles b**ou**der ?
Le v**en**t s**i**ffle dans la r**u**e du qu**ai** (R).
Ce modèle présente des m**an**ches insol**i**tes (P).
J'ai croisé une belle Africaine au P**on**t-Mar**i**e.
Ce soir, on donne *L'Aiglon* au c**am**p (SF).
L'hôtesse dispose de beaucoup de ch**am**bres d'am**i**s.
Nous avons pu p**en**ser sans nous laisser **a**cculer.
Où les **em**piler, les membres de ce gouvernement **é**culé ?

C. Le Pont-**Neuf** fait soixante **pieds** (R).
Au Zam**bèze**, les femmes sont belles et gen**tilles** (ART).
J'aime **va**chement votre **fran**gin (AC) !
L'abbé ne peut résister à la con**fes**sion de mes **torts** (T).
Les bergères de Camaret s'occupent de la **ton**te des bre**bis**.
Aux **me**sses **no**rdiques, les **é**poux adorent leurs **pa**trons (SF).

REMARQUE : Les lecteurs assidus de *L'Album de la Comtesse* hebdomadaire du *Canard enchaîné* seront peut-être surpris de voir classées comme inédites des contrepèteries qu'ils y ont lues. Il s'agit dans ce cas de contrepèteries que nous lui avions envoyées et qu'elle a eu la bonté de trouver à son goût.

Le **prê**tre est-il **fou** (P) ?
La stomatologue a fait un **dent**ier au **pomp**iste.

D. Rien n'est plus gracieux qu'une demoiselle en cul**ott**e et en cors**et** (R) !
Joseph a **ma**culé **Hen**ri (ART, 1971).
L'artiste dans son c**œur** a comme un rameau n**u** (ART).
Ce c**ol** mène à l'Aveyr**on** (R).
La cantinière donne son c**œur** au drag**on** (AC).
La candidate connaît les b**u**ts des él**ites** (T).
La supérieure n'admet pas l'abb**é** paras**ite**.

E. Je vous propose une escal**ope** avec une belle sal**ade** (R).
On peut être **abbé** sans être **pape**lard (ART) !
La salle fut envahie par une **mass**e de **per**turbateurs (R).
Oseriez-vous, manant, con**test**er nos **par**ticules (R) ?
Les premiers chrétiens ont montré leur cal**vaire** à l'uni**s-son** (T).
C'est trop de **puce**s pour un **vi**llage (ART) !
La Bégu**ine** aimait les grosses p**omme**s.
Les mutants ont montré leurs bizarres phal**ange**s aux R**uss**es.
Cette jolie fille ha**bite** La**val** (R).
La pédicure me m**ouille** les c**or**s (R).

Contrepèteries irrégulières

A. La comtesse déteste les g/ants qui p**l**issent (AC).
Oh, le docteur Barnard se /hissant sur la **p**orte (SF) !
L'entraîneuse a découvert l'ath**l**ète de G/and.
La bibliothécaire fait exp/oser les P**l**ine (ART).
Passe-moi ton cu**b**e, et je te donne la /solution ! (Rubikube au séminaire.)
Le charbonnier d'Oran n'a plus la /houille **k**abyle.

B. Le prêtre montrait sa v**i**erge derrière le p/anneau (R).
Murillo a peint une v**i**erge entre deux asc/ètes (AC).
Descendant sur la plage, la mar/ée découvre la f**i**ente.
J'ai vu une v**i**erge en V/endée (AC).
Aux abords de ces ch/otts, vous verrez plus d'un p**i**af !
Pas de bonne ch/asse sans solides p**i**eds !

C. Viroflay : « Flaire au v... » (R).
Salomon : « Mon sa... » (sagesse populaire).

Métropolitain (R). (Pétain mollit trop.)
Les Catacombes.
La geôlière se farcit le pénitencier (AC).
Caleçon ! (Tradition orale.) Cochon.
Les mornes nippes.
Gershwin. Sanglier.
La philanthropie de l'ouvrier charpentier (R).
3 4 1 2 3 1 2

D. Madame /Vigée-Lebrun (R).
Attention aux congères de mai/ !
Ah, monsieur, votre piscine est /belle !
Ce Sénégalais avait une chopine de /cola (R).
Elles sont mordantes, les pipelettes de Pau/ !

E. Ce jeune homme danse comme un ballot (R).
L'on voit parfois sur les quais des gueux qui ronflent.
Le boutre du sultan coulait au confluent de la Garonne (R).
Les guerrières de brousse sont parfois ludiques.

F. Ce cas de Corée me turlupine (R).
4 3 1 2
Voyez cette faille pleine de bath silice !
Cette pauvre cale s'est retrouvée enfumée (ART).
Le vieux fripier se demande combien il a de reste sur les boutons (ART).
Le pêcheur laisse filer son traquenard à la brème (ART).

Contrepèteries enchaînées

A l'imitation des joaillières qui enchassent en colonnes des pierres fines (R), ou à défaut, des cailloux vides, mais, toujours, des jades vertes, les contrapétistes ressentent vite l'envie d'empiler des foules (AC) de leurs « Verbes de Joie », d'enfiler à la chaîne des maillons sans se préoccuper de leur couleur, en évitant de mélanger les perles et la verroterie.

L'on touche alors à la finalité du contrepet qui demande un bon coup de patte quand il est à la chaîne.

Tester la mixité d'une telle foule.
Les linges sèchent en mouillant les cordes (R).
C'est embêtant que la bise souffle jusqu'au banc !

Ils habitaient des gîtes sordides Quai-Branly (AC).
J'aime au sortir du camp une longue pêche sous-marine (ART).
Vise la bête, et envoie la vite à l'abbé (ART, 1971)!
Hachez l'ébonite!
Le fou d'étrilles rejette les crabes z'osseux.
La fermière est incommodée par l'écart du pis.
i u
La vamp enfla son cri alors que le chignon allongeait son minois (ART)!
La peine des jeunes génisses, c'est de ne pas être un veau gris (R).

SUR UNE ÎLE DÉSERTE

Attention aux pannes de foyer qui doit être un peu nourri!

La belle excitante s'affiche entre les maires (T).
Ne prenons pas le vin à demi : c'est l'heure du pinard (T).
Visez-moi ce petit bai en sellant le grand!
Aux sites de Bologne, je préfère les mines de Pompéï (AC).
L'ami tastevin compare le goût des beaune.

De quelques difficultés de grammaire

Je n'ai pas de rebords à mes z'épaulettes (R).
Ce n'est pas un métier de faire du ciné (R)!
Le coureur en piste parle à peine (R).
Les filles du vigneron m'ont fait voir leur grange à vin (ART).
Voyez sur ce pont ce caméléon (R, 1963)!
Oh, les globes saisissants!
Vu! C'est la Béotie.
La cantatrice a peur que sa mue la perde (SF).
La futaie près du camp, il ne faut pas la brûler, sans cela. (*2 c.*)
Les disciples d'Einstein voient le monde conique (R).
Le garçon d'honneur a sucé le confit d'oie (ART).
Colomba, laisse ton corps chaud pas froid, dis!
(L... ton Corse au p... roidi.)
«Que votre Verbe soit en joie!»

AVERTISSEMENT AUX LECTEURS

... que nous aurions malgré nous **l**ésés en trop **b**utinant...

LES SOURCES DU BONHEUR

Rabelais

À Beau**m**ont-le-Vi**c**omte...

Tabourot

Les **s**ots **p**âles.
Les **l**ieurs de **ch**ardons.
Les **b**ons **c**ordeliers.
Les voyageurs **c**riant du **f**ond : « **g**oûtez-moi cette **f**arce ! »

La Redoute des contrepèteries (1934)

Le petit vieux qui **v**end de la **s**erge.
Le jeune homme à la **m**ine **p**iteuse.
La **b**erge du ra**v**in.
Les demoiselles qui **l**aissent leur **b**iquette.
Le **t**ennis en **p**ension.
Les **n**ouilles **c**uisent au **j**us de **c**ane.
La petite fine sans dé**p**ôt.
En suçant le **j**onc de sa petite **c**anne.
Avoir l**u** P**er**ceau.

L'Art du contrepet (1957)

Une **b**elle **Th**èse.
Les **b**ons **c**ôtés.
Avoir vidé ses **d**ouilles sur un **c**rapaud.
Le fiancé expose son **v**œu : un joli **n**id.

Quelle joie de se sentir **q**uitte au **b**ut !
La maîtresse **l**aissant **f**aire (veut voir les **b**ons **c**ahiers...)
La magistrature assise **m**ent de**b**out.
Votre p**oire** a un goût de terr**ine**.
Ce pé**dant** rentre-t-il bien de **Nice** ?
Nos élèves apprennent à **cal**culer en **cent** leçons.
Ce **roc** est plein de **con**fort !
Les petits **gras** sont souvent les plus **vi**cieux.
Voulez-vous que je vous en**voie** dans la **cul**ture ?
Le garçon d'honneur a sucé le con**f**it **d**'oie.

L'Album de la Comtesse (1967, 1979)

Saisons **b**elles qui passent.
Que le **temps** se dé**vi**de !
Maisons au fond des **b**ois.
Des **t**entes je m'en **f**iche !

PLAINTES D'UNE **F**EMME **D**ÉÇUE

L'hommage de leurs v**ers** qu'à l'env**i** les poètes
A la **f**emme **d**éçue offrent, toujours ardent
Flatte certes le **b**ut, mais n'apaise la **qu**ête.

Nous ne résistons pas au plaisir d'égrener encore quelques vers...

L'a**tt**ente a des plaisirs qu'on ne **f**ait qu'un moment.
Aussi, jouet des v**ent**s qui l'h**i**ver me rudoient.
Sur des **t**alus où vont se **f**anant mes appas,
En un **d**ense **r**éduit où je n'ai point de joie,
Veux-je **c**onter ce **d**on que Thyrsis bafoua ?
Las, le **p**âle Thyrsis avait la **m**ine austère :
Le sentant sur le **banc** près d'elle un peu **tar**der.
L'a**m**ante bien des **f**ois lui fit en vain la guerre :
Ferme et **f**roid cependant jamais il ne **d**outait.
Pour voir se dé**n**ouer ce **v**œu, que de tendresse !
Que docile à sa **v**oix et promise à son **l**it,

Note : Nous serons très reconnaissant aux lecteurs qui auraient la gentillesse de nous signaler les éventuelles erreurs sur l'origine des contrepèteries. Ne pas oublier les dates de parution des éditions originales.

J'eusse aimé dans ses **b**ras m'a**d**onner à l'ivresse !
La femme a dans la **peau** un grain de **fant**aisie.

Jean Pouzet (1975, 1978)

(Le **c**oureur de **f**ond.)
(Les **b**elles **fr**ites.)
(Les **g**amelles de **m**orilles.)

Citons de cet auteur :

Le **v**icaire demande des **c**ierges.
Ce vieux **t**rès las joue encore avec une belle **p**robité ! [1]
La pâtissière **m**oule des **qu**iches.
Un n**ez** pomp**eux**.
Quoi de plus sublime que l'**aff**ection d'un p**ère**.
Ah, ma**r**ine ine**p**te !
Encore un **l**oup de **c**aché !
Pas facile de faire **d**înette sans **m**anger !

Sagesse n'est pas folie (1973)

Un geste vous livrera la **s**olution des **p**ages.

Citons encore :

Ce **b**ond est digne d'un **c**omanche.
En**rô**lé par un **Cu**bain des Bois...
J'aime pas beaucoup vos **r**obes à lo**s**anges !
C'est l'habit **sc**out qui m'é**r**einte !

Le T/out de mon cru (R) (1975)

La jeune berbère a un **n**om bien **k**abyle !
Le **m**inistre **s**ec, **l**ong et **c**assant.
J'év**ite** l'ab**us** !
Le s**e**ctaire qui se prend pour un s**phin**x...
Les religieuses se lè**v**ent au cou**ch**ant et se passent de p**ain** jusqu'aux mat**ines**.

1. Dans l'exemplaire en notre possession, une coquille typographique a fait écrire prélat au lieu de très las.

L'abbesse su**bi**t l'a**scè**te.
Le membre du **ju**ry est-il assez **ma**theux ?
La violoniste aux « **ré** » **sin**guliers a **trou**vé son « **la** », un **l**a dé**ch**i-rant avant de retrou**v**er le « **s**i » !
Un **f**aux contre**p**et...

Citons également :

Quel beau **mét**ier, pro**fess**eur !

QUELQUES CITATIONS

Démocr**i**te et Hippocr**a**te (AC).
Ayant fait beaucoup de contrep**oin**t, me voilà O.K. ! (Ok**ay**).
Je me **p**eins les **t**oiles (AC) (Pu**v**is de Cha**b**annes).
Les **C**roix de **F**eu (R). (Baronne **M**aud du Fond de **Ch**amp.)
Ces cond**i**ments ont bien abîmé ma belle m**â**che.

Ah, m'ab**r**iter des p/avés !...

Variations sur un thème

Ah, madame l'Abbesse ! Je voudrais tant connaître votre **ci**el à **f**ond !
Au cinéma : Pa**ssion** de fellah/.
Sa petite éditrice pratique, Laff**on**t l'assi**ed**.
La généticienne pratique des **mut**ations **fél**ines.
Ah, bravo, Jeanneton : on perçoit d'ici l'e**ffet** de vos **co**llations !
Le potache voudrait enfin connaître l'e**ffet** de la **trans**lation.
Les hypocrites pratiquent la **d**élation dans le **f**aux.
Faut-il sc**ell**er le trou avant la f**ond**ation ?
Les **lux**ations répétées mènent à la **fêl**ure.

APRÈS LA BÉNÉDICTION NUPTIALE

Monsieur le Curé, est-ce l**à**, les fél**icit**ations ?

Note : Néophyte, n'emboîte pas, in**con**scient le **pas**[1] aux **br**utes qui **p**icolent !

L'art de dé**c**aler les **s**ons.
Dans les deux mi**ll**e à **ch**oisir.

CHAPITRE PREMIER : LES LOISIRS

Pour celles qui cherchent des **ch**ambres au **m**ois, il y en a des **l**ibres à **ch**oisir (AC).

Tourisme et voyage

La femme du chef de gare m'a lai**ss**é le **ch**aix pendant une min**u**te, sur le qu**ai** (AC).
Votre **g**îte, quel **b**oyau !
Ce touriste a coincé son **p**lan dans un **gu**ichet !
Ayant passé de la crê**t**e à l'abî**m**e, je **f**uis dans la **s**ente.
Ce **b**ar est bon**d**é.
Quelle magnifique **v**ue, et quel bo**c**age, hein !
Pauvre **s**otte, remplie de **m**irages !
Cette voyageuse est lassée par l'a**b**us des **v**aloches.
Oh, les **f**alaises **b**aissent !
Je vous ai vu plonger, tous les **tr**ois, dans le **D**oubs !
Enfin ! Ma vieille **t**ante va rentrer en **F**rance !

1. Je vous emboîterais bien le pas avec conscience ! (Art du C.)

La voyageuse se penche sur le **p**lan du la**g**on.
Il y a bien longtemps que ce pauvre corna**c** n'a pas touché un **r**ond !
La touriste s'est montrée **d**éçue devant le **ph**are.
Est-ce **B**eauvais, la **m**i-route ?
Ces **s**entes sans **f**in ! On peut les lon**g**er longtemps sans risque de **ch**uter !
On voit souvent sur les **q**$_{2}$uais des **g**$_{3}$ueux qui **r**$_{1}$onflent.
« Oh, la belle **b**erge **v**allonnée ! » Le **v**einard venait de glisser, découvrant la **b**erge.
Venez vite ! Des Bretonnes présentent leurs **p**otes **m**alouins !

PIQUE-NIQUE

A**m**assons les **g**amelles sous le **p**ont-le**v**is.

Ça **ga**ze, du côté des **bai**gneuses qui montrent leur **dos** à **Trou**ville !
L'accompagnatrice nous a montré un p**on**t effr**i**té.
Quelle triste **m**ine, **P**aule ! La pauvre fille a fait une drôle de **d**înette devant ce **b**ar !
Théod**ul**e a été en C**or**ée.
Arrêtez de proposer vos **s**ites, **b**allots !
Attention aux con**gères** de mai/ !
Prenez garde aux aval**anch**es de M**eus**e !
Les Lapones s'abreuvent aux pis **d**e re**nn**es.
Oh, la /houle est **m**ontée : la mar/ée chasse tous les p**i**afs !
La cyclotouriste a un ca**l**e-pied coincé dans la mou**ss**e. Elle en a **geint** dans le va**llon** !
Pénible à grimper, cette **b**utte pleine de **p**ierres ! Après cette **b**utte, enfin, un bon **p**older !
Le **p**lan du **g**lacier (AC) n'a rien d'une p**ente** mar**ine**.
Les filles de Ca**m**aret aux si jolies **b**ottes s'occupent de la **ton**te des bre**bi**s.
Les filles de **Tr**oyes offrent leurs deux **j**oues.

Exercices et problèmes

La châtelaine qui souffre de ce que son **m**anoir manque de **ch**ambres, déplore qu'il n'y ait même plus de **g**ueux pour l'a**cq**uérir ; elle aurait tant voulu sa **t**erre pleine de bi**ch**es !

CAMPING SAUVAGE

Notant les **fr**oids, la **cam**peuse qui n'a cure des **pi**quants, s'écrie : «Quelle b**ê**te b**i**se, j'en ai **f**roid dans la **t**ente ! » Son compagnon (le **ran**donneur **bra**vache) qui lui reproche de trop ba**bi**ller sur la /route, affirme :

— Vous n'avez pas assez dé**f**endu votre **t**ente ! Je suis effaré par la **f**aille de votre **t**ente, et surtout de la partie in**f**érieure de cette **t**ente !

La femme du chef de gare qui a horreur des z'o**mni**b**us, a
2 3 1
pris un sacré coup de b**u**toir dans le c**ou**. « **B**ex ! Ne de**sc**endez pas ! » crie-t-elle en faisant bouger s**ou**plement le tr**ain**, pendant que le voy**ag**eur qui, goûtant maladroitement son v/in, s'était t**a**ché en c**ou**chette, se réchauffait sur le qu**ai** de br**on**ze.

— Madame la Chef de gare, en général, re**d**outez-vous les **g**ares ?

— Non : les gens p**ass**ent trop de temps dans des michel**ine**s.

— Madame la Chef de gare, quel s/ens pour Béz**i**ers ? Je reviens de **V**ouillé, j'suis **c**anné !

— Voilà des **r**ames où l'on bou**ff**e bien : **C**alais-**V**ouillé ! Moi, je préfère voir les **g**îtes de **B**ourg (AC).

— Voulez-vous sentir un v**en**t furieux qui défonce jusqu'aux v**i**tres (AC) ? propose le guide à la touriste. Alors, il lui a montré la **T**our de l'Abî**m**e (AC), et l'a**li**zée dans le **be**ffroi.

— N'allez pas dans cette petite **gro**tte, vous allez esquinter votre **fen**dard ! Cette **gr**otte est trop **m**enue, mais cette **gr**otte recèle des **m**asses insoupçonnées ! Par contre, l'autre **gro**tte : élé**phan**tesque !

PUB POUR LES **Z'HÔ**TES

Notre devise : « Hé**r**os, c'est l'e**x**otisme ! »

Dans nos petits hôtels, vous aurez le **pl**aisir de vous accou**d**er. En Bretagne, vous aurez droit aux bi**s**ous dès que vous vous bai**gn**erez. À Bruxelles, les **B**asques pourront se commettre avec la **fr**ite, mais nous vous déconseillons les **fr**iches de la **M**euse. Attention au côté mordant des pipe**lett**es de Pau./

En Tunisie, outre de petites b**ê**tes aux abords de Monast**i**r, vous pourrez voir plein de p**i**afs du côté des Ch/otts. Contrairement à une idée reçue l'A**f**rique n'est pas toujours bonne hô**t**esse (R) : on vous présentera des **P**euhls trop **m**inées ; vous verrez ainsi que la plupart des ra**c**es ont la même quantité de fai**bl**es. Mesdames, vous découvrirez les roup**illons** de Pap**eete** : ce sont des cou**rt**s somme**il**s ! Vous pourrez vous étendre sur des **l**its indigènes pleins de ca**v**ités :

un bon bran**ch**age sur la **l**atte, et voilà le **lit d**'un sau**vage**... Au Mexique, les femmes vous offriront leur **ju**s de **pi**ment, mais attention : là-bas, trop **d**îner, c'est déca**p**ant !

Les voyageuses pourront exprimer la **pl**ainte d'être **cr**ottées.

De retour à Paris, après avoir croisé de belles Africaines au P**on**t-Mar**i**e (certains **p**onts méritent le dé**c**lassement), vous pourrez enfin flâner tout au **l**ong de la Mou**ff**'.

Le **lit d**'un sau**vage**.
Ressentez-vous déjà l'étran**ge** de l'aver**s**e ?
Le naturiste vient déjà **br**ûlé près de l'Ar**c**.
J'admire les **route**s de votre By**zance** !
Le gros **T**exan lassé a **m**ordu cette petite **s**otte !
2 3 1
C'est **D**ignes : on dé**m**arre !
On voit de la **b**enne des **s**ites vastes comme l'A**l**hambra, et on peut aller jusqu'à l'é**v**êché.
Ah, monsieur, votre pi**sci**ne est /belle !
L'hôtesse a fait goûter son v/in au voy**ag**eur.

EXTRAITS DU CATALOGUE D'UN ÉDITEUR DE GUIDES [1]

La **Gr**èce **f**acile
Monast**i**r sans p**ei**ne
Festivités des **Lac**s
Balades autour de **s**ix routes (ou des **s**ources...)
La **Gr**otte de La **M**ecque

Gastronomie

Rien ne vaut un bon **m**arc après la **d**înette ! Si : une escal**op**e avec une belle sal**ad**e (R).

La cuisinière n'arrête pas de **m**astiquer, la **s**otte !
Ce coup de **b**lanc m'a **g**risée.
Distrait, le Belge a **p**ris sa **f**ine.
Oh, le **v**eau **gr**as geint !
Oh, la **fi**asque cou**l**e !
Cet énorme **gl**outon va finir par l'écraser, ce tout petit **b**anc !

1. Les Gu**i**des « M**o**sché » (AC).

Horreur, Garçon ! Il y a une **m**ite dans les **b**elons et la **c**arte sent le **th**on !
La serveuse a goûté ce **m**arc sans **d**éfiance : c'était un **m**arc d'une honnête **d**oyenne.
J'ai vu la cuisinière **s**aucer la **g**rive : la gaillarde dévore des **b**lancs de **g**rive.
Mais si, la bi**qu**e se marie bien avec le **th**on !
L'hôtelière a fait goûter sa **l**otte aux **m**arrons ; elle a ensuite proposé sa **p**oule à la **m**âche.
La serveuse propose une drôle de **gr**aisse de **f**enouil.
L'am**i** tastev**in** compare le **g**oût des **b**eaune et **p**lanche sur les **f**ines.
Mon jeune ami, on ne jette sa gour**d**e qu'après avoir vidé son **m**arc !
Ah, la bonne p/otée, B**l**aise !
Mlle Beulemans cou**rt** après la mou**l**e.
La cuisinière **m**inaudant, **p**asse les **n**ouilles au dessi**cc**ateur, mais ses p**ât**es provoquent d'amères const**ip**ations.
Sé**ch**ez-moi vite cette **d**atte !
La conseillère culinaire m'a fait un bon p**a**pier sur la c**om**pote.

DÉTAIL PIQUANT

Monsieur le Maire, enlevez donc cette échar**p**e avant de **d**îner !

Les Anglaises préfèrent les **f**lans pleins de **Gu**iness.
La boulangère a de jolis **p**ains, en **s**omme, et son mari se tape avec sa**g**esse toute la **f**ournée ; pendant que le mitron enrhumé a le **f**eu dans la **n**arine.
Madame la cuisinière, votre **gr**as est trop **ch**aud ! Je vais y **p**enser avant de **d**îner.

DERNIÈRES VOLONTÉS DU VIEUX B/OUILLEUR DE C**R**U (R)

Surtout ne mo**d**ifiez pas mon **m**arc !
Buvez donc un peu avant de me **qu**itter !
Ce qui compte pour moi, quand je **d**îne, c'est la **p**urée.
Lèche le ho**m**ard pendant la **d**înette[1].
Ce petit **s**aoûl est bien **tr**uculent !
La **f**ine ça devrait se déguster sans **p**ain !
Le **m**ercurey va avec toutes sortes de **p**oules.
Les cuisinières niçoises choisissent les meilleures b**ê**tes pour leur bourr**i**de.

1. Variante du célèbre coup de marc après la dînette (R).

Le pochard veut absolument tr**in**quer auss**i**.
La Madelon propose un **v**in bien **s**eyant.
La sauce c**ou**le sur les b**o**ls.
Le grand rabbin met son **vé**to sur les **cou**rges.
Cet ivrogne prétend qu'il se **d**ouche avec son **m**arc !
Le **f**ou d'é**tr**illes rejette les **cra**bes **z'o**sseux.
Est-ce que t'as **m**is tes **b**ols ?

Travaux pratiques

MENU

S**oup**e de r**oss**ignols
Géla**t**ine « **P**ré-salé »
Mousse à la **p**oule
Bis**q**ue ou **t**ête
Un **th**on, deux grandes **c**ailles
Tripes aux pa**p**illotes (plat de résistance)
ou
M**ou**le aux c**a**illes[1]
•
Pois de **Ch**ine
Chèvres à **l**oisir
Far en **d**eux[2]
ou
Flan aux **g**uignes
•
Avec les **vin**s auss**i** :
Gros-**p**lant **gu**ère vert
Médoc pour tout faire **p**asser
P**oir**e au P**in**ot
(Le Chef propose sa **f**ine en **p**rix cassés)

RECETTES

On a pour faire des œufs **lu** une bonne **re**cette, mais il faut bien la **n**oter avant de l'a**ppl**iquer. Une fois votre **raie** bien **vi**de, faire m**ou**sser l'éc**a**ille ; prendre votre b**oî**te de r**i**z et mettre le **r**iz à la**v**er.

1. Variante pour les amateurs de gastronomie un peu spéciale : « Buse à l'anis. »
2. Équivalent culinaire du fameux « phare en deux » (AC).

Réduire les petits sablés, sans attendre que le bouillon les quitte, en évitant de ternes bulles. Attention à la norme des feux : les mets risqueraient de vous déranger ! Il faudrait presque pouvoir toujours ramener votre raie à la vie. (Sinon, les marchands de poissons ont souvent des raies de vives.)

LA MOULE AU RIZ

En penchant la moule, frotter l'écaille sur le chou. Vérifier que le riz est bien passé. Mettre quelques gouttes de Byrrh sur le thon, et les faire couler sur le flanc de l'abaisse.

Ne pas oublier de fourrer l'abaisse.

FABLE ARABLE

Comme le gars sifflait, en empoignant ses manches, elle vint près de ce grand en sifflotant gaiement :

— Vous êtes bien impie d'exiger tant de grappes, et vous voulez toujours me taxer le cep. Pourquoi toujours s'abattre sur mon chai ?

Il se mit à laver son foudre sur le tard (AC).

— Avant de faire boucher la jatte, recommanda-t-elle, centrez donc le t/out en étoffant le bouchon.

— Oh, les chais de Fos ne valent pas les fûts à Nantes !

— Avec votre crâne dur, vous ne songez qu'à la piquette ! Pas question pour moi de faire l'échanson : vous avez trop de sucres et votre jarre sent le soda !

LES GRAINS DE LA SAUCE FONT MONTER
LA CROQUETTE DU GAI MARMITON

1

— Germaine, nettoie donc ce feu, et donne un rouge à ce vieux Gaston. Sens-tu, ce bleu émane ! On perçoit de loin l'effet de tes collations ! Attention , ces denrées, ça se brûle ! Et ne remue pas trop le thym quand tu sauces. Laisse donc les fèves, ta rate est trop échaudée. Je refuse ce bout de chair calamiteux. Quoi ! C'est seulement la veille, que tu cherchais du côté des courges ? Je comprends : tu cherchais les doigts du jars !

Ayant vidé mon vin à demi (T), elle mima la peine :

— Elle est bien triste, la pitance de votre bar, et pourtant, vous n'arrêtez pas de bouffer des rillettes ! Faisons plutôt la moule au riz, mais je vais encore vous louper l'écaille ! Et je ne veux plus de votre infect riz au vin, c'est un riz batave !

Montant la sauce à gros grains, je sentis augmenter le volume de ma bisque dans l'état lié. Tout en lui expliquant les rites de la bisque, je lui fis déguster ma bath de bisque, pendant qu'elle ronchonnait, la rate malgré tout dilatée :

— Ce condiment risque d'abîmer ma belle mâche, et voilà qu'il me présente un bout de lard à déchets (AC) ! Enfin, ce lard maudit !...

2

Engoncé dans la farce, et tassant le thym, le gai marmiton fait pétrir sa croquette par sa collègue, celle qui avait volé tant de riz : « poussez-vous que j'vous fasse des tripes (AC) ! » Et pendant que la serveuse qui a bu, c'est un larcin, va chercher de la sauge jusque sous l'averse, la caissière ploie sous les notes. Le chef, qui braise sans f/in, a des cailles à la mousse, et les jours de fête, il se fait garder le flan : « Mesdemoiselles, l'avez-vous séchée, la part du chef ? » La vieille serveuse sert les pains dans l'assiette, et le maître d'hôtel, lui, met l'habit/ jusqu'aux orteils. Le sommelier qui sait bien que l'abus du marc rend pénible la diction (AC), conseille à l'adipeuse qui réclame toujours plus de parts : « Si vous voulez du jus de poire, glissez la entre les machines ! » Le barman qui a une pile de petits noirs (AC), recommande : « Ne consommez pas ces soupes sans crible, et en cas de dînette, mangez donc des z'/œufs. Il y en aura pour tous les gars, des choux, et de jolies tartes qui méritent un bon coup de dent.

— Ah, Monsieur, dit la cliente qui se plaint d'être servie par des hommes au gros nez, vous m'avez ravie avec votre thé, et ça fait drôlement du bien, une bonne ventrée de riz (AC) !

Et cette mangeuse de courges fut veillée toute la nuit, pendant que le patron gémissait :

— Allons, madame, vendez-moi ce riz ! Trop de tripes ont rendu ma panse douloureuse !

Voilà des fûts à provision, mais ces bars d'ivrognes me remplissent de bourdon !
Le chef apprécie mieux l'abaisse que les roux fignolent.
Après cette pulpe, je vous offre une petite vive ?
Ce n'est pas certain que Gault et Millau aient la peau de Courtine !

CHÈRE DE NIPPONS

Aimez-vous mieux les blancs mousseux que la geisha mêle ?
Ce sont de vraies patelles, tu sais ! Oui, je suis lasse de ces pétoncles.

La charcutière a son boud/in d'avantage **s**alé en Août.
Le cuisinier de Megève soumet ses roux **bl**onds à la **st**ation.
Attention aux pa**nn**es de **f**oyer qui doit être un **p**eu **n**ourri.
N'oubliez pas : les c**o**c**o**ttes adh**è**rent l'**é**té. N'attachez pas des
3 4 1 2
fonds opa**qu**es !
Mais ces gros**eill**es sont enr**ob**ées !
Je refuse ce bout de ch**air** cal**a**miteux !
Ces d**en**rées, ça se br**û**le !

Les sports

Les jeunes filles aiment le **t**ennis en **p**ension (R).

Courez mon **b**on !
Monsieur le Président, votre **t**ennis est bien **p**ropagé.
L'entraîneuse a fait **sh**ooter son petit **g**ars.
Quel beau **l**ob de Bé**z**iers !
La sportive admire le champion **p**endant le **t**ennis.
Pas de bonne ch/asse sans solides p**i**eds !
Le nageur **c**rawle près du **f**ond.
Mettons-nous en pha**s**e avant de nous bai**ss**er.

LE **SK**I **V**OLA A LA CH**U**TE DE M**A**RIELLE

La skieuse en **n**age s'accroche à la pi**st**e du moniteur qui **ch**ute sur sa **l**atte :
— Cette sale ch**u**te devrait vous faire rec**a**ler !
— Votre **c**arre me donne des **d**ouleurs !
— Je vous trouve bien **d**olente, après mon coup de **c**arre !

Votre pauvre **t**ennis est usé jusqu'aux **p**ierres !
La championne de base-ball sent flan**ch**er sa **b**atte.
Mais, chéri, on dirait que **P**atrick veut jouer au **t**ennis !
L'entraîneuse a découvert l'ath**l**ète de G/and.
Mesdemoiselles, il faut prendre l'é**lan** **vi**goureusement.
Ces **p**erches sont cou**d**ables.
Ces b**ott**eurs nous pl**ais**ent ! *ou :* Ces **b**otteurs nous **pl**aisent.
La joueuse a une **b**atte qui n'est pas de **ch**oix. (« Pas de choix »... La danseuse a un grand choix sur le pas... L'épicière a un grand choix sur la pâte...)
Oh, le **cen**tre **fou** !

La montagnarde a encore en**t**assé ses **cr**ampons !
Voici, messieurs, l'ornière où se **p**erd notre **t**ennis !
La championne a **p**rouvé un **t**ennis de qualité : un **t**ennis **p**révisible.
« Ah, ce beau N**oa**h, quel **jeu** (AC) ! Mais Borg est irrité des **z'** imitations de son **l**ob » se dit la joueuse qui laisse traîner sa **p**resse sur le **t**ennis.
Ne pensant qu'à ta**p**er dès qu'on lui offre un beau **t**ennis, la débutante a pris un **l**ob en plein vi**s**age !
La présidente du club découvre souvent des d**en**ts de m**ar**bre.
Rien de tel qu'une bonne gar**d**e pour se sentir **s**ûr !
L'infortuné cycliste s'est pris les **g**aloches dans son **b**idon.
Les grimpeurs mélomanes s'enc**ord**ent derrière les clavic**ul**es et l'on voit peu de gu**i**des **chôm**er.
3 4 1 2

DANS LES MÊ**L**ÉES **M**ASSIVES

Les rugbymen **l**uttent bien **j**oints. (Ils **l**uttent sa**g**ement.)

« Ne **f**artez pas dans la **p**ente quand le **p**an **gl**isse ! » enjoint le moniteur qui maî**t**rise les **p**entes et règne sur toutes les **p**entes sans **f**artage. « Ah, la **p**ente est **m**inable ! »
Les cyclistes ont de drôles de **b**ouilles, sans cy**c**le !
À la marquise dont la m**eu**te év**o**lue, le chasseur fait admirer deux superbes piè**g**es sous l'aver**s**e.
Quelle scè**n**e ! Quel bo**x**eur !
Cette admiratrice n'aime pas les gros **mo**ts, **Vi**las !
— Pourquoi **fa**rtez-vous, en **so**mme ?
— Parce qu'on ne peut s**k**ier au **f**ond (AC).

REPORTAGE AU CHAMPIONNAT DE BOBSLEIGH

Oh, la ch**u**te est f**a**meuse : **z**oom sur le **b**ob !
Ne portez pas les **b**obs aux **z'** Houches !

Les footballeurs apprécient l'é**l**ite des **b**uteurs.
Ce garçon de douze ans déclare qu'il jouera au **t**ennis à **p**résent.
Les skieuses cherchent plus de **gl**isse en se laissant porter par le **v**ent.
Ce manager cherche quelque bo**x**eur au beau **n**om.

Exercices omnisports

LE **FOO**T **RU**GUEUX

Ce pâ**tr**e est terrible au **f**ootball : ses partenaires **sh**ootent en **pr**iant :

— Dans le **f**oot, il faut qu'on se re**d**oute !

Magnifique f**oo**t ! Quels d**an**seurs ! Les joueurs ne restent pas p**a**ssifs du côté des sh**oo**ts !

LE RUGBY

Ces **p**acks n'ont pas toujours bonne **m**ine ! Oh, quelle **pi**le de **dro**ps ! Cela fait, Maso **l**obe [1].

L'ÉQUITATION

La cavalière sentit qu'elle tenait une sacrée **fr**ite, en se **b**ottant (AC). Mais montant le long du **v**an **gr**is branlant, elle fut atteinte par le br**i**s du v**an**. Du coup, son compagnon, lui, lâcha un étr**ier** sur le p**on**t, et **vi**sa mal avec son **bai**.

LA CHASSE

Pendant que les quatre-vingts chasseurs s'enfilent de belles cui**t**es jusqu'à l'ouverture de la cha**ss**e, la marquise se fait **s**écher à l'arrivée des cha**l**eurs, et consent à ce qu'on prê**t**e sa cha**ss**e, même si l'on ne distingue plus l'éch**o** des m**eu**tes, comme l'affirme un pi**qu**eur co**nn**u. Plaignez le **pi**re des **so**nneurs qui **di**èze près des ra**b**atteurs, mais admirez-le « **mi** » du **v**eneur !

LE CATCH

Je cherche des f**ein**tes pour l'étr**an**gler !

LE CYCLISME

À force de médicaments, ces champions vont finir par **g**âcher leurs **chr**onos, et leurs **br**ouilles pesantes leur rabattent le **c**aquet.

LE BASE-BALL

Les joueurs comparent l'équ**i**libre de leur b**a**tte.

« Je rêve de voir enfin la C/oupe Davis **r**ieuse ! » s'écrie le photographe qui refuse de prendre de f**a**ce cet horrible Conn**ors**.

Vous êtes la bienvenue, Marquise, aux abords **g**i**b**oyeux de nos **s**ites.
2 3 1

Voyez, l'arrière pa**r**aît **f**igé, et l'avant, en r**ouge**, n'arrête de b**ut**er !

1. Maso, ancien de l'équipe de France, dont les membres n'étaient certes pas des **ch**auds demis **g**ais...

— Eh, l'arbitre, t'as pas vu ces deux bu**t**s sou**rn**ois ?
Sautez **pl**us !

Écologie, nature et vie campagnarde

Elle portait un chapelet de ci**tr**ouilles autour du **c**ou (R, 1963).
Ce **v**aste **ch**alet n'a pas de **ch**ambre **m**auve.
Les écologistes ont de belles **v**aloches, **B**erthe.
Ah, l'heu**r**eux ma**n**ant !
Cette mou**ss**e est joliment per**l**ée.
Eh, **f**uyez la **s**ente !
Amis écologistes, peignons no**v**embre en **m**er !
Ce pâ**tr**e est **f**élon.
La fermière montrait ses **tr**esses derrière le **f**acteur et faisait picorer sa **p**oule aux co**mm**uns.
L'â**n**esse de ma voisine travaille aux **f**oires.
Laisse-moi approcher la bi**qu**e de Ton**t**on !
J'ai vu une légère **l**ueur près de la mou**ss**e.
Sortez donc les c**a**illes de ce petit m**ou**lin !
Le bûcheron s'attarde après la ch**u**te quand il ab**a**t, et sa femme a le cu**l**ot de ne lui faire que des bran**ch**ettes, en donnant la **s**ouche au **b**allot.
Que va devenir l'aby**ss**e dans ce **t**yphon ?
Les écologistes tendent leur **l**it en **v**ert.
Il aurait fallu une sacrée mou**ss**e pour cacher ces si**l**ex !
Tout en ôtant la **l**aine de façon fort sa**g**ace, le berger arriva jusqu'aux **f**euilles de la **s**ente.
Cette pauvre fille s'est fait **m**ouiller, la **s**otte !
Mettez-la donc, cette petite **l**onge à **s**écher.
Comme il **f**endait mollement, elle dut l'en **b**lâmer.
Non mais, en voilà une **c**oupe de **tr**oncs !
Cette **li**tière est pleine de petites b**ê**tes.
Ce n'est certes pas en **ch**assant que vous renoncerez aux plaisirs de la **m**er !
La marquise cherche à faire adhérer bien des **s**ites à ses **b**ois !
Ce fermier voudrait bien des bo**v**ins au**ssi**[1].
Voyez ce vieux **t**rognon en train de se **g**âter !
Veux-tu que je te donne le **lait**, mon pou**ssin** ?

1. Et sa femme auss**i** des bov**ins** !...

La petite bergère sait déjà comment **f**êter les pâ**tr**es, mais il y a trop de **pâ**tres dans les **fou**rrages!
Quoi! Lalonde aurait une ver**t**e auto ma**g**ique!
Ce maladroit s'est en**f**erré dans les replis de la **t**ente!
J'étouffe : y'a l'a**z**ote sur le **gl**obe!
Ces pauvres **b**œufs sont bien **n**oueux.
D'ici, on distingue bien la mou**ss**e de la péta**l**e. Trop tard! Le v**en**t l'a véh**i**culée.
La bergère flatte dis**t**raitement les bi**qu**es. (Elle est toujours en **t**ête de nombreuses bi**qu**es.)
Sa**b**ine a deux **p**oules.
Y'a plus qu'la rou**t**ine pour m'faire sortir la bi**qu**e!
Ma petite Fanchon, la**v**e donc ce **p**is!
En parcourant ce joli **p**ont, j'ai drôlement secoué la **c**aillasse!
... La bi**s**e est retombée... Mon petit **t'** Isidore!...

Exercices pratiques

Devant tant de **fa**nes à **pi**ler, la fermière aux **ro**sses hé**pa**tiques se sent tenue de four**n**ir les **b**œufs (P). Mais ces **b**œufs sont à **n**ous et la mou**ch**e les rend **r**étifs!

— Oh, les pis **m**'**in**ondent! gémit la servante qui s'occupe de la tr**ait**e des b**iqu**es. Ça m'incommode, l'é**c**art **du** p**i**s!
2 1 4 3

— Pourquoi ce **d**échet alors qu'on a des **l**ois? demande l'autochtone aux petites **cr**asseuses qui mont/aient leur c**am**p près des résid**u**s. Ah, j'en suis bien **ch**oqué de tous ces petits **t**as!

Ce sont les **nymph**es **pyr**omanes qui (AC) veulent faire une bonne b**r**aise avec toutes les pin/èdes :

— Prenons garde que ces **f**eux ne nous dé**n**oncent! (AC) Oh, la f**u**taie déjà br**an**lante, oui, la f**u**taie près du c**am**p : il ne faut pas la br**û**ler, s**an**s cela!...

Il y a trop de **fr**aîcheur pour tous ces **l**ocataires! Nous devrions mettre nos p**ull**-overs avant d'aller cop**in**er. C'est embê**t**ant que la bi**s**e **sou**ffle jusqu'au b**an**c, et nous vi**br**ons tous dans le **v**ent!

L'ouvrier se fait octroyer une petite **n**ippe avant d'aller travailler aux **p**oires, et la femme du vigneron, qui n'ose considérer les quelques gra**pp**es de son pauvre mari comme une **m**ine, doit montrer au contrôleur sa taille de **c**eps et le volume de ses **g**ains :

— L**â**chez donc mon ch**ai**, vous voyez bien que ma **j**atte est fi**ch**ée!

La fermière ne peut plus sentir les citadins, ces for**b**ans de la **c**ité.
J'ai vu La/londe **b**uriné.
L'é**c**art **du** p**i**s.
2 1 4 3
Le **g**éomètre **n**ul a retr**a**cé jusqu'au ch**ou** la petite mar**qu**e, bien qu'il ait vu sa **t**race.
Oh, votre **m**ine em**p**iète !
Quoi ! Vous avez l**ou**pé ces c**a**illes et cette grosse b**ê**te : un t**i**r minable !

MANIF' AU LARZAC

Ah, les **C**ausses **gr**ouillent ! Voilà bien la plus bê**t**e débi**l**e **c**o/hue ! Ah, **f**oule ai**m**ante des bergères **b**ernées par les **s**ites de militaires !

Voyez, les **s**eigles **r**ègnent, sur l'**avoi**ne s'em**pi**lent ! Sous les **p**as, des ten**dr**ons **sur**gissent des blés **roux**.
Voyez ce **tas** é**vi**table, et ma**t**ez ces te**ss**ons !
La Fanchon attrape facilement les p**omme**s de Cather**ine** !

Transports routiers

Il y a du **mo**ka dans l'auto **ka**byle (R).
Vos c**od**es sont bien r**ouill**és !
Ce **m**alus me laisse un goût de **f**iel.
Le motard s'est coincé la b**o**tte contre un s**i**lex.
Il y a trop de **m**alus à **F**orbach.
Depuis l'accident, votre **ph**are est à **D**reux, et il y a un morceau de **r**ouille à **c**acher.
Madame la garagiste, caré**n**ez-vous l'e**ssi**eu ?
L'assureur est **f**ou du **m**alus.
Les **D**af sont bien **p**ressées, et les V**o**lvo rep**u**es.

AUTO-STOP

— Un p'tit coup de **b**lanc ?
— Non, sinon c'est la **g**affe !

L'électricien a coincé une **d**ouille dans un car**c**an.
Ah, comme j'aimerais votre Da**f** ama**r**ante !

Ravitaillement

L'automobiliste a profité de la p**omp**e pour se faire faire un petit p**an**ier. A la petite /hutte, il a fait gonfler son **p**neu, sans qu**i**tter les p**om**pes.

— Ah, ça s**i**ffle du côté de votre ch**am**bre!

— Moi, les v**a**lves, ça m'incite à l'h**u**mour!

Sou**c**is assu**r**és

Lassée des sou**c**is, l'assu**r**euse découvre la **f**orce du **m**alus. Mais la proximité de **F**alaise diminue le volume des **m**alus. C'est lassant de s'occuper toujours du **m**alus des chau**ff**eurs! Mais elle a bien assez de **m**alus pour remplir ses **f**iches.

Seul le spécialiste arrive à distinguer la ch**u**te de la v**a**lve.

Atelier

L'infortuné ferrailleur doit faire le tour des **f**laques pour récupérer sa **c**ame, et ses filles s'intéressent à la **f**onction des **j**antes. En **p**enchant la **m**olette, il est intrigué par le **f**eu de la **j**ante, alors, il met un bon coup de pâ**t**e au **f**rein, et finit par **b**riquer entre les jan**t**es. Voyez-le qui s'épuise sur une de ses ca**m**es **tr**aîtresses, pendant que sa femme qui ti**qu**e sur la **r**ouille, montre qu'elle a la **gr**aisse **f**acile, et son mari, lui, c**ui**r**a**sse les c**ai**sses.
3 1 2

Le coin des as

L**ou**e-t-**on** ces r**u**st**ine**s?!
3 4 1 2
L'assureur préfère l'é/lite aux ris**qu**es menus.
Oh, cet em**pot**é, immatri**cul**é dans le Bas-Rhin (rein)!

Navigation de plaisance

Le vieux marin lavait le **f**ond de sa **qu**ille avec l**e fer** d'**her**minette (R + ART).

Est-ce vrai qu'Ulysse a été **m**ouiller au **C**aire?
Écartez ce sl**oo**p, et vous verrez mon tr**i**maran.
La nuit, tous les marins ont **d**roit au **ph**are (AC).

Quel bruit quand les **m**onocoques se **g**arent !
La marchande de petits bateaux voudrait voir ses sl**oo**ps part**i**s.

L'A**V**ERSION DU GRAND **SP**I

À **qu**ai !... **M**ouille !... Ah, mon ma**ill**ot cou**l**e !

T**en**du lorsqu'il b**or**de, le skipper coince la **dr**isse entre deux **m**âts, pendant que l'équipière, **p**oussée derrière l'é**tr**ave, et incapable de dé**v**ider le **r**is, est obligée de ta**ill**er l'écou**t**e.

— Pourquoi toujours gl**i**sser quand vous prenez les b**ou**tes ? Bien que mes **v**oiles soient a**pp**ariées, ôtez-moi donc ce f/oc, et faites attention à cet énorme c**r**eux ! Ah, j'aurais dû mettre ma **trin**quette au **quai**... Il aurait fallu que se ref**erme** le Sp**i** !

Je vois des traces de l**oo**kheed sur la qu**i**lle !
Le navigateur solitaire a fait admirer son beau **roo**f à **Pa**peete.
Voilà un concours où se **g**agnent des **m**onocoques.

Le coin des malins

T**en**du lorsqu'il b**or**de, voyez ce spécialiste du **lo**f a**ppa**reille.

DÉLIRE DE LA NAUFRAGÉE

Quai !... C**ap** !... **É**toiles !... Ah, **v**ire au **sp**i !...

CHAPITRE DEUXIÈME : LA VIE PUBLIQUE

La présidente s**c**r**u**te le **ga**rs (AC).
3 4 1 2

Politique

Quels **m**inistres dé**c**ents (AC) !

Tous les ministres des Finances ont un **p**lan dé**g**ressif.
Pourquoi pas un petit bé**b**é près des **z'**urnes?
Les honnêtes candidats refusent le su**c**rage des **f**onds.
Il faut le **r**écépissé après l'é**l**ection.
Les ministres seraient-ils **se**rrés du côté de leurs **ta**xes?
Pauvres militantes! Trop de **lu**ttes à la fois les a**bî**ment!
Depuis la mort de Brejnev, Andropov cache sa p**ei**ne au cag**ibi**.
Que tous ces **cr**is ne vous empêchent pas de **v**oter!
Les militants **l**uttent sa**g**ement.
Ces **d**eux **N**ormands font partie des **r**ares **d**ésignés.

18 JUIN, 13 MAI

Les vielles gaulistes ont de ces **d**ates féti**ch**es!...

MAI 68 : AH, S'AB**R**ITER DES P/AVÉS

S'ali**gn**ant sur sa camarade, l'étudiant mit la main au pa**v**é, mais glissant sur la **gl**aise, il tomba sur le **ch**amp!

À DROITE, DROITE!

Mais si, Barre a v**ou**lu l'éc**uei**l!
La vieille gaulliste propose sa **r**ente à **F**occard.
Madame Veil, ah, Lec**a**t a f**u**mé!
Depuis son accident de chasse, Giscard a toujours l'agr**a**fe sur le p**i**f!
Giscard cherche encore à se faire **c**oter, l'a**ffr**eux!
Qui a pu dire : «Moi vivant, il y aura toujours un **n**om sur la pla**qu**ette»?
Est-ce parce qu'il **ch**uinte qu'il faudrait le lai**ss**er?
Giscard a trop laissé ra**d**oter son gros **B**arre.
Chirac a peur que les conseillers d'arrondissement ne veuillent avoir leur **Ch**ambre dans sa **m**airie.
La présidente connaît les a**tt**itudes de **b**on ton. (Danielle, Ton**t**on n'est pas **Ch**rist!)
Delors relève le g/ant dans le b**l**ocage. Mais il n'ose pas trop montrer son **fr**anc dé**gl**ingué!
«**Ch**eysson, tu nous fais **cr**ier!» disent les agriculteurs en cachant p**it**eusement leur b**eurr**e.
Quel n**om**, ce T**eu**ton!
Jack Lang a-t-il vraiment p**ei**né B**i**geard?
Ah, ce Mauroy! Quelle **b**ouille, et quelle **c**andeur!
Les communistes écossais ont montré leurs **ju**pettes à ce brave **rou**quin!

À MARSEILLE

Faites voir vos fiches de **M**aire !

Mauroy a un **c**ancre ; est-ce une raison pour se faire sauter le **Ch**eysson ?
L'attaché n'apprécie pas le **dur Con**sul qui propose sa cha**r**te à l'amb/assade.

TÉHÉRAN

L'ambassadrice demanda si le **m**adiran était bien **ch**ambré.

Golda Meir chercha en vain à provoquer l'al**lé**gement des c**on**quêtes.
Brejnev... Reagan... Où est l'amp**l**eur des G**r**ands ?
Pas d'**ann**exions pour l**es** **R**usses !
Je suis r**uss**e : il faut que tu me c**èd**es !

À peine sorti du **D**oubs **tr**uculent, le nouveau préfet met le **V**ar à l'étu**d**e (AC), après s'être réjoui de voir ce qu'a **f**ait la **Br**esse. Son épouse, qui distingue à peine le **D**oubs du **G**ard, hésite à bra-**d**er le **V**ar.

Croyez-vous vraiment que l'Ayatollah s'inquiète des **e**xcès répétés de son **insu**rrection ?

PARLEMENT EUROPÉN OU DÉBATS **M**OCHES POUR **L**A DAME VEIL

Là, **L'Eur**ope a beaucoup de va**ssal**es, et en son sein, les **jou**tes sont de véritables **bi**joux. C'est rarement /gracieux, une **dis**pute, et ce peut être impressionnant la **pu**issance de certaines **jou**tes ! Les orateurs ont bien besoin de d**op**ant pour retrouver leur sal**iv**e. Ah, ces **dé**bats qui s'enflent finissent par constituer d'énormes **ba**rrières : ainsi, la Gr**è**ce hist**o**rique n'aime **R**ome qu'au moment de l'**él**ection.

LA RELÈVE OU
L'ARRIVÉE DES GAU**CH**ES, 10 (**D**IX) **M**AI (1981)
3 1 2

— Ah, **l**'urne **b**asse qui oblige à s'assou**pl**ir en **v**otant ! soupire ce vieux **fêl**é qui se présente en vain à la **déput**ation. Lui qui désirait tant montrer la pi**st**e à la **N**ation !

Mais l'opposition a s**an**ctionné les membres de ce gouvernement **é**culé : ce gros **B**arre qui tant en**d**etta les **f**oules qui chô**m**aient ; cette pauvre Ve**il** qui se contentait d'une seule cou**rge**, et même certain **c**landestin méritant à peine le nom de **g**ueux. Quelle tristesse, ce vieux **B**arre en lan**d**au !

En vain, Lecanuet voulut remettre ça, **Ch**inaud, **p**as. L'on vit Monory **v**oûté à la montée des **pr**ix ; Alice la min**ette** à l'air plutôt b**istre**, chercher à faire agrandir sa **d**ot par tous les **m**oyens (ah, la **s**otte **m**inistre !). L'on en vit qui essayaient de frau**d**er Marianne avec leur **l**ois.

A tous, il en aurait fallu, des poi**r**es, pour assurer leur é**l**ection (AC), et le chir**ouble**s remplissait le Président de tr**ac**.

Puis vinrent ces **r**umeurs quand furent proches les da**t**es : on aurait vu, à Berengo[1], le Président qu'irra**di**aient des **fl**ammes ; il aurait ramené des dia**po**s plein ses **man**ches, et il aurait, dit-on, vu des **d**a**m**es en **p**ia**ff**ant :

3 4 1 2

Madame, auriez-vous une petite **cai**sse pour ma **pla**quette ? Pendant que la Présidente, refusant de s'**ex**pliquer sur son fameux s**ac**, s'intéressait surtout aux **r**obes à Veni**s**e, irritée du cont**ex**te du s**ac**.

Giscard se sentait de plus en plus **do**miné par la Libye/, pendant que certains membres du R.P.R. s'écartaient des **m**ythes dé**b**ilitants (P) gaullistes, entraînant la **pro**testation de zélés défenseurs de la **Con**stitution :

— Pourquoi **v**antez-vous toujours le **C**entre ?

Alors, vint la nostalgie de l'habit rou**g**e de **Th**orez. Coluche se retrouva gri**m**é sur l'a**ff**iche[2] ; on surprit la petite Huguette Bouch**ar**d**eau**. **Chi**rac fut bien**sé**ant (AC) :

— Tu as mal, Mitt**err**and, à l'**ongl**e ?

Garaud se méfia des él**u**s de son c**am**p (AC), mais devant l'**aff**iche **m**ielleuse de cette candidate, l'électeur aurait préféré voir l'éc**r**iteau **l**isse (AC) !

Lalonde se contenta de montrer une /urne **b**ridée.

Ce fut enfin l'é**l**ection du G**r**and Rose. Ce furent pour plus d'un d'horribles **m**alheurs aux **Ch**ambres. Il fallut même faire des p**a**piers aux douaniers, pour qu'ils laissent l'ancien ministre P**on**cet !

L'ancienne Première ministre s'est retirée [elle habite à Malabar]. Tous les matins, une attachée de presse fait un p**a**pier à T**on**ton :

— Vous avez une grosse **co**te, ne vous **bi**lez pas !

La présidente, refusant la sub**v**ersion de **s**ix **m**inistres, se

2 3 1

1. Pied-à-terre d'un ancien dirigeant centrafricain.
2. Et la mine grippée...

penche vers le beau Fa**bi**us, c'est **l**'inconnu, en susurrant :

— Qu'a **f**ait ce Cé**r**ès ?

— Un bon **Chey**sson, c'est plus **sû**r !

Badinter déclare que la plupart des **fl**ics **tr**anchent trop souvent. Le ministre Henr**y** se glisse dans bien des l**utte**s (AC) : il n'y a jamais eu autant de p**ol**ices pour les F.**E.N.** et bien des militants se font em**ba**ller après les dé**fi**s ; les **fl**ics en**tr**ent (AC), et les **c**ollent au **vi**olon. Aussi souhaite-t-il mettre des b**o**rnes à l'**u**nion, des b**o**rnes r**u**sées, à l'**u**nion de ses p**o**tes. Fiterman ne veut plus de ces co**s**-**t**auds **c**upides, le petit Job**e**rt joue avec son s**a**x, et à force d'être dans les nuages, notre Her**cul**e national va finir en **nu**ée.

Giscard, qui s'est fait faire un portefeuille en p**eau** de gir**afe**, et dont Madame, lasse de montrer son s**ac** à G**ex**, révèle qu'il cache sa ver**v**e sous beaucoup de **g**estes, et qu'il bra**ss**e trop en la**ï**ussant, fait du cinéma :

— Quel c**orps**, ce Del**on** !

Cherchant une bonne **r**ente, le ministre **t**ocard fait ressentir l'a**g**ression de son **p**lan, car ses collègues sont ai**g**ris de son **p**lan. Cheysson, qui a de drôles de bour**d**es, **s**ûr, n'a dans la bouche que **g**affes, et **p**lans douteux, en voulant montrer qu'il connaît la **th**èse de **b**on ton. Bien des ministres se **c**ontrent, et se **m**ouillent, alors que Giscard cherche en vain à pla**qu**er sa cai**ss**ette, et que Lecanuet rêve de f**ê**tes atl**an**tiques.

Les filles de Plogoff ne craignent plus les **fû**ts proches du point de **vi**sion, ni les pa**nn**es de gra**ph**ite. Elles craindraient plutôt les su**ppôt**s de Cre**sson**, aussi retournent-elles à la **ton**te des bre**bi**s.

Les nouveaux députés qui estiment les **dis**putes im/pensables déclarent, au risque de provoquer les **ques**tions du **rec**teur :

— Voyez ces soi-disant **r**ares **d**éputés de l'opposition consp**u**ent pendant des s**e**ssions ordinaires, alors qu'il y a tant de **v**otes de **m**alheur ! (AC) Ah, il y en a qui rejoignent les **r**angs de la **Gl**ose ! Horrible : on voit même Her**nu** tou**ssant** ! Ah Mauroy, quelle bonne **b**ouille de **Qu**estiaux ! Et Delors, troublé par les a**ch**ats des Ni**pp**ons !

Defferre demande qu'on lui **s**onne la gar**d**e, en rappelant :

— Il y a si longtemps que je l'aide, Mitterrand !

Que d'é**ga**rds, pour cette **fo**rce tranquille !

Ah, la **F**rance de l'A**tt**ente !

Le coin des experts

Le maire de Spl**i**t est tout seul, c'est m**o**che[1] ! Il en avait plein le d**o**s, des Cr**oa**tes !
Là, **l'Eur**ope a beaucoup de va**ssal**es.
Tu as mal, Mitt**err**and, à l'**ongl**e ?
Elle **habite à Mala bar**[2].
1 4 3 2
La sub**v**ersion de **s**ix **m**inistres.
2 3 1
Il y a si longtemps que je l'**aide**, **Mitterrand** !
6 4 2 1 5 3
Même en **tou**ssant, vous grap**pi**llez **n**os **v**oix !
Pour honorer ses visiteuses africaines, le Président cherche des **bai**gnoires pour l'É**ly**sée.
Les filles de Plogoff ne craignent plus les pa**nn**es de gra**ph**ite.
— Vos **l**ippes dé**p**assent les b**o**rnes ! déclare le ministre crép**u**.
La voilà enfin, cette fameuse s**pé**cialiste **o**ttomane !

Justice

La magistrature assise **m**ent de**b**out (ART).

Votre **cas** est bien **vi**lain !
Cette pauvre femme se plaint d'avoir été **d**ouchée par un Lom**b**ard.
Avez-vous déjà vu le g/andin p**l**aider ?
Le témoin a vu **P**aul et **Vi**olette.
Ces r**u**stres dépassent les b**o**rnes !
Les quere**ll**es provoquent la **d**èche.
Voyez, monsieur le Juge, comme ces min**ois** font malhonn**ête** !
Oh, ces misérables sans **p**ull sur la **c**aillasse !
Alors, gendarme, vous me l'agra**f**ez, cette **t**ante ?

1. Cette contrepèterie nécessite, pour sa compréhension, d'être énoncée, au besoin répétée dans son sens caché. La deuxième partie de la contrepèterie, si elle est la cause de la première dans le sens direct, en est la conséquence dans le sens « inverse ». Sa compréhension, plus aisée, facilitera l'intelligence de la première partie.

2. Cette contrepèterie enchevêtrée qui figure dans La Relève, est, en raison de sa difficulté, répétée dans le Coin des experts. Cette situation se retrouve parfois dans l'ouvrage. Une telle contrepèterie est indiquée entre crochets lors de sa première apparition, et sa solution est détaillée lorsqu'elle est reproduite dans le Coin des experts.

Ce contrebandier en a bien **p**assé des **n**ippes!
La fugitive a été trou**v**ée par un **s**icaire.
L'avocate boit volontiers le **verr**e des **ju**ges.

ÉVASION

Risque-t-on de **mou**rir en se faisant la **pai**re?

La prévenue taille des **ju**pes au **Pi**rée.
Ce serait indécent, si vous **gr**aciez ce **m**ec!
Sacré **c**ulot, ce **j**uré!
La vieille avocate n'arrive pas à obtenir des **pl**aideurs bien **r**acés.
Ce politicien s'avoue **s**a vie de **r**apines.
Pas moyen de **ch**asser l'Émi**l**e de la gran**g**e **d**'Annette!
Ah, la **b**ouille des a**cc**usées!
L'avocate sentit la p**ei**ne des band**i**ts (AC), et le juge, aimant être préc**i**s sur la p**ei**ne, éprouva le re**m**ords de la **s**otte.
Les **c**asseurs qui se **m**ouillent craignent qu'on **v**oie leurs **br**is.
Notant l'e**ffr**oi des prévenus, la juge se penche sur les c**a**s de ces petits gu**eu**x et de temps en temps **c**offre un **s**ouillon.
Mademoiselle, je vous vois trépigner (trépin**i**ée) : on vous a v/olée? Vous savez, b**i**aiser n'est pas v/oler!
Le gardien-chef fait **p**eindre sa lo**g**e.
Devant le **ba**illeur, la concierge dé**voi**la des **ma**sses de grands for**faits**.
La jeune avocate aime les **r**obes **z'** osées.
Le procureur évoque la p**i**re version de la p**ei**ne.
Ce vieil avocat s'accommode des **l**entes a**ff**aires.
Les **pro**scrits ont-ils droit à la **Con**stitution?
Oh, le **b**on **c**ave!

CHEZ LE JUGE D'INSTRUCTION

Quoi! Vous n'aviez que l'a**man**te du mari comme ali**bi**?

AU POSTE

Ce **b**lanc de poulet me donne envie de **g**railler!

Le commissaire s'occupe des **lâ**ches **mi**ssives.
Ce beau détective dont le **l**umignon est in**c**assable a découvert deux **d**ouilles vides sous le **c**ar; mais ce n'est pas tout de **d**éduire, il faut être **s**ûr!

CAUSE DE DIVORCE

Mon ami, vous me per**d**ez **s**ûrement !

Ainsi, vous avez p**u** **lâ**cher (P) cette pauvre fille après l'avoir t**en**tée à la f**ê**te !

Ce Sicilien cherche quelque bonne **g**âchette pour son **c**lan.

Étude

— Ah, Madame, j'ai h**on**te de m'occuper de votre c**a**s, et je suis att**e**rré par vos f**i**ls. Je voudrais tellement voir votre grand **bl**ond **c**asé !

— Ah, Maître ! Pouvez-vous sans re**ta**rd **m'ô**ter mon gros cha**g**rin, sans que je sois dé**b**outée ?

— Certes ! Mais quel ra**vag**eur, votre grand **Col**in !

L'huissier est fier que sa **cha**rge soit d'enle**ver**. Le voyant b**aill**er lors d'une s**ais**ie, la commissaire expose son o**pi**nion de façon déso/lante.

Le coin des experts

Pourquoi v**ant**ez-vous ces drôles de T**oul**ouse qui proposent leur p**ol**ice au Capit**ain**e ?

Ah bon, le gros brigadier p**ue** **l**e raifort quand il enqu**ête** ?

Finance

Ces demoiselles m'autorisent à prendre mes é**cu**s dans leur **ba**s (ART).

Quel est donc ce grand homme qui aurait tant aimé voir s'en**vo**ler l'E**cu** ?

La caissière à l'a**c**cès aux **b**ons.

Voilà un **t**as bien empo**ch**é.

Ce **d**on est in**c**omptable !

Fais voir ta **m**arge, **L**oth !

J'ai du mal à vous **b**lairer, Lafitte !

L'expert-comptable se plonge dans des **t**ables de **r**entes.

Mademoiselle, votre **d**ot est une vraie chau**m**ière. Voulez-vous l'**aub**erge **av**ec ?

Cette chute de **g**ains me dé**r**oute.
L'ancienne présidente à la **v**ente ra**ff**inée.
Ce notaire a la **b**ouille **c**ossue !
Eh, où allez-vous, ainsi **b**ourré, La**f**itte ?
Le directeur de l'agence manque de f/onds pour Béz**i**ers.
Quand les **v**entes sont **f**astes, on **s**ort **m**ensuellement.
Pas besoin de **f**ric, quand on est consen**t**ante !
La **d**èche donne plein d'humi**l**ité.
Voyez ces **d**eux ban**qu**es.
La contribuable ressent la pho**b**ie de ceux qui la **l**èsent.
— Ah, dès qu'on s'attaque à la **c**aisse, vous **f**ouinez !
— Quel malotr**u** ! cria-t-elle, en r**ou**gissant. Parlons-en de la dé**p**ense des **m**ineurs ! J'en ai vu, des **br**utes em**p**ocher ! Ah, on s'en**t**iche bien de votre **f**ric ! Mais é**c**outez-les, ces **gu**eux !
Les **l**ois ne servent à rien, dans la **d**èche !
Oh, votre pa**r**t est **f**igée !
Voilà dé**j**à **v**ingt francs.
Nous en avons assez de ces **gro**s **contrat**s !
4 3 1 2 5
Ce négociant en **bit**umes vous a-t-il beaucoup **lég**ué ?
La **r**ente a-t-elle une fonction e**ff**ective ?
Réveillez-vous, mademoiselle, votre **do**t est **cha**rmante ! Et j'ai le **pl**aisir de vous **d**oter.
Votre p**aye**, eh, verm**ine** !
Ces **r**iches sont aussi durs que **m**oches.
Le financier hésite entre les **f**onds et les **r**entes.

Exercices

Le banquier a bien trop de m**a**l pour rechercher les r**ou**bles. Il préfère garder ses cou**r**s pour les **y**ens, et son **d**ollar vaut beaucoup de **p**oids. Dévoilant son **n**id à de**v**ises, il met ses roup**i**es au n**et**, et fait dé**bit**er sa **lir**e.

— Vous ban**qu**iez mar**d**i ? Vous ban**qu**iez, et bien **d**ouillez maintenant.

Il fixe cette petite **s**otte qui réclamait toujours plus de **m**ensualités :
— Moi, je suis pour la dé**f**ense de la **r**ente !
— Ah, ces tha**l**ers que je voudrais **p**êcher !
Comme elle est triste, cette petite **L**ine, sans **p**ognon !

— Mettez-moi donc cette **ann**exe du côté de l'**Ind**us !
Une fois l'affai**r**e inve**s**tie, on ne vit jamais autant de **r**iches a**m**as-

ser, ni d'ailleurs, autant de dé**p**ôts de **f**afs ! Même les journalistes financiers étalaient leurs **br**ouilles sur le mar**k** !

Mais aux **d**ûs in**c**omptables, les rentiers préfèrent les val/eurs bien rembour**s**ées.

La perceptrice avait un a/gent **fli**bustier.
Alors, on en **perd** son pé**cule** ?
Le chan**g**e de Reagan le fait **cr**aindre. (Quel **d**ollar, vieux pé**p**é !)

CHAPITRE TROISIÈME : LA VIE QUOTIDIENNE

Chaque soir, cette petite poule pon**d**ait quelque **p**art (R).

Famille et société

Hélas ! De son amour elle m'a **c**rié l'a**v**eu (AC).

Mon cher mari, voulez-vous bien **f**êter ma **t**ante ?
Il a **b**raqué sa femme en la **q**uittant brutalement.
Comment peux-tu faire ainsi, **G**inette, sans **m**oi ?
La dame s'étendit sur le **v**élum, s'appuyant sur la **b**erge.
Votre petite **L**ine est bien sa**p**ée.
Ce **l**it est bien mau**v**ais !
Les b**ain**s sont sans g**oû**t dès qu'on de**ss**ale les **b**ains.
Ma petite **L**ine est dans la **p**ièce.
Essayez donc ces **g**aloches au **b**allot.
Oh, in**d**ex in**s**olent !
Quel ho**r**ion, ma**n**ant !
Le jeune marié est **m**ûr pour la **d**ot.
Choquée, la pauvre fille observa sa **t**ante pleine de con**f**usion.
La brave demoiselle était émue de voir **gr**elotter ce **p**endard.

Je sens que votre **Paul** s'aff**ine**!
Mon rêve : en**l**acer toutes les **br**unes!
Quelle gr**ai**sse c**o**quette!
Quel p**i**f inf**â**me!
Le cul-de-jatte se sert de son **l**it pour pi**v**oter.
Mademoiselle, je vous in**c**ite à me retrou**v**er.
— Quel gr**an**d m**o**che!
— Tête **d**e **l**ard!
Sa**b**ine, quel sex-a**pp**eal!
Ne proposez pas votre **g**ui à l'en**v**i!
Ce type, à Nemou**r**s, fait tristement la moue/.
Chérie, j'ai **c**ouché Ton**t**on.
Mais **f**endez-le donc, ce vieux manche à **b**alai!
Voyez ce gros **B**ob très **z'**à l'aise.
Ce pochard veut à toute force tr**in**quer auss**i**!
Quelles b**ê**tes r**i**des!
Ça **pu**e, **cré**tin!
B**ob** hés**ite**.
La peau de votre **crâ**ne est **pi**sseuse.
Ce grand **roux** m'a fait éponger ses **salo**pettes.
Vous avez un très beau c**oq**, bar**on**!
Ce petit acrobate est encore arrivé à s'en**c**rasser la **b**ouille!
La promeneuse a découvert le g**oû**t de l'ég**lan**tier.
Méfiez-vous des c**ou**ps de r**on**ces!
Oh, mon An**ni**e, comme tu me **man**ques!
Avions-nous bien besoin de ces pé**p**ées ano**d**ines?
Manquant de j**ul**es, cette v**eu**ve accepte les **veu**fs même **pâ**les.
Ah, la douce p**eau** de Jean**ine**!
Cette coqu**ine** ne cherche qu'à se faire plein de p**otes**.
Ce pauvre **cadr**e est presque **sex**agénaire.
Les voyeurs ont bien des dé**li**res au **Boi**s.
Il se peut que certaines gou**ap**es fréquentent les t**in**ettes.

Dossiers

LE JEU

Je l'ai vu **s**ans dé, ce vieux **b**allot : il présentait sa c**on**quête au croupi**er**.
Déca**p**ez donc ces rou**l**ettes!
MAT POUR L'É**CH**EC : Le mouvement de votre **fou** a fait re**cu**ler mes /pions **mor**dorés.

Ce voy**ou** a encore tiré un c**œur**!
Conscient de s'être mis dans un mauvais **c**as avec sa **trich**e, ce joueur
supplie qu'on le re**p**êche à la rou**l**ette :
— J'ai un gros chi**ff**re pour attirer les **b**illes!
Les croupiers râlent quand des débutantes man**q**uent leur **j**eu.
Avant que tu ne **mi**ses, souffre qu'on voie tes **po**ches!

LA POSTE

— C'est quoi, **C**E**D**EX? demanda la stagiaire qui s'occupait déjà des **p**lis à **v**ingt'ans.

— Pour le savoir, en**v**oyez donc un **pli**!

La coquine tenta de **v**endre les le**tt**res au vieux facteur, mais celui-ci, incapable de dépl**i**er la b**oî**te, prétendit qu'il ne pouvait presque plus em**ba**ller, quel **cu**lot! (AÇ)

— Vous n'avez vraiment plus qu'un petit **tr**i, **v**einard!

Quelle b**a**th m**i**ssive! Mais ce v**en**t furieux a déchiré mon col**is**!

Sa**b**ine est couverte de **p**ulls![1]
Ah, vous **ch**antez quand je vous lai**ss**e!

Le coin des experts

Ah, je l'aime, cette petite, v**i**ve, ind**ul**gente!
Mes filles, attention aux /demi-**gau**chers.

EN MONTAGNE

« D'accord, t'**es** en vie! Ce n'est pas une raison pour que je te l**â**che! » Et craignant l'é**b**oulement, ils ne se **qu**ittèrent plus.

SURRÉALISME

J'ai vu dans ces la**tr**ines é**p**ingler l'a**ff**iche **m**olle.

Ah, **t**on v**en**t**i****l**ateur! *(Le « t » permute avec le « l », le « en » avec le « i ».)*
(4 3 2 1)

Les a**rp**ètes troublés par l'émo**t**ion se livrèrent à la **l i e ss e à** **fond**.
(3 6 2 5 4 — 1 7)

Pourquoi l**ou**chez-vous, mes b**e**lles?
Admirez ces **d**eux rei**n**es!
Non! Les m**ous**mées du M.L.F ne sont pas toujours g**ai**es.

1. Horace tâtait avec inquiétude le pouls de Sabine.

NOCE PÉNI**BL**E

— Pourquoi, Monsieur le Duc, avoir trou**bl**é cette no**c**e campagnarde ? Ici, nous n'aimons pas voir **p**asser les **m**ines (R) des **gen**s gu**in**dés !

Comme elle avait déjà eu des **f**eux dans le **c**ou entre les **tr**esses[1], la future épousée **ru**git dès qu'il effleura son c**ou** (AC), et se sentit trépi**gn**er[2] avant de se marr/er : dilater sa **r**ate la rendait toute **ch**ose (AC) !

— Oh, Monsieur le Duc, pourquoi votre **bou**che si près de mon **men**ton ? Oh, cette **m**ine **p**aniquée !

Elle venait de ressentir la fra**y**eur de la cou**ch**e.

— Allons, ma fille, votre **dou**te vous donne des **cha**leurs ? Ah, petite Arm**and**e, je b**êl**e d'émotion en voyant votre **bou**t de petite **cu**lotte ! Tr**em**blante créature, ne sens-tu pas que je b**ou**de ?

Et, se tou**rn**ant du côté des bû**ch**es (AC) :

— J'irais bien derrière ces **b**ois ; est-ce bien**s**éant ? s'enquit-il, tout en se disant : « Quel a**cc**outrement bien **f**ouillé ! »

Le marié qui n'avait jamais entendu parler de tels **u**s à la n**o**ce, et qui aurait bien voulu commen**c**er la fê**t**e en pé**t**ant lui-même l'amo**rc**e, fit preuve de **fai**blesse devant la **no**ce, et vida tout son **m**arc dans sa folle **d**étresse (AC).

— Oui, je l'aime, malgré tout, cette petite, v**i**ve, ind**ul**gente ; ma petite **fél**ine en provoque des **p**assions ! Allons, remuez tous votre **l**ard, et **d**ansez !

Quelle fê**t**e ! Quelle cha**ss**e, aussi !

Il y avait des **lam**pions, jusque sous la **mor**gue (AC) ; on dut même éva**c**uer tous les **l**umignons !

Tous, y compris les a**rp**ètes troublés par l'émo**t**ion, allant des **t**ables aux te**rr**asses, se livrèrent à la [liesse à fond][3] ! On découvrait des **f**êtards jusque sous la **p**ente (AC), des jouvencelles qui avalaient pé**n**iblement quelques **z'**œufs, et des vieilles c**o**quettes qui sentaient le p**e**rnod ! Beaucoup montaient sur les **t**ables en **r**endant leurs tri**p**es près des tri**c**oteuses ; difficile de trouver la **p**aix, au milieu des ju**r**ons ! Il y avait trop de By**rr**h dans l'é**t**able, et l'on abusait de la **p**onction des **f**ines (AC).

1. Permutation circulaire.
2. Trépigner se prononce : trépin**i**ée.
3. Cette contrepèterie enchevêtrée peut se résoudre classiquement en deux étapes : **Li**esse à **f**ond
Fe**ss**e à **l**ion (ou à Lyon)
etc.

De vieilles paysannes qui ne s'étaient jamais **bai**gnées en **si**x z'ans, soulageaient leur pép**ie** en vidant leur v**erre**, et les vieux s'abreuvaient au **Bar** de la Jo**con**de, en prenant leur p**i**nard avec la grosse J**ea**nette. Mainte bourgeoise écarta son **c**lip devant tant de **s**ouillons, et bien des voyeurs prirent leur **t**emps avant de bi**gl**er.

Peut-on vraiment profiter des é**pou**x sans **ba**l ?

La voyez-vous, là-**ba**s, **rê**veuse (P) ? Et lui, quel rê**v**eur, oh, **d**is !

Et quand ils se **q**uittèrent, ils eurent chacun leur cham**b**re !

Actualité et journalisme

Si vous voulez qu'ils se **t**aisent, **b**aillez-leur donc une plume (AC) !

Cette **pr**esse est spécialiste du **f**oot.
Y a-t-il encore des **dr**ames au Cong/o ?
Cette feuille de **D**ignes cache mal les problèmes du **V**ar !
Quels **g**ueux, ces **c**hroniqueurs !
La journaliste se retrouva trempée sous l'aver**s**e alors qu'elle rédi**g**eait.
N'ayant pas de s**coo**p, j'hésite à sortir, du **li**t !
Le Président convie la photographe et la **p**resse à **d**îner. À cette débutante, il donne une c**om**bine pour faire de bons p**a**piers.
— Il y a bien des hypocrites qui pratiquent la **d**élation dans le **f**aux, mais leurs pi**g**es sont sans **p**oids.
Les motards de « Paris-Dakar » avaient des **sc**orpions jusque dans leurs ca**m**es.

CHARLES ET DIANA

Cette belle **n**ana admire son petit **di**eu ! Et quelle f**ièr**e alt**ess**e !

En Espagne, nul ne se souvient des b/aguettes d'un f**r**anc !
Quand on parle des **P**ouilles, Madame prend son « **C**anard » !

Le coin des experts

J'ai du mal à enc**aiss**er la **null**e **r**ubrique qui nous aide pourtant dans notre **l**utte !
Sans l**es** **c**anards, Tazieff n'aurait jamais appris l'ér**up**tion.
Vi**v**e La**d**y Diana ! (Lady se prononce *Lédi*.)
Ces br**un**ettes à La H**agu**e ont fait vendre beaucoup de **jou**rnaux à ce **po**rt.

Artisanat, technologie, industrie et commerce

Ne me parlez pas de la **phil**an**thr**o**p**ie de l'ouvrier **ch**ar**p**en**t**ier (R) !

Vendez **b**ien !
L'ouvrière a pris un bon coup de **b**lanc au **g**oulot.
La géomètre déballe ses mi**r**es devant le **ch**antier.
L'apprenti frotte le **b**éton avec sa **t**aloche ! Drôle d'a**tt**itude devant le **b**éton !
N'ayez pas peur de forcer en en**ch**âssant ce cu**l**ot.
Ôtez donc ce **b**ock avant de **fr**aiser !
Le maçon frotte le **b**éton avec sa belle **t**aloche.
Cette pauvre fille a encore été **t**ouchée par une **b**rique !
Bizarre : cette **f**orge est **g**rippée et les **l**aitons sont pleins de **t**ares ; j'arrête donc de ta**ss**er l'é**t**ain !
Faites voir votre gl**u** à l'**an**cienne : cette vieille **c**olle s'enflamme encore au contact des **f**eux !
Le potier a beaucoup de **ch**oix sur les **j**attes.
Las de se **t**errer aux Pu**c**es, l'antiquaire a **q**uitté la **b**rocante.
Ces **m**atelas conviennent bien à nos **ch**ambres.
Voulez-vous **m**'ôter cette antique **pl**anche ?
Taillez-moi donc cette **b**rique !

ÉTALAGE

La vue du **g**ond est **c**achée par l'a**ma**s de ces vieilles **pau**melles.
Ce marchand de **lin** n'est pas **cu**pide ; il est **p**einé par le manque de **j**ute.
Le maç**on** polisse**ur** (AC) est **s**ot sans **tr**uelle.
La femme du boucher a eu une fameuse comm**i**ssion sur le v**eau**.
Le charbonnier d'Oran n'a plus la /houille **k**abyle.
Adorables, ces petites **chaud**ières **ros**es !
L'importateur **t**ouche sur tous les **l**aitons.
La **b**elle **fr**aiseuse préfère s**e**rtir la pièce avant de la carr**o**sser.
La dessinatrice a tiré le **p**lan du **g**ros moteur.
Jeune homme, savez-vous seulement per**m**uter les **c**otes ? Et vous, ma fille, ne cherchez pas à barb**ouill**er ses c**ot**es !
Non, mademoiselle, une p**a**nne n'est pas un br**i**s !
La taxidermiste l**â**che l'eid**e**r.
Ce libraire se demande s'il doit déta**x**er les ra**y**ons.
La marchande d'aquariums s'occupe du **tr**i du vi**v**ier.
Pourquoi avoir **m**iné cette petite **p**arcelle ?
Monsieur le quincaillier, avez-vous un **g**ond **b**lanc ?

Madame la boulangère, vos **p**ains ont goût de **c**iment!
L'opticien dé**cr**asse sa **l**oupe en **f**rottant **c**urieusement.
Est-ce risqué de **fr**aiser dans le **b**ois?
Faut-il sc**ell**er le trou avant la f**ond**ation?
Les trois orfèvres **p**èsent leurs **b**roches.

Travaux manuels

PEINTURE

Tou**ill**ant ses deux cou**ch**es à la fois, le peintre sent le **b**lanc qui dégouline sur ses **g**aloches.

MENUISERIE

« Sc**i**e bien droit pendant que je te tiens la b**oî**te ! » dit sa femme au menuisier, en **v**antant son coup de **s**cie, pendant que l'apprentie fait voir le b**or**d de sa g**ou**ge.

ÉLECTRICITÉ

L'électricien choisit les **fi**ls et les am**pou**les, et sa femme fait la co**nn**exion des pi**l**es.
— T'as vu cette pi**l**e, Simo**n**e?

PLOMBERIE

Tout en **r**otant, le vieux **pl**ombier se bran**ch**e à **l**'eau, mais ce **ch**oc ne vaut rien pour l'é**vi**er.

CÂBLAGE

Ces **c**âbles ne valent pas un **r**ond; je préfère ces fi**c**elles **d**'Aix, mais pour bien les en**rou**ler, j'ai besoin de mes deux **fi**stons.

TISSAGE

Le tisserand **d**ouble sa **tr**ame et sa dame fait preuve d'as**su**rance quand elle **ti**sse :
— Amusantes, ces petites fau**v**ettes sur ta **s**erge!

TAXIDERMIE

Ayant vidé l'é**m**eu à De**n**ain, la taxidermiste montre à son époux un gros **l**ion à **f**aire et lui, s'écou**t**e empa**ill**er. Elle se spécialise dans la fe**ss**e à **l**ion, et em**p**aille de drôles de **t**ypes!

JOAILLERIE

Les six orfèvres observent la de**ssi**ccation de leurs **fe**rrets et pendant que leurs épouses en**ch**âssent en co**l**onnes des c**a**ill**ou**x vides, ils cis**è**lent pour mieux carr**o**sser des **j**ades ver**t**es :

— Oh, des **r**iches ca**m**ées ! En**ch**âssons-les **l**à !

PRISE DE SON

Encore des **b**andes a**ggl**utinées ! Elles me dégoûtent, ces c**ass**ettes gr**eçqu**es ! Et il faut avoir le goût du r**are** pour presser de tels d**isque**s !

Ce vieux marchand s'est fait /piller les burn**ous** et enlever un grand **lot** de ba**bou**ches.
Oh, l'é**ma**il **cou**le à droite ! Mets-toi **l**à : ça **c**a**f**ouille !
2 3 1
La femme de Marcel ne veut plus br**ass**er d**ans** **l**'eau.
Le vieux maçon ne supporte pas de voir sa f**ill**e dé**b**â**t**ir.
3 4 1 2
Verte est ma **gou**ge !
Il est fou, l'patron : il exige des **tor**chons a**nhy**dres !
Les brocanteurs du Pirée recherchent l'é**l**ite des é**b**énistes ! (Ces hé**l**lénistes sont de sacrés **b**êcheurs !)
Roubaix, c'est **les** **ch**ignoles.

Navigation fluviale et pêche

Il faudrait ôter le **d**erme des **sp**rats (ART).

Ce pauvre gardien n'a plus que deux vieilles **d**igues sous son **ph**are.
La fille du proviseur aime à voir décharger les péni**ch**es de pota**ss**e.
Non, ma petite ! Les **t**anches ne se **m**ouchent pas ainsi !
Patron, j'ai perdu ma bro**ss**e en astiquant votre péni**ch**e !
Ce petit **p**âlot m'a fait goûter ses rou**ss**ettes.
Ça **p**ue les co**l**ins ! Ça **p**ue les **l**ottes !
Ah, le **ph**are **d**rôle !
Ca**ss**ez-les donc, ces antiques péni**ch**es !
Mais **m**âche donc cette **l**otte !
Mettez-moi d'abord un bon kilo de **b**rème dans le **c**abas.
Sûr d'avoir ôté le cor**d**age, le marin a **m**ouillé, la**c**onique.
Le vieux pêcheur b**ou**de son sext**an**t mouillé.
Quel joli **l**ot, cette petite **p**êcheuse !
Oh, **t**u sais, moi, l'aby**ss**e !... (Ma**t**ez-moi l'aby**ss**e !)
Eh, **p**ayez ces rou**ss**ettes !
— Quelle sorte de **p**êche, **L**ine, pratiquez-vous ?
— Je préfère les **l**ibres, à la mou**ch**e.
Le pêcheur de Hambourg met son v**œu** dans la **l**imande.
Faisant preuve de r**on**deur sur le qu**ai**, le marin re**co**nnaît la **pi**nasse.

Ce vieux marinier est empê**tr**é de la **ch**ique.
On voit souvent sur les **q**uais, des **g**ueux qui **r**onflent.
2 3 1
Les pêcheurs présentent volontiers leur **p**êche aux **m**oules.
Quand ils sont pleins d'em**b**runs, c'est contre quelque **t**abac que les marins **tr**oquent leur **ch**ique.
Ça glisse, près du **ph**are du **d**ock!
Mais, ces rou**ss**ettes sont à peine **p**êchées!
Eh, le mousse, mets donc la n**a**sse en pl**u**s!
Les pêcheurs bretons en ont **cu**re, des **ma**rées!
La **p**êcheuse de Ma**l**ines (AC) s'allonge dis**t**raitement près de la **c**rique : ça s'en**d**ort près du **ph**are!...

Exercices

Pendant que mon oncle faisait goûter son infecte **t**anche à la **m**enthe, elle épongeait la **t**erre du **p**onton. Mais l'ayant **p**oussée derrière l'é**tr**ave, ce vieux **pl**ouc lui a **b**otté le derrière.

L'éclusière qui garde volontiers les péni**ch**es dans le **s**as (AC), pour vider les péni**ch**es lai**ss**e (AC) les pa**l**ans **f**aire. Et le soir, les époux des marinières **ch**u**ch**otent en les lai**ss**ant sur le **s**as[1].
3 4 1 2

À peine sur le **p**ont, il faut la **c**riée :

— Onze **l**ottes!... onze **fr**aîches!

Le **p**êcheur au **l**ieu **s**èche la **l**otte, et sa femme qui ra**m**e pendant qu'il ouvre la **l**otte, s'intéresse à l'él**ite** des b**anc**s de maquereaux. Les passants trouvent cette poissarde bien **m**égère d'ouvrir sa **l**otte sous leur nez. Oh, la vilaine **l**otte a**m**ère! Affirmant que sa **l**otte doit être conso**mm**ée rapidement car c'est une **l**otte **m**assive, elle se /hâte du côté du con**gr**e et prétend inclure des [œufs de brème dans sa note.] Mais il y a trop de **m**oustiques autour de sa **l**otte, alors que son mari fait admirer la **p**ureté de ses rou**ss**ettes; mais déconcertée par la **p**eau de ces rou**ss**ettes, elle finit par **lou**per l'éc**a**ille.

Oh, mais votre péni**ch**e est attaquée par des mou**ss**es!

Le coin des experts

Ce peut être imprudent de rechercher les b**an**cs de tru**it**es (AC).

1. Cette contrepèterie à double croisement de consonnes est dédiée aux marinières auvergnates que leurs maris tranquillisent en leur montrant leur péni**ch**e **s**auve.

Insolite, ce goudr**on** sur le qu**ai** ! (*ou* : ce goud**r**on sur les **qu**ais.)
La **p**êcheuse de Ma**l**ines ne prend les **t**anches qu'en vue de l'é**m**ouchet : elle les trai**t**e en cibles de la cha**ss**e.
Y a qu'la rou**t**ine pour faire l'é**qu**ipe rapide au **p**onton !
3 1 2
… les **z**'œufs de brè**m**e dans sa **n**ote…
2 3 1

À SAINT-TROPEZ

Cache ta **bar**quette **cra**do !

Mode et haute couture

Le petit vieux qui **v**end de la **s**erge, se demande combien il a de **r**e**st**e sur les **b**ou**t**ons (R + ART).
3 4 1 2

La couturière use de son **dé** de façon **con**testable.
Ce peut être dangereux de se faire bri**ll**er les cou**d**es !
La femme du frip**ier** fait de splendides pomp**on**s.
Séchez, **L**uce !
Ce**c**i me paraît bien dé**v**idé.
Ah, ces sa**tin**s **crépu**s !
Ce n'est pas toujours bon que les g/ants s'assoup**l**issent !
Ô mon An**ni**e, je t'offre ces **man**chons !
Les filles, attention aux v**ain**s pl**i**s !
Pauvre petite, affublée de ce **fen**dard, elle est **gro**tesque !
Oh, toutes ces **g**risettes sur le **f**lanc !
Je préfère les **n**ippes bien **p**osées.
Le petit tailleur est risible avec sa pi**l**e de **n**avettes* ! Et il voudrait faire croire que sa cous**ett**e est m**in**able !
Splendide **r**obe, mon vieux **Z**orro !
Oh, votre belle **s**erge est pleine de **v**in doux !
Vos petites **p**ièces pourront toujours faire quelques **n**ippes.
Cette fille **gr**acile a dû en essayer des **f**endards !
J'ai vu la **t**ante de la **f**ripière !
Ce couturier parle avec h**u**mour des c**a**nuts.
Ces **m**atelas sont **ch**inables.
Le matelassier vous fera volontiers un **c**rin de **b**ourre.
Que fait ce vi**son** sous votre toit / ?
La jeune tapissière all**on**ge des p**a**piers.

Manquant de **gr**aisse pour retenir mon **f**endard, j'emploie deux b**on**-**n**es bret**ell**es. (*2 c.*)
Ce fripier apprécie les **b**aisses des grandes **f**ringues.
Vous pourriez faire une jolie na**pp**e avec vos **t**oiles !
Ces jeunes mariées préfèrent les **r**obes très **z**'osées, et l'on peut voir leur **g**oût au travers de leur **tr**aîne. (*2 c.*)
Les petites mains bretonnes s'occupent des **br**is de **v**este.
Quand vous **v**errez ma **s**erge, ne vous attendez pas à une **f**inette **m**oirée. (*2 c.*)
La gentille **P**aulette tri**c**ote volontiers l'échar**p**e des **m**ineurs. (*2 c.*)
Oh, la **ch**ausse **gr**atte !
Voyez cette b**o**tte, Ém**i**le !
Oh si ! M**ets** ma c**as**quette !
Ce **f**ard me donne envie de m'en**d**uire : quel **f**ard **d**oux ! Ce n'est pas le moment de bou**d**er le **f**ard. (*3 c.*)
La grande couturière ne supporte plus l'ha**bi**t des petites **so**ttes.
« Enfilez donc ces m**an**ches mon cher am**i** ! » propose la coqu**ine** cou-s**ette** aux dess**ou**s fort s**im**ples. (*3 c.*)
« Le moindre **pl**i me **v**êt » déclare ce mannequin qui aime à sai**s**ir des menues **r**obes. (*2 c.*)
La lingère refuse de tailler des **fr**ipes à son beau-**p**ère.

Exercices

— Oh, la **f**inette est **m**arrante !

Le mannequin qui n'a cure des **cou**leurs des **ma**illes, en a récu**s**é des **r**obes ; c'est que le couturier **rou**blard du côté des **fe**stons déra**ill**e à cause de ses cou**p**es maladroites.

PRÉ**V**ISION DE LA **S**ERGE

La mercière qui, pourtant, en a vu déb**all**er des b**and**eaux, se moque du fabricant qui déballe avec impatience les ny**l**ons de la petite po**ch**ette.

— En touchant ces ny**l**ons sans dé**ch**et, nous pourrons sortir nos **r**obes à l'ai**s**e. Mais ces de**v**ins avaient-ils prévu l'augmentation de la **s**erge ?

— Mais comment t'**as** t**a**illé ce b**i**b**i** ? demande à cette **mo**diste
3 4 1 2
nulle le cha**p**elier à triste **m**ine en lui faisant voir les **z**'ourlets de son **b**ob. Quelle b**ê**te mod**i**ste !

Se penchant sur le **c**as des **ch**âtains, le perruquier trouve a**ff**o-lantes leurs **tr**esses :

— Ah, ces **tr**esses **f**olles imitées ! Mais [cette belle fille, a**do**rable, **son** cil !]

Son épouse, sensible à l'ap**pa**rence des **ti**fs, fit un petit pomp**on** à ce vieux barb**ier**.

HISTOIRE DE C**A**NUTS ET DE CH**U**TES

Glissons les **s**oies **d**ouces, et ju**r**ons **p**as !
Je déplore la fragilité de vos va**r**euses, Al**c**ide !
Pendant que je taillais une **fr**ipe à mon com**p**ère, il a sorti une cai**ss**e pleine de so**cquett**es et **b**as **m**ités.
Ridicules, **n**os **ch**i**ff**ons !
2 3 1

FOURRURE

La princesse de Galles exhibe un superbe **l**oup à Char**tr**es.
... cette belle fille, a**do**rable, **son** cil...

CHAPITRE QUATRIÈME
LES SCIENCES PLUS OU MOINS EXACTES

Ô vous, les savants qui avez **m**âté l'a**t**ome, est-ce en **r**iant de Sa**cl**ay que vous menacez de l'abî**m**e notre belle **t**erre (AC) ?

Sciences physiques et autres

— Les physiciens voient le **m**onde **c**onique (R).
— Personne n'est ja**mai**s assez fort pour ce cal**cul** (R).

Ces savantes ont des m**a**ths imp**o**ssibles !

ACADÉMIE

Ce membre est un **p**eu **n**otable.

La cosmonaute est-elle ve**n**ue sur Séléné?
Ce vieil astronome a connu la **c**ote de bien des co**m**ètes.
Ma**t**ez-moi l'aby**ss**e!

DÉCONVE**N**UE SUR LA PI**L**E

Dans sa jeunesse, Volta avait une pi**l**e peu **n**otable. Mais ce fut toujours une pi**l**e bien **n'**imitée.

Cet acousticien parle aussi bien de **p**ièzes que de **d**ynes!
Connaissez-vous bien la force que représente une **p**ure **d**yne?
La physicienne admire le rayonnement de la pi**l**e de Phé**n**ix.
Vous contrôlez bien mal le fl**u**x qui jaillit de vos b**o**rnes!
On sent bien que vous n'avez jamais eu de **n**otion sur la pi**l**e!
La bibliothécaire me prê**t**e volontiers ses volumes sur l'aby**ss**e.
Quel p**ied** avait la vois**ine**!
Vous avez de l'am**i**de sur votre v**err**e.
La chimiste est dé**rou**tée par ces petites **pi**pettes.
Vous tenez vraiment à vous bran**ch**er sur les ny**l**ons?
Professeur, dois-je sti**p**uler l'a**m**ine?
Excusez-moi, si j'en**cr**asse votre **l**oupe!
Ces **l**amelles sont bien **m**assives.
Les mutants ont montré leurs bizarres phal**anges** aux R**uss**es.
Oh, la co**m**ète **c**oule!
Ah, la grosse **ma**sse **su**bite!
Le fermier de Saclay ne veut pas de **neu**trons sur son **lai**t.
Ce géologue arbore fièrement un **b**lanc de **g**alène.
L'égyptologue qui recherche des ve**s**tiges de fe**r**, voudrait enfin voir un bel Anu**bi**s au bout de sa /route.
Cet antique **Mo**loch n'est pas **Baa**l! (Il faut prononcer *Moloche*.)
Mais cette f**a**ille est comblée par une b**a**th s**i**l**i**ce!
3 4 1 2

L'ingénieur présente son **pon**t avec con**vi**ction.
Lasse de gratter la **ma**rne au **bu**rin, la géologue a m**in**é la p**ass**e. Aux dé**f**auts de la **p**ente, elle avait senti un sacré **f**ilon dans la **p**ente.
La voyante prétend que sa **b**oule a toujours été for**m**elle, et qu'elle n'a pré**d**it que quand c'est **s**ûr.
J'ai vu la «Bélier» bien en **ch**air.
L'astrologue raconte des histoires de Ver**n**es aux «Sa**g**ittaires».
Mme Irma préfère les «**Ver**seaux» à cause de leur **pu**deur.

La voyante rit de voir ses clients a**m**usés de sa **b**oule.
Oh, les formes **n**aissent !
Le vieux savant préfère l**â**cher les congr**è**s.
Tazieff tâta la croû**t**e en **p**ierre.
Cet océanographe connaît bien la la**t**itude de l'aby**ss**e.

Quelques domaines de recherche

— Voudriez-vous, mademoiselle me **n**oter toutes les **pl**uies ? demande le vieux météorologue qui a déjà du mal à se **n**oter les **fr**oids. Il annonce qu'il va fl**o**tter dans la M**eur**the, et qu'il n'arrive pas à pi**g**er quand s'amplifie l'aver**s**e.

Las des **mut**ations **fé**lines, ces vieux généticiens se contentent de pal**m**er les **p**oules, pendant que leurs assistantes pratiquent la /mutation des vi**père**s après avoir emb**all**é les f**oet**us.

— J'ai une tige de ger**m**anium dans la /hotte, et ses qualités **du**ctiles rendent bien **ta**rd ! déclare la chimiste qui sen**t**ait du té**fl**on. Elle sent alors sa m**o**le s'ét**ou**ffer.

La laborantine qui exige toujours une **zo**ne pour pomper les gros **tu**bes, grommelle que les **pi**pettes devraient être soigneusement é**ta**lées. Elle a néanmoins **p**assé l'a**m**ine et à **v**il **pr**ix, se laissant **m**ouiller par le bo**c**al.

L'astrophysicien prétend que l'é**cou**te, ça lui donne des **cha**leurs. Et la cosmonaute qui s'occupe des z'ho**mm**es dé**b**utants, raconte comment ils veulent la **qu**itter avec une belle or**b**ite.

Cette astrophysicienne maî**t**rise-t-elle les « bi**p**s » ?

Pour entrer dans ces petites **b**oules, il faut être achro**m**atique. Mais avec cette nouvelle technique de « **pu**ces », regardez les progrès des **fai**sceaux !

Cette spécialiste des **band**es **pass**antes dont le châ**ssi**s est/ vieux[1] doit être sacrément à b**ou**t pour faire ainsi cracher le **fil**tre ! Son collègue est contraint d'introduire ses **f**iches sans temps **m**ort.

La physicienne révèle qu'il n'est pas nécessaire de passer par les maisons **r**oses pour aller à Sa**cl**ay. Trouvant l'ai**m**ant bien **gl**acé[2], elle a été observer l'ai**m**ant des **ch**ambres à vide ; elle se rend compte qu'un gros morceau est en train de se ca**ss**er dans son entrefe**r**. La

1. Cette contrepèterie est multiple ; voici deux autres solutions :
— Le cha**ss**is est vi/eux
— Le **châssi**s est **vi**eux
2. Elle se dote d'un froid efficace en songeant aux f**a**ces de son **ai**mant...

voilà sensible à la **r**éduction des **s**ections efficaces ! Mais son ch**am**p constitue un bon plasm**a**.

Il a une grande p**ei**ne, **K**elv**i**n !
Kékulé exige une solide **en**quête.
La chimiste observe avec stupeur la b**a**kél**ite** durcie.
Peut-on se reposer sur le **s**age in**v**enteur !
Glacé, il est étince/lant.

Zoologie

La **p**eine des jeunes **g**énisses, c'est de ne pas être un **v**eau **gr**is (AC).

Les petits **fr**eux sont bien **n'**agiles.
C'est bien au chaud que **m**âchent les **sc**orpions.
C'est surtout au cou**ch**ant que l'on voit l'éper**v**ier.
Visez donc ce **ra**t !
Montrez-moi ces **ch**amelles, **M**aud.
Je n'apprécie pas ces **z**'isards, **B**ob !
Répugnante, la **gr**aisse de ces **f**aucons.
Vouée au **n**id, l'ornithologue se sent méd**it**er devant cette belle b**us**e.
Connaissez-vous l'a**mi** des **rei**nettes ?
Mais, ils **f**ouillent encore, ces vieux **c**orbeaux !
Cette b**oî**te cache deux jolis n**i**ds.
La femme de l'oiseleur montre la **s**ente à la **f**auvette.
La minette fit lever la p**att**e au gros m**in**ou.
Je suis ému par la **c**andeur de ces **gr**ues.
L'aby**ss**e est pleine de **t**ueurs.
Quelle fine mou**ch**e ! Et quel cu**l**ot !
La plupart des **c**anes ont de magnifiques **z**'œufs.
Écartez la mou**ch**e de cette co**l**onne !
Approchez donc la **t**roupe des bi**qu**es !
Ne parlez pas de votre **g**énisse aux **p**uristes.
Le p**i**af recule devant la ch/asse. C'était un joli p**i**af, dans le f/ond !
Ça peut se **g**ourrer, les **f**ouines ? !
Ils me dégoûtent, ces **bl**onds **c**afards !
L'entomologiste aime b**i**grement les m**ou**ches.
Les danoises l**ap**ent volontiers l'**éch**ine.
Comme c'est curieux ! Votre **ca**ne est **pi**leuse !
Les **fr**elons sont bien **n**'agiles.

En écartant le bou**rd**on à **t**emps, ce **p**endard d'a**gr**iculteur a sa**l**i l'abe**ill**e qui **b**utinait près du **l**oup.
Votre **g**énisse est bien **p**olie.
Quelle bê**t**e mo**ll**e ! Et là-bas, quelle m**ou**che m**o**lle[1] !
La jument sent quelque chose qui se ca**ss**e dans ses fe**r**s.
Je suis fasciné par les **gr**ues des **C**ausses !
Les pu**c**es d'Asie sont réputées pour la longueur de leurs pa**tt**es.
Cette petite morue prend l'é**m**eu dans ses **qu**enottes.
Ces m**â**les sont bien s**eu**ls !
L'entomologiste a beaucoup de **n**otions sur la **p**uce.
Ces c**a**illes sont parties sans ret**ou**r.
Comme elle est douce, la **m**ère de ces petites **ch**amelles !
Vous ne voyez pas ce p**i**af ? Il crève pourtant les /œufs !
Ce **g**eai, quel **p**olisson !

Travaux dirigés

Commencez donc par le tr**i** des m**ou**ches.
L'ornithologue se penche sur les v**er**ts p**i**verts et met l'é**m**eu dans sa **n**ote.
Ces D**a**nois me font penser à deux gros b**œu**fs longs.
Les **bl**attes sont **ch**oquées et les petites **p**uces les **s**ubissent.
Les oies blanches sont-elles conser**v**ées par le **n**id ?
Cette étudiante confond encore les bi**ch**es et les man**t**es. Elle voudrait bien connaître les **g**énisses et leur **p**oids* (P), et scrute les **p**is à la lou**v**e. Après avoir caressé les **co**rnes des petits zé**bu**s liés, elle a fait au prof un excellent p**a**pier sur les gr**on**dins.
Drôle de **v**er sous ce **p**is !

Pourquoi la b**us**e n'aurait-elle pas le droit de c**it**é ?
Qui donc a dér**ob**é ces pauvres petits z'**aigl**es ?
Ce bau**det** est digne d'un grand **vi**zir !
Voici la moule, lame**ll**ibran**ch**e.
Madame, votre **ca**niche sent le **mo**ka.

Botanique et agriculture

La botaniste observe un **p**lant qui vient de la **Gu**inée (R).

1. Ou : mou**ch**e mo**ll**e.

Ah, Madame, si vous saviez ce que votre **pl**ante me **f**ait !
Mais, voyons, les pê**ch**ers n'ont pas de **d**attes !
La c**on**quête du bl**é** empêcha les **s**eigles de **r**égner.
Ce jardinier a des **p**elles **b**runes !
Ce vieux botaniste ne peut plus que compi**l**er les mou**ss**es.
Les ramasseurs ont peur de se faire ta**x**er le cè**p**e.
Cette mou**ss**e est couverte de sau**l**es.
En **s**oignant les **p**ins, le jardinier **c**ouve un petit **tr**onc : il va l'envoyer en **s**erre.
Oh, voisin, vous avez encore raclé ma **bu**tte avec vos **cha**rrettes !
À trop la chauffer, ta **m**enthe va **f**user !
L'horticulteur a des **rad**icules en **test**.
Cette jolie **p**ousse m'a fourni une ca**r**otte et un beau ch**ou** att**a**chés. J'adore les ch**ou**x de r**a**ce !
Le jardinier propose ses cou**rg**es à la petite vie**ill**e.
Attention aux or**vet**s : c'est là que se récolte la **gi**rolle !
La botaniste distingue mal les z'h**er**bes des V**o**sges.
Ces antiparasites enlèvent tout **g**oût aux **p**lants.
Chère amie, votre **m**enthe a goût de **f**iel !

Travaux pratiques

— Il me faut une bonne **t**erre pour remplir ma cha**p**e.
— Voilà une bonne ma**t**ière pour bi**n**er, mais trop de **p**ierres empêche de bien **b**iner. N'oubliez pas de desserrer le fr**ein** avant de sortir les s**oc**s. Bon, c'est bien **t**assé dur. Bi**n**ons !

Les mycologues exposent leurs bo**let**s à **Vi**re et font aspirer trop de sp**or**es à t**erm**e.
— Voilà des bo**let**s que j'appellerais a**vi**des ! dit une experte, après avoir découvert les tricho**l**omes **m**assifs. Mais avez-vous jamais consommé un [clitocybe au sirop ?]
Et [dépecer des russules] leur rappela les a**m**a**n**ites aux v**o**lves jaunes tout à fait t'**u**niques !

— Ces z'h**er**bes sont bien m**o**diques, je préfère l'in**f**usion des petits pâ**tr**es. J'aime tant les z'h**er**bes à l'**eau** !
Ah, ces **perv**enches, **m**ère !
Avez-vous jamais goûté un clito**c**y**b**e au si**r**op ?
2 3 1

Dép **e** **c** **er** des **russ** **u** les...
1 4 3 6 7 2 5

Médecine

Mesdames, faites vérifier l'â**g**e de votre va**cc**in (AC).
Il ne l'a pas volée, cette **gr**ippe, ce **p**endard !
Le dentiste a **m**ouillé la **c**arie.
Mademoiselle, vos **r**eins sont pi**sc**iformes.
Docteur, si je suis grosse, est-ce gra**v**e, au**ss**i ?
Encore une victime de ses **tr**anses : quelle **c**inglée !
Allons, **t**iens ma **v**entouse ! (Ce bel interne préfère les **v**entouses aux **t**empes...)
Surtout, ne vous **t**ordez pas en vous **m**ouchant !
Docteur ! Voyez, mon g**r**and souff**l**e !
Allons bon ! Voilà ce vieux A**l**ex **s**ourd.
Oh, cette **gl**otte, **M**iss !
Les **p**otions, ça embellit la **m**ine.
Avant de l'ouvrir, le chirurgien flè**ch**e la **r**ate.
L'infirmière prête sa **l**oupe pour la **cr**èche.
Docteur, vous me ferez **gu**érir avec ce **p**lan ? !
Oh, ce pauvre **J**ean a l'on**gl**ée !
Le **j**us de **c**anine, c'est pas la f**au**te à ma d**en**t[1] !
Vous avez un **air** bien **neu**rotique !
Cette **ch**ute m'a rompu le **br**as !
La convalescente se tourne pour faire **r**oter sa **pl**aie.
Ce jeune pub**ère** est plein de v**ice**s !
Je refuse que l'on me palpe la **r**ate sous la **ch**emise !
Dans les /leçons de **ca**rabins on découvre des pré**fa**ces é**pu**rées. (*2 c.*)
La psychiatre en a bien lu/, des vi**sage**s.
Mademoiselle, **sé**chez donc ce vieux **Ma**x !
Je vois : vous avez la **tr**ouille d'un **k**yste !
Comment traiter les **r**ates **ch**étives ?
Mais c'est un pa**l** que vous avez dans le **ph**arynx !
Les homéopathes proposent leurs **r**ares **d**oses.
Voilà un va**cc**in pour Beau**j**on.
Le masseur m'a mis un **p**oids dans le **d**os.
Cette préparatrice im**bé**cile **do**se mal.
Comment traiter les pi**r**es **n**ausées ?
Aux urgences, on recolle des **bou**ts de **ta**rse.
Le vieux chirurgien **pei**ne aux vess**i**es.

1. En hommage à deux grandes **c**antatrices qui donnaient volontiers le **t**on : Jeanine Michaud et Mado Robin.

Vos **d**outes sont im**pr**écis.
Les **lux**ations répétées mènent à la **fêl**ure.
La stomatologue a fait un **dent**ier au **pomp**iste.

Travaux pratiques

L'infirmière dé**test**e les malades qui se plaignent de leur **pan**icule, et râle de voir ces **s**ix **l**its sans **v**ieux. Elle en aura déc**e**lé,
3 2 1
des c**a**s!

Oh, l'orga**ni**sme a /mal! Quand la bi**l**e est en**t**assée, l'écoulement de la bi**l**e est dé**t**ectable. Voyez, une coulée de bi**l**e a mouillé le co**t**on. Bizarre : cette bi**l**e est pleine de mie**tt**es!

OH, NANISME

Ce médecin a beaucoup de **n**aines à **p**iquer!

À L'HÔPITAL SAINT-LOUIS

— Mademoiselle, comment pouvez-vous m**ass**er, malgré toute cette cr**èm**e?

— C'est qu'il faut une belle pomma**d**e à votre verge**t**ure. Certes, les cl**o**ques sont err**a**tiques, mais je peux quand même ici **d**ater cette verge**t**ure. Oh, mais votre **d**erme est couleur de ja**sp**e!

Ce type de Ne**ver**s attrape souvent la **rouge**ole.
Depuis sa désintoxication, il a la **tr**ouille des **c**uites.

Les blessures de **sc**orpions n'intéressent pas l'hé**m**atologue.
Chéri, tes **boules Quiès**!
4 2 5 7 1 3 6
Sa**lubr**e, l'**eau p**ique!
La patiente a-t-elle **su tou**sser?
Bismarck se fit greffer un **l**obe de Ba**z**aine.
Cette salle bana**l**e est remplie de bassi**n**es.
La pauvre fille a été trép**a**née; mais c'est inf**i**me! L'interne l'a un peu **sc**alpée en lui tenant des propos **p**athologiques.
La femme du détaillant se plaint d'avoir été **s**ouillée par un gros **k**yste.

Géographie et ethnologie

Ce c**ol** mène à l'Aveyr**on** (R).

La jeune ethnologue est surtout sensible à l'Afrique des contraires[1].
Ce vieux mandarin est a**v**ide du **r**iz.
Les **B**lancs, c'est pas toujours **g**alant!
Ce petit bout de **S**ikh est vraiment **tr**uculent.
Quels **b**eaux **gr**abats!
Les cannibales font **g**aver les **B**lancs qu'elles consomment.
L'exploratrice appréhende les pi**st**es indigè**n**es.
Il est **ch**ou, ce petit **F**innois!
Quels jolis **j**oncs ont ces **c**oolies indous!
La vieille méhariste a de fa**m**euses **ch**amelles.
Voyez cette Mau**r**e **t**ousse, halè**t**e sous la bi**s**e!
Les effluves de Sei**n**e sont to**x**iques.
Au bout du **T**ibre, un bou**ch**on f**l**ottait près du g**r**and large.
Les **gu**[2]errières de **br**[3]ousse sont parfois lu**d**[1]iques.
Ces caïds ont des **r**obes de Fe**z**.
L'Italienne trouve bien triste la **c**arence des **P**ouilles.
Voyez les **r**iches **M**ancelles, **r**ue du **P**ont.
Les **b**ains de**ss**alés provoquent le dés**ordre** de l'ém**ir**.
Ces **sh**[3]ei**k**[4]s ont beaucoup de **f**[1]i**ls**[2], mais c'est le **dey** qui m'a **con**çu.
L'ai**m**ez-vous, l'abord des **ch**otts?
Au Moyen-Orient, les v**i**erges prennent des bains de f/oule.
Les l**i**byennes ne mangent jamais de v**esse**s.
Le **vi**zir du **dey** provoqua la **tent**ation des **Fell**ouzes.
On ne peut être à la fois **M**ède et **r**oux.
C'est volcanique, la partie des **z'**Andes sous le **gl**obe.
Les Amazones p**ou**ssèrent les explorateurs près de labyr**in**thes.
Faut qu'elles **s't**aisent, ces grosses **I**bériques!
Cet antique V**ex**in abrita bien des s**ag**es.
L**â**chez ce bras khm**e**r.
On voit beaucoup de **n**ains chez les **s**udistes.

Études

Le conférencier montre son gl**obe en** scène.
Ces bu**tt**es desséchées, quelle fou**rn**aise!
Ce vieux **J**ob a besoin d'un petit va**s**e hindou.
Quelles **g**aloches avait ce vieux **b**andit!

1. L'Afrique a du mal à sortir du troc...

Russe, tu me dé**c**ides!
Le jardinier croate refuse de **b**iner avec une ser**p**e.

La Pied-Noir trouve **z**a**z**ous les **S**i**d**is.
3 4 1 2
Que de Ka**by**les sur cette vieille /route!
Les chauds Lap**on**s ont besoin de qu**in**toni**ne** : ils vont pi**q**uer des **mo**rses ha**ga**rds.
Le despote exigea la /concision de tous les **Sir**dars.
Cette Bel**g**ique, quel en**tr**ain!

Éducation nationale

La maîtresse **l**aissant **f**aire veut voir les **b**ons **c**ahiers (ART + R).

La gardienne du cam**p**us de**ss**ine.
Ces petites **s**ottes seront difficiles à for**m**er.
L'écolière distingue mal le **D**oubs du **G**ard.
Ce **c**ancre ne vous causera pas de Sey**ch**elles!
La prof' de technologie a tiré le **p**lan du **g**ros viseur.

CHEZ L'INSPECTEUR

Elle cherche à se faire **m**ousser, la **tr**aîtresse!

Comment? «**G**îte» n'est pas ver**b**e?
Non, ce ne sont pas des **c**ancres, juste de simples clo**ch**es!
Trop de bro**ch**ures, et l'on est dégoûté des **m**aths.
Voulant enseigner les bonnes ha**b**itudes pour la **th**èse, la prof' de fac se penche sur la **tê**te de ces jeunes **bi**zarres : «Ne vous em**b**êtez pas à faire durer la **th**èse.»
Ce p**ro**f' est t'**A**gro.
Mais non! Le **V**ar ne se déverse pas directement dans l'O**d**er!
Les étudiantes montrent leur **dos** au **re**cteur qui n'en peut plus d'avoir ses g**r**andes en **l**utte!
L'institutrice appréhende la réd**a**ction des petits d**u**rs.
Galopins, ne taquinez pas ces p**i**afs si près du p/ont!
L'examinateur a encore **c**ollé **Vi**olette!
La conseillère d'orientation parle a**b**usivement d'é**l**ites : «Ils m'irritent, ces g**r**ands ca**l**és!»
Ce cancre a un «**d**eux» fort mi**n**able.
Trop gr**and**ir n'empêche pas de b**oss**er.
Que su**ppu**tent-elles, ces pauvres **so**ttes?

Les écolières parlent de **foo**t en ba**bi**llant.
Battez-vous, mais sans aller jusqu'aux **t**aloches!

EXAMEN

Allons, mademoiselle, qu'est-ce que le **f**ara**d**ay?
Connaissez-vous l'e**ffet** de la **trans**lation?
Les éducateurs défendent les d**r**oits aux t/ics.
Les étudiants sortent des **f**acs, pleins de con**cl**usions.
Se demandant s'il fallait un n'« **a** » à « s**e**moule », l'écolière se retrouva **n**otée d'un beau « **d**eux »!
Attention : « **P**robité », c'est du la**t**inisme.
L'inspecteur a un **p**eu plein de **n**otions.
Ces potaches finiront bien par avoir quelque **l**ueur, à force de **s**écher.
L'ancienne ministre **s**ongeait censu**r**er.

Exercices

— Mon cher collègue, je souhaite revoir le c**a**s f**u**meux (AC) de ces candidates com**pl**iquées, en les **n**otant de nouveau.

Ces redoublantes étaient en train de ress**a**sser leur ch**u**te, (AC) lorsque l'intrusion de ces gros p**ro**fs les fit **hâ**ter!

L'instituteur arrive à ce su**j**et : l'aver**s**e.

Les **m**ois de no**v**embre (AC) apportent l'humidité, et **j**uillet l'aver**s**e.

Suivons le tra**j**et de l'aver**s**e : voilà une **j**olie terre qui demande l'aver**s**e. Oh, l'aver**s**e est **g**elée! Mais l'aver**s**e est **j**oyeuse (AC). Ces **j**oncs sont en **q**uoi?... Ah, **l**evez le bran**ch**age!...

L'aver**s**e d'ora**g**e (AC) a fini par **l**asser **Ch**imène : «J'ai senti **j**aillir l'aver**s**e, et me voilà **a**cculée de l'autre côté du ch**am**p!»...

La p**êch**e **lutt**e sous l'aver**s**e où elle **g**émit!...

«Que fait ce gros **g**éant sous l'aver**s**e? Il va se faire **m**ouiller, au **c**oin!»

La pauvre fille **g**eignait sous l'aver**s**e.

CHAPITRE CINQUIÈME
LES ARTS ET LES LETTRES

Les Beaux **z**'Arts sont un plaisir des **D**ieux (R).

Musique

Le luthier montrait son « **la** » dans les **vi**trines (ART).

Maître, je vous montrerai mon Cou**p**erin pendant que vous **d**înerez.
Ces musiciennes ont toutes deux **p**aires de **l**uths.
Les guitaristes ont de solides **b**arrés quand ils **di**èsent.
Cette célèbre **c**antatrice donnait volontiers le **t**on.
La choriste préfère les **l**ibres **ch**ants.
Té**n**or, du **f**eu !
Quand j'admire ces magnifiques té**nor**s, j'en perds le **ton** !
Quel **mi** **v**aleureux !
La soprano **v**antait le **s**i du ténor.
Cette Carmen en a assez des **d**o de Bi**z**et.
Les petites choristes ont peur qu'un jour leurs **p**otes **m**uent.
Ce chantre a un « **mi** » bien **v**enu.
Vois, ce petit **ra**t **com**blé (P) é**p**ate l'é**t**oile.
Maître, je suis effarée de l'**ar**deur de votre d**o** !
La diva provoque l'é**j**ection du ténor en**r**oué : quelle **r**ude é**j**ection !
Le chef supplie qu'on lui fasse un petit béc**arre** sur le d**o**.
Ce technicien en a **c**oupé, des **s**ons (Trop de sons à côté...)
Admirez l'aî**n**é des o**rg**anistes qui **p**asse en **m**ineur.
Le maître de chapelle était ému par le **s**on des **qu**intes.
Callas n'est pas arrivée à B**i**zet sans p**ei**ne.
Carmen a proposé sa **d**ot au mata**m**ore[1].
Tu joues bien du **co**r, **Da**quin !
Brutale, la mezzo qu**itt**a la b**ass**e.
Ah, Madame, votre **si** est **trou**blant !
Glassharmonica : Mozart appréciait la per**cu**ssion du **verr**e.
C'est une lim**it**e, cette grosse b**ass**e !

1. Carmen roulait les sèches entre ses mains et Don José dansait pendant la contrebande...

Ah, la b**ass**e d'él**it**e[1] !
Cette joueuse de trom**pett**e a l'air plutôt **bon**asse.
Les **l**uths sont dans la **p**ièce, mais le joueur de **gu**itare devrait se méfier des **s**onos !
Vous le donnez bien mollement votre s**ol** ! Je suis v**ex**ée !
Ce **ré** est bien **vi**de ! Mais ce **fa** est bien **vi**de, aussi !

Études

Lully exigeait de bons c**on**trats pour ses p**asse**-pieds.
Le petit Debussy jouait parfois avec le g**r**and affo**l**é.
J'aime la jolie couleur r**ond**e de M**oz**art !
Voilà les pi**r**es vi**n**yles ! Ah, ces c**ass**ettes m'**éc**œurent !

QUELLE FAN**F**ARE ! ELLE EST **D**ANTESQUE !

Afin qu'elles puissent [jou**e**r, au c**ir**que,] de leur instrument, les musiciens quittent leur fan**f**are devant les **d**ames. Pour voir si elles ont le s**an**g chaud, les percussionnistes leur donnent deux c**ym**bales, et la dame à la jolie [caisse claire leur fait fête.] Et pendant que le chef montre son **mi** sans per**cu**ssion, la corniste, dé**rou**tée par ces petits **pi**stons (AC), se penche sur la c**lé** d'octave qui p**eut** beaucoup. [Voyez ces cors en demi-tons bémols], ne pouvant plus **di**éser comme des **b**œufs à cause de leurs **mi** a**v**ariés ! La basse refuse que l'on **ch**romatise son **t**uba, car, dit-elle : « Trop de r**anc**œur m'étouffe en m**od**ulant ! »

Les instrumentistes trouvent que ces horribles **s**ons **c**ouvrent trop, mais les **fl**ûtes les font en r**é**.

— Oh, le **s**on péni**bl**e !

T**ê**tant machinalement son s**a**x, la débutante sentit qu'elle avait le **f**a bou**ch**é (AC). Elle finit tout de même par donner son s**ol**, **exs**angue, et découvrit subitement tout le se**l** du sa**x**o, pendant que le chef, enfoncé dans sa ch**ais**e, b**att**ait sans mesure. Il b**r**ailla, en tripotant sa b/aguette :

— Ah ces pataqu**è**s qui me mettraient en f**ui**te ! Ces mi/ sont bien lâ**ch**es ! ajouta-t-il, en se moquant de l'a**dr**esse douteuse de la clarinettiste dans les **f**a[2]. Vous n'arriverez jamais à

1. Ce n'était donc pas « Ah, la tasse débile »...
2. Une clarinette en si bémol sur laquelle on joue un fa fait entendre un « mi bémol ».

dé**v**aler tous ces **si** ! Et c'est pas possible, les trom**pett**es quand on **dans**e ! Enfin, pourquoi les majorettes sont-elles **r**ouillées, sans **k**épi ?

Le coin des experts

Le jeune Pe**ll**éas tiqua, sans mau**d**ire le **p**lan de **G**olaud.
Mettons-nous à l'abri pour jou**e**r au c**ir**que.
La pianiste a découvert M**oz**art dans les r**ond**os.
Borodine s'intéresse aux fal**bala**s de **Luce** qui rêve.
... la dame à la jolie **c**aisse **c**laire leur **f**ait **f**ête...
3 4 1 2
... Voyez ces c**or**s en d**e**mi-tons bémols...

Peinture

Madame Vigée-lebrun (R).

VERNISSAGE

Bécaud, puis-je vous présenter Ma**gr**itte ?
Sacré ra**p**in, ce vieux **D**édé !
Titien avait un **p**eu de Léo**n**ard.
Cette beauté sculpturale a fait dé**ro**ger **Char**din.
— Oh, monsieur, quelle ravissante **b**erge j'ai vu dans votre **W**atteau !
— Ah, madame, quelle belle **j**atte j'ai découvert dans votre **Ch**ardin !
La barbouilleuse s'a**m**use d'avoir une vilaine **c**ote.
Eh, ne **b**attez pas Ma**gr**itte !

À MONTMARTRE

Ce petit boud**i**né me rappelle votre b**u**tte !
L'égérie du rapin s'habituerait vite aux r**i**tes de la b**u**tte, et **d**înerait bien avec ce vieux ra**p**in, mais ce ra**d**in n'est jamais **p**ressé !
Ce beau Vinci brossa la **na**tte de la belle **Mo**na.
J'aime assez le De**ga**s des « **Sou**rces ».
Ce **B**odard ne ressemble guère à Ma**gr**itte[1] !
Ce vieux rapin malade a encore de la goua**ill**e sur sa cou**ch**e !
Ne p**os**ez pas ainsi de cette façon, Maur**ic**e : difficile d'apprécier votre **vi**sage de **do**s.

1. Pourtant, Magritte est à l'aise dans la Beauce...

Attention à l'a**gre**ssivité de certaines **la**ques !
Quittée par le grand **B**onnard, la pauvre fille en fut réduite à montrer son **pi**s à **Cha**gall.

Le coin des experts

Quel magnifique **t**on, cette **l**a**qu**e de **Ch**ine !
3 4 1 2
Ah, Magr**itt**e b**oss**e !
Ce brave **Braque** a peint aussi des **hom**ards : ce sont des Braque, «**L**'art en **m**er».
Ah, Re**n**oir le **v**eut !
J'expose Ma**gr**itte au milieu des **b**adins.
Monet détestait les cr**oû**tes de P**au**l.
Les **t**oiles **p**rofanées de Ma**gr**itte sont **b**elles !

Littérature

J'ai toujours p**ei**ne à l**i**re (AC) !
Virginie est **m**inée : **P**aul ment !
Mademoiselle, connaissez-vous le **c**oût des **B**ecket ?
Les Rou**g**ons de Zola étaient remplis de **st**ress.
Phèdre abandonna sa **l**oupe au petit hypo**cr**ite.
Oh, les **f**ables **m**entent !
Il y a trop de **c**lans pour ce seul **G**oncourt.
La bibliophile a plein de **B**ecket dans le **c**abas.
Mais où avez-vous donc été **p**êcher ces Courte**l**ine ?
La rousse proposait son **l**it à **V**itré.
Ces trucs de **D**audet, quels bo**b**ards !
Mme de Sévigné songeait parfois à la **b**erge bien remplie de col**v**erts.
Labi**ch**e, ce peut être co**t**on !
Chimène étant **l**assée, le C**id** a fini par se v**ex**er.
Ce vieux **F**ayard est sur une drôle de **p**ente ! (Mais on ne peut être a la fois **F**ayard et **P**ayot...)
Ah, Cé**l**ine nous dé**p**asse.
Quel **gr**os **B**odard !
Eugénie la voit : la p**ei**ne du père grand**i**t.
Cette romancière présente toujours quelque h**éro**s **apa**thique.
Quelle p**est**e, Cél**in**e !
Ah, ce Bo**ss**uet bien **c**alé !

Votre **Gr**een, quel **p**endard!
Bizarrement, la libraire avait Saph**o** derrière son D**ante**.
La critique affirme que chaque fois qu'elle flatte l'**é**l**i**te, elle se débecte.
Fanny enlaça **e**ffectivement ce gros P**a**nisse.
Hamlet bouleversa la **f**oule de son ho**m**élie.
Que j'aime ces vers/, Vir**g**ile!
Cat**u**lle a c**e**ssé?
Vous avez des a**tt**itudes de **B**ruant.
La femme d'Ernest s'intéressait aux d**en**ts de ren**ar**d.
Béatrice n'avait besoin que d'un seul D**ante** à la f**ois**.
L'éditrice ne supporte pas qu'on lui **r**ate les **Fl**aubert.
Oh, ce **sa**bre, Es**chy**le!
La poétesse se laisse prendre aux **l**armes du bran**ch**age.
Ah, mais je voudrais voir votre **ph**are, Ala**d**in!
O ma belle Égérie, ta m**us**e me ref**oul**e!
Ce **c**ossard, quel **fr**ont!

Exercices

Dans les mémoires d'un âne, la **sayn**ète montre **Cad**ichon.
Ah, ce /lent Mow**gli**!

«Non, je n'ai pas peur des **b**eaux o**gr**es!» s'écria Blanche-Neige. Et les **n**ains s'égarèrent dans la bru**m**e endormie. Qu'ils sont donc émouvants, les **n**ains de cette **s**aynète!

«Ce n'est pas normal que les p**ag**es de ce volume soient toutes rav**in**ées!» déplore l'éditrice qui refuse les bi**bl**es ra**t**ées. Préférant [les succès ressassés], elle ne craint pas de **ch**oisir Du**m**as, en surveillant l'imprimeur qui a déjà a**ccr**oché sa **m**aquette, alors qu'il dispose de v**él**ins à la p**ag**e. Elle n'aurait pas craint de **c**oter **Pl**aton.

Victor Hugo avait-il vraiment l'en**tr**ain de **J**avert?

Allez, les **st**ances des Rou**g**ons me rappellent ce Zo**l**a **b**anni!
C'est **r**are pour les **l**ecteurs de ressentir l'hum**an**ité de G**id**e.
On risque de **pe**rdre son **to**n**u**s en **li**sant trop!

Le Malade imaginaire

Ah, **m**a vie sans synd**r**ome!

L'académicien **ch**enu s'est mis dans un mauvais **c**as : il a l'habit **vert** en dé**route**.

Ces vieilles philologues voudraient qu'on mette l'a**cc**ent sur leur sé**m**antique.

Ah, cette p**ag**e **in**ouïe ! Elle se c**orn**e au moment de la f**abr**ication !

Voilà un s**u**cc**è**s ress**a**ssé !
3 1 2

Madame, vous avez é**d**ité sur bien des Beaux-**z'** Arts ; mais je voudrais tant voir mes **con**tes à votre **goût** ! Ah, les Beaux-**z'** Arts provoquent bien des **d**ébats...

Histoire

Omphale ne veut plus qu'on l'em**bête** avec cet her**cule** (ART) !

Les femmes de Cro-Magnon plaçaient leurs f**i**ls près des z'**E**yzies.

C'est bel et bien Adam qui in**v**enta le premier **pl**i.

Jupiter exigeait que Junon **b**atte Sa**t**urne.

Ce vieux **P**an **gl**andouille !

Dangereux de for**g**er l'aver**s**e !

Sisyphe est arrivé au **b**out en **tr**eize ans.

Prométhée **s**ent des **b**ecs !

Cet horrible **Mo**loch est rempli de **ba**rbaque ! (Prononcer : *Moloche*.)

En Mésopotamie, on découvre bien des **s**ites sans **b**ibles !

Les anciens bâtisseurs préféraient l'ai**r**ain au **s**able.

Échauffée par ce bon S**am**son, Dalila finit par se br**û**ler.

Jézabel se pencha sur des lé**s**ions de **J**ob : « Qu'il est ra**s**eur, ce **J**ob-là ». Et soudain, ce brave **J**ob se sentit tout lé**s**é.

Persée lâchait **P**égase quand il **d**înait.

Hopl**ite**s, découvrez donc Sab**a** ! (Vis**it**e à la reine de Sab**a**.)

Oh, ce gros p**è**re Hér**o**de !

Quittez donc cette **l**ente Sa**ph**o !

Pénélope ne suivit pas toujours la **v**oie d'U**l**ysse.

C'est inhumain de **p**arquer ces esclaves à la **m**ine !

Elles gagnèrent beaucoup grâce à leurs **v**entes, les **Ph**éniciennes !

Les Amazones avaient les **r**eins mas**q**ués, mais n'hésitaient pas à montrer la for**c**e de leurs **m**ains.

Io bientôt ressentit la ré**v**ulsion du **p**is.

Votre pauvre P**l**ine est écrou/é !

Négligeant les p**o**tins, le jeune C**u**riace traînait Sa**b**ine comme un **p**oulet !

Ah, ah, Messal**in**e, vous aimiez donc les p**op**es !

Le tribun présente sa **ch**air à l'é**p**ée : voyez, ce guerrier **cè**de devant l'ai**r**ain !
Horace **p**eignait Sa**b**ine avant de la faire **p**ouffer, Sa**b**ine !
Horace a fini par **p**riser Sa**b**ine. (Il s'inquiétait du dé**p**it de Sa**b**ine !)

ROCHE TARPÉIENNE

Les Romains plongeaient dans le trou, l'abî**m**e à La**t**ins !

Les Vandales **s**ouillaient sans **c**lasser.

MILLE ET UNE NUITS

Le sultan s'en sortit difficilement de ces m**ag**es v**il**ains !

La vieille mère aux vingt **ch**iennes avait une **j**atte hors d'usage.
Malgré le froid, Charlemagne sortait sa B**er**the sans v**i**gogne.
Rendras-tu mon **b**ois ?
Oh, le va**ssal geint** !
Les **pr**eux s'enflammèrent pour bien des nobles **c**auses.
Ce p**r**eux Abélard se fit chât**i**er.
Les Croisés finissaient par avoir quelque **v**iatique, au**ss**i.
La reine veut l'**ar**cher près du d**ai**s, et le beau chevalier j**ou**te en r**u**gissant.
Oh, le va**let geint** !
La femme de Guillaume Tell faisait b**aill**er le b**and**it.
À la Tour de Nesles, il y avait quantité de ch**am**bres d'am**i**s.
François Ier ne voulait plus de cette horrible N**i**non fâ**ch**ée.
Henri III exhibait volontiers sa bi**ch**e au débo**tt**é, et **m**ouillait volontiers ses **qu**ignons. Sa L**i**gue sentait venir le v**en**t...
Henri IV n'aimait pas tant que cela les **cha**pons, dans le **temp**s ! Il avait une petite préférence pour les cha/pons **frit**s.
Les Vénitiens avaient parfois des **v**agues jusque sur leurs **b**erges.
D'Artagnan dégaina sa **flamb**erge **v**oyante.
M**ans**ard est imm**ond**e, et Le**n**ôtre est bien **v**ain.
Le chevalier d'Éon avait, dit-on, un fâ**ch**eux **m**inois.
Petit à petit, la Pompadour a**cqué**rait l'é**ti**quette.
Montrez-moi ce fameux m**e**ssage de S**a**xe ?
Est-ce vraiment par la PETITE vérole que Mirabeau avait la **b**ouille **c**loquée ?
Votre Coo**k** est toujours impa**y**able !
Le cordonnier Simon **d**îna maintes fois avec le petit Ca**p**et.

CHARLOTTE CORDAY

Ayant amené ce **M**arat **d**éfunt, j'allongeai le **c**i-de**v**ant froid.

LE RADEAU DE LA MÉDUSE

Les naufragés n'avaient même plus la force de bou**ff**er les **r**ames!

Mme Tallien sentait bien que sa **t**ante se **f**anait!
Marie-Louise trouvait cocasse la **m**ine du vieux **p**ortier.
Napoléon mit sur pied le rai**d** des gro**gn**ards.
Ce vieux d**ey** est déch**ar**né! Et le jeune **dey** est **com**plaisant.
Ne vous trempez pas, La**f**itte, dans le **B**osphore!
Cavour s'écria : «Je refuse qu'on matra**qu**e les **P**ouilles!»
Lord Byron prenait souvent son **th**é avec des o**pi**omanes.
Lesseps exposa son **v**œu : un vrai che**n**al!
«Jamais on ne verra la ré**v**olution de nos **z'** idées faillir! Et toujours nous le bran**di**rons, ce **le**vain révolutionnaire!» Ah, Lé**n**ine en **p**éta d'émotion!
Voyant br**û**ler leurs combatt**an**ts, les résistantes se faisaient **s**auter en **pl**astiquant.
Le soldat har**k**i vida ses **d**ouilles, cédant à la **tent**ation des **fell**ouzes.
Castelot a un sacré m**eu**rsault, Dec**au**x!
Les m**y**thes nous faç**o**nnent, ces m**y**thes provoquent notre ém**o**tion!

Exercices

Marguerite de Bourgogne aimait les **r**ois bien **n'** assez. Présentant sa **t**ante au gros bou**ff**on (AC), elle faisait **t**rotter son bou**f**-**f**on. Mais à force de **t**ricoter près de son bou**ff**on, ce bou**ff**on est tout **t**endu!
L'historien qui se penche sur la Gr**è**ce hist**o**rique n'a que faire de ces **O**ccitans hér**é**tiques.
Quel **m**ythe, cet Hanni**b**al! Il adorait les **si**tes **pu**niques.

Le **s**on de **C**all**i**ope, c'est le p/et!
Pompée fit nettoyer les **z'ar**pions de ses **morts**.
Cette fameuse Messaline, T**ite** l'ab**ordait**.
Le centurion a dép**a**ssé sa l**an**ce.
Metternich fit souvent trin**q**uer l'Ai**gl**on.
Phèdre, laisse **tomber ton Thésée**!
3 1 5 4 2

Et, parodiant une contrepèterie célébrissime :

Oh, **T**hésée, vous, en **b**as!

LA FUTURE BELLE-MÈRE DE COLIGNY :

Ma fille, donnez donc votre **part** à ce bon Gas**con**...

Architecture, décoration et photo

Aimez-vous ce **m**ur **d'**ambre (AC)?

La femme de Rodin trouvait ses bu**st**es trop mode**rn**es.
Car**n**ot savait sculpter un **p**eu et taillait l'é**m**eu dans la **n**asse.
Madame la Marquise, votre ornière est-elle dou**v**e au**ss**i?
Ces **v**oûtes amplifient la douleur de nos **cr**is!
Ces **d**ix soli**v**es tiennent mieux que les **t**oits à la mo**d**e.
L'entrepreneur a encore ra**t**é ma **cl**oison[1]!
Ah, la **b**ath é**ch**elle!
L'urbaniste a érigé une b**u**tte bien crép**i**e, et sa femme a découvert le **p**lan de l'é**g**oût.
Osc**a**r, je ne veux pas de ce p**ou**f!... Osc**a**r... mon ch**ou**!...
Le Corbusier détestait les **toi**ts sans **rai**son.
C'est vrai que Viollet-le-Duc am**pu**tait les **voû**tes? Il a **su** créer bien des mauvais **pro**jets.
Je n'aime pas les **f**ausses **gr**illes.
Ah, la /hotte est **m**ontée!
Le photographe cherche quelles v**i**tres pourraient s'adapter à son énorme ch**am**bre.
Mademoiselle, votre cli**ché** est-il à l'é**tau**?

Étude de projet

Tout le monde n'apprécie pas vos **motiv**ations, Ei**ffel** : il faut être **m**ordu pour faire ainsi la **T**our!

Spectacles

Ce n'est pas un métier de fai**r**e du **c**iné (R).

1. L'entrepreneur, personnage un peu voyant, déclare de son côté : «J'ai tâté sa cloison : elle était en toc.»

Quel **B**ecket !
Ah, ces cinéphiles et leur **m**ythe de Ga**b**in !
L'illusionniste adore le **tr**uc des **s**ous.
Pour la scène du sérail, inutile de ca**d**rer les **st**ars !
La figurante a lai**ss**é le **ch**ou-fleur.

DRESSAGE

La **p**uce est à la **n**aine.

« Quel rê**v**eur, oh, **d**is ! » s'écria Colombine, présentant une **n**ote co**m**ique.
Connaissez-vous les ve**s**tiges du **R**ex ?

MOULIN-ROUGE

Ah, **ch**armants ces ny**l**ons ! Mais quelles magnifiques rei**n**es pour notre Pi**gall**e !

La tragédienne aurait voulu connaître les vraies **s**ources du **b**ide !
Ces **st**ars à la retraite n'ont plus de rési**d**ence.
Film soviétique : Les Fauc**ille**s de la f**aim**.
Film égyptien : Pa**ssion** de Fellah/.
Film breton : Le **Ph**are du dé**d**ain.
Film franco-chinois : L'Aver**s**e de **J**ade.
La vieille actrice se souvient encore comment elle fut **fê**tée par **Bi**dault, et songe aux déli**c**es du **R**ex.
En soulevant le couvercle, Dracula coinça sa **ca**nne dans le **pi**vot !
La maquilleuse gri**m**e la **f**oule des figurantes.
Avec l'Abel G**an**ce, ça b**ar**dait sec !
J'aurais tant voulu connaître votre gl**oire**, Ren**an** !
Valsez, jolies **dan**seuses !
James Bond tirait son **p**lan sans se faire **g**riller.

Exercices

LA TÉLÉVISION

Vous avez vu, c'est **q**uoi sur la **D**eux ?
Catastrophe ! Elle a en**c**ore mis la **D**eux !
La speakerine expose un **fai**t **gro**ssier.

LE CINÉMA

L'ouvreuse propose des **pla**ces bien **fai**tes.

Pour que la starlette recommence la scène du **b**on pied, il faut que son partenaire l'a**p**aise !

L'OPÉRA

En principe, le d**ai**s s'arrête au niveau des f**o**sses, et les **ven**ts ne doivent pas atteindre les **cin**tres.

AU CONSERVATOIRE

Vous avez des f**a**ces in**e**ptes !
Voilà : dé**b**ute a**p**aisé.
Ces **d**eux là sont bien **n**oués !
Votre **m**inois est trop **ch**enu.

LE THÉÂTRE

« J'en ém**erg**e de l'Av**ar**e ! » déclare la comédienne en faisant remarquer à Scapin que sa Z**er**binette lui colle à la p**eau**.

Le coin des experts

Les pi**tr**es, c'est rue Dau**n**ou !
Cette comédienne adore les **p**aro**d**ies.
Comment faire déf**in**ir la gou**aill**e ? Ce n'est pas par les **j**oies de la ver**v**e !
Est-elle malade **de la coqueluche** ?
3 1 4 2 5
Ce vieux grou**ill**ot avait une cou**ch**e molle.
La maquilleuse fait trop de grima**g**es sous l'aver**s**e !

CHAPITRE SIXIÈME : LE SABRE ET LE GOUPILLON

L'aumônier cou**v**e ses **z'**oua**ill**es (AC).

Armée

La cantinière a fait l**a**ver l**e** **topin** **ambour** (R).
3 2 1 4

Les parachutistes se font lé**g**ers pour mieux **ch**uter.
Tirez **b**eaucoup, **v**ite, en l'air !
Le général tirait son **p**lan avec beaucoup de **g**anaches.
Oh, les **bl**eus **c**afardent !
Le major a un morceau de **g**âté à son **p**lan.
Général, je ne veux pas **qu**'on **t**ue !
Attention aux **d**ouilles de ces grands **C**adets !
L'Amazone en a **d**outé des **gu**errières.
Mais ces **r**angs sont de véritables **gl**adiateurs !
L'adjudante a un **p**as bien tran**ch**é.
Ce première classe a coincé son **b**allon entre ses **g**aloches.
Hernu, ces **d**ouilles sont **c**oûteuses !
Le vaguemestre est épuisé par les **c**olis du **f**ort.
Général, ne vous tor**d**ez pas sur mon **ch**ar !
Le méhariste pose ses mains sur la **ch**amelle, et la **m**ate.
Les indigènes se méfiaient des **B**lancs trop **g**alonnés.
La cantinière appréhende les **bl**eus mania**qu**es.
L'adjudant se ma**rr**e en vue des **s**ections : il va inspecter le **pied** des trou**fion**s.
Voulant plonger entre deux f**o**sses, le para a glissé sur la cr**ê**te.
Les Poilus n'avaient pas peur de se trouver le n**ez** contre les T**eu**tons !
L'aumônier évoque la qu**i**lle au moment du c**ou**rrier.

« Encore un **p**ont de **c**oupé (AC) ! » s'écrie le général qui déplore le **d**ommage des **ch**ars.
La maréchale a ouvert son **me**ssage devant le **Cor**se.
Les jeunes recrues qui n'avaient jamais vu de c**am**p jusqu'à Maintenon montraient leur **li**esse au **f**eu.
Pas moyen de bien bou**ff**er dans ces forte**r**esses !
Le vaguemestre a **f**ouillé le **c**ourrier.
La cantinière déplore qu'il y ait trop de **peau**x dans la **com**pote.
L'**é**l**i**te des pilotes provoque bien des « **B**ang » !
À la suite de l'entraînement, les marines se retrouvent **v**ite dans la **b**ase. Et c'est à la **b**ase qu'ils récurent leurs **g**aloches.
Qui a parlé de **po**pote ? C'est **Ca**rnot !
L'artilleur en c**onn**aît, des c**ul**asses !
Le brigadier a épuisé ses **d**ouilles sur un petit bi**qu**et.
Voyant d'énormes t**an**ks, la colonelle est toute cont**ri**te.
Tous les sous-off' aiment **S**a**in**t-**M**a**ixent**.
1 4 3 2
Fallait voir le **k**épi de l'adjudant quand il a vu l'état de ses **d**ouilles !
Bidasse se bi**d**onne en astiquant son **ch**ar.
Taisez-vous et **b**riquez !
C'est plutôt rare, les **d**ouilles in**c**olores !

Exercices

— **Vi**sez-moi ce petit **bai** et se**ll**ez-moi le g**r**and ! J'ai trop mal aux t**em**pes, j'ai du mal à b**ri**der.

La colonelle à la m**ont**e h**oul**euse **tr**otta en laissant le grand s'ex**pl**iquer et, **p**assant d'un air **m**utin (AC), elle lui chi**p**a la b**o**tte.

Les trois majors s'inquiétèrent de la **cou**leur de leurs ci**pa**yes.

LES SOUDARDS PI**LL**ENT SANS PEI**N**ER

La cantinière n'aurait jamais dû garder ses meilleures **lam**pes pour l'é**pi**cier. Ayant **f**racassé sa **t**ente (AC), des gros **l**ards de sou**d**ards lui enlevèrent toute **p**âleur en l'a**v**inant. Elle dut alors donner ses **plant**ations à ces vilains **fél**ons.

Le coin des experts

Oh, les cha**r**s **t**oussent, halè**t**ent sous la bi**s**e !
Taquinant l'é**pin**oche sous une giclée de **ball**es, les assiégeants furent re**p**oussés par une avalanche de **tr**aits. Que de br**i**s causé par l'assaill**an**t !

La sentinelle a planté sa **guér**ite derrière la marchande de **b**idons.
Au 14 juillet, des t**ank**s idiots se font **ad**uler et Hernu veut des **dra**gées entre deux **char**s.

CHEMIN DES DAMES

Ah, ce V**erd**un aux relents m**ag**iques !

Les légionnaires ne craignaient pas les cha**rg**es vie**t**s !

GUERRE DE RELIGION

Mes braves, pour**f**endez ! Il me faut l'a**bb**esse ! Vivent les p**ar**paill**o**ts !

Hein, **ra**pides, ces **ci**bles !
Quoi ! Près de Lascaux, des b**enn**es mil**it**aires !

Marine

Elle a reçu toute la **f**arine sur sa **m**ante (R).

Le mousse a dû s'per**dr**e dans les **m**âts !
La femme du bosco a découvert un vieux **r**at tout é**ch**audé.
L'amiral se présente bien **c**ambré au **m**atin.
Mère, la **fl**otte !
L'amiral s'est fait faire un petit pomp**on** sur le p**ied**.
Pourquoi me**n**acez-vous la **m**arine ?
L'amiral n'apprécie pas que les mou**ss**es aient le goût du **l**ucre.
Le mousse connaît bien la manœuvre des qu**i**lles à la p**ou**pe.
La captive devait chaque jour br**iqu**er l'étr**av**e.
Oh, le gros sext**an**t b**ro**dé !
L'amiral exige qu'on lui **r**ince le **p**ont.
Qui chantera jamais la dou**l**eur des mou**ss**es !
Les m**ut**ins se disputèrent les p**ar**ts.
Pauvre mou**ss**e, noyé sous la grê**l**e !
Distrait, le harponneur plongea son **ba**s dans la **Vi**laine.

Exercices

Sortant de la fê**t**e, c'est en ru**ss**e que l'amiral racla ses **g**aloches sur le **b**ateau et fit scruter sa petite **L**ine à la **p**oupe.
Le mousse s'est pris ses deux **t**aloches en **b**ordant malencontreu-

sement des **v**oiles a**pp**ariées, mais finit par dénouer le cor**d**age, do**c**ile.

T'as vu l/es sal**v**es?

Religion

Monseigneur a fait venir des **l**its pour l'é**v**êché (ART).

Le révérend arrive à la **pi**èce remplie de Mor**m**ons.
Ce vieux sin**c**ère est un peu **p**âlot mais sa **m**ine est pa**p**ale.
Monsieur l'Abbé, votre bi**bl**e est bien fai**t**e.
Ah, les **r**ites **b**ougent!
En **qu**êtant, le **p**rieur qui voulait avoir le **b**anc de **T**aizé lorgnait sur les **f**onds de l'a**bb**esse.
Le Suisse avait un **tr**ou sur la **p**ique.
C'est risqué de re**p**êcher cette ca**l**otte!
Éminence, votre pè**z**e alourdit votre **r**obe!
Découvrant l'a**bb**esse il trouva Sa**ph**o!
La chaisière trouva glacial le **b**ock au **fr**igo.
Le vieil a**bb**é se fait malen**t**endant. (Ils ne se **t**aisent jamais, ces ca**b**ots?)
Ah, plût au ciel que je **f**usse un **S**aluce!
Les frères se plaignent : «Les da**m**es nous dé**r**angent!»
La supérieure parle peu de la **Vi**erge au ros/aire.
Les sœurs lingères taillent des **fr**ipes à tous les **p**ères, en espérant un **p**eu de **n**appes.
Ces **c**ompères ont de bonnes **b**ouilles.
Monseigneur, comment préserver les **p**ains de la **s**écheresse?
Ces moines paillards, ca**f**tez-les au Pa**p**e!
Après Ni**c**ée, le Con**c**lave.
La novice est sans dé**f**ense devant les **S**aluces.
Cette abbesse de choc a dé**rou**té plus d'une bi**go**te!
L'ermite se laisse **m**ouiller sans **c**alice.
Ce prieur a de drôles d'ha**b**itudes pour **T**aizé! Regardez la sé**v**érité de son **l**it!
De **p**ieux **v**oiles cachent le **b**out de la **tr**esse.
Les chaisières cachent des **f**icelles dans les replis de leur **m**ante.
Mes filles, attention aux **t**aloches des a**bb**és!
Monseigneur, allez-vous quand même **pu**nir ces pauvres **bê**tes?
Ah, ma sœur, je voudrais tant connaître votre **ci**el à **f**ond!

La dame patronnesse ne refuse pas les **r**ares **d**ons, mais le curé s'affole devant ce **d**on in**c**omptable, et renonce à donner un chi**ff**re à l'a**bb**esse.
Le prieur a **b**ouffé près de l'a**ll**ée.
Monsieur le Curé, votre br/oche me cache la V**i**erge !
Non, frère jardinier ! Ne montrez pas votre **b**êche à la **m**esse[1] ! Et vous, frère cuisinier, ne **m**ouillez pas tant de **c**ouennes !
Monseigneur, que diable voulez-vous faire de ces **n**oms de bo **x** eurs ?
cs

RUBIK'S CUBE AU SÉMINAIRE

Passe-moi ton cu**b**e et j'te donne la /solution !
L'abbesse trouva fort épicée la b**ê**te au curr**y**.
La femme du sonneur voudrait t**en**ter le gl**a**s.
Cette belle **rou**sse se gausse des vieilles bi**go**tes !
La sœur de charité est incommodée par le **c**ou des **g**ueux (et par la nu**qu**e des **s**ouillons...)
« Quelle ch**u**te ! » s'écria le confesseur en ôtant sa c**a**lotte !
Oh, Monsieur le Curé, quel est ce grand **poi**ds sous votre **vi**trail ?

POUPONS DANS LA CRÈCHE

Mettez la v**i**erge au f/ond ; oui, la v**i**erge en t/erre, mais ne frottez pas le **san**ton jusqu'au **bou**t !

Voilà des novices sans déf/ense devant la V**i**erge.
Voici encore les moines qui **b**adinent avec leurs **r**ites !
Les bu**ll**es du pape sont mo**rn**es.
Ah, Be**rn**ard, regrettez-vous ces bu**ll**es ?
Les bigotes ont des **trai**ts **com**passés.
Les chartreux font déguster leur **f**ine, **p**lacides. Quelle **f**ine ! et quels **p**rêcheurs !
Ah, le **m**oût de cette char**tr**euse ! (La **p**ente de la Chartreuse s'expose au **f**rimas des Gaules.)
Depuis qu'il chasse, le vicaire mène ses **d**ouilles à la **c**ure.
Les curés **p**récis s'animent pour ma**t**ines.
« Votre gl**a**s m'**en**dort ! » se disent les a**bb**és qui se **t**aisent.
Les novices font des **chat**ouilles à leur **pap**e.
Ma sœur, je verrais bien votre **pr**ieur, à **poster**iori !
Cette horrible **vi**père m'a mordu le **sein** !

1. Et, naturellement, pas de carottes à la messe...

Le frère jardinier réclame un **p**eu d'eau pour **b**iner.
Très Saint-Père, il ne faut pas c**e**sser les b**u**lles !
Il faudrait un miracle pour que ces **non**ces deviennent **fé**briles !
L'infirmière est surprise par le **f**oie du pa**p**e.
Les chartreux goûtent leurs **p**raires à la **f**ine.
Ne parlez pas à la légère de la v**er**ve de la m**ul**e du pape !
Le nouveau pape a des bu**ll**es mode**rn**es.
Cromwell quittait rarement l'O/ffice des pu**ri**tains.
Elle glissait bien, la **lu**ge de **Wer**ther !
Oh, le com**p**lice **g**ueux ! Et l'abb**é** acol**yte** !
Brutal, ce rabbin mar**q**uait l'Hé**br**eu.
« Ce modeste **t**ennis conviendra-t-il **à** ce curé **p**récis ? » se demande l'abbé jaloux du **t**ennis du cha**p**elain.
Isaac, le rabbin en**vi**e votre **taille**.
Le curé a trou**v**é cet énorme **c**ierge (P), et l'a**g**ite entre les **b**igots.
Le grand rabbin compare les z**ébr**es **aux** **b**œufs.
— Ouvre vite : **Br**ah**m**a guette !
— Oh, **Vi**shnou, le **lai**d !
Les théologiens déb**a**ttent volontiers sur la ch**u**te.
Ces **c**athares avaient de bonnes **b**ouilles.

HÉR**É**TIQUES HIST**O**RIQUES

Le bourreau pi**qu**a les réti**n**es avec son pa**l** en **f**er.
Ce rabbin et sa femme : coup**l**e élég/ant !
Les confesseurs jansénistes appréhendaient les **d**outes des **pr**évôts.

AU COUVENT DES OISEAUX

Le **s**aluce se montre à la **f**auvette...
Ayant retrou**v**é l'ancien **s**icaire, la sœur l'a lai**ss**é dans l'évê**ch**é (AC).
Mes sœurs, ne songez pas toujours au **t**ennis du **p**réau !

Exercices et problèmes

Le nonce fut surpris par l'a**llég**ation du **fell**ah.
Voulant goûter la **f**aveur des **S**aluces, ces belles **f**erventes s'agenouillent devant les **S**aluces. Mais ces moines sal**a**ces étaient près de leur ch**u**te, ces **S**aluces étaient proches de leur **f**in !

LA SCÈ**N**E DES **V**ŒUX

Voyez la novice et, cé/ans, la v**i**erge :

— Monseigneur, votre V**i**erge ne me conv/ainc guère !

Ce **v**œu est d'un per**n**icieux ! Alors la postulante en **n**ie le **v**œu. Ah, ces **v**œux pleins de **n**erfs !

Mais quand les **j**eux sont faits, adieu la ver**v**e.

— Mes sœurs, l'abb**ess**e est al**it**ée, tranquille, et Monseigneur refuse d'apporter son v**in** à nos compl**i**es, préférant sans doute approcher le **v**in des **c**ierges.

Les **v**ierges vibrèrent quand le chantre poussa son **s**i ! La **v**itre aussi vibra sous la pression du **m**i. (La **v**aleur de leurs **ch**antres accroît le volume des v**oi**x que les abbesses s'env**i**ent, et le Prieur a **qu**itté l'a**bb**esse hier, à cause des **fri**ctions provoquées par ces **ré**pons de moines.)

Voyez à présent, l'a**bb**esse dé**f**ile, émue par la scè**n**e des **v**œux, car elle trouve que c'est min**abl**e, la qu**ête** :

— Dire que tant de prêtres arrivent à placer leurs **ci**eux jusque dans la **qu**ête !

Pourtant elle les méprise, l'a**bb**esse, ces **f**ous de théologiens.

— Ce n'est pas en **c**omptant sur vos **m**arottes (AC) que nous apprendrons quelque chose sur **n**os **v**œux. D'ailleurs, nos filles ne mé**d**itent pas, c'est **r**are.

Mais cette révérende mère a **ex**ploré l'action de tant de s**ain**ts qu'elle dégage une forte odeur de saint**e**té quand on lui soumet d'autres c**a**s. Elle refuse d'**ex**clure le moindre s**ain**t avant d'avoir vu op**in**er les p**èr**es, provoquant toutefois l'**ex**pulsion de quelque s**ain**t, car elle prétend que sa**g**esse est source de **f**oi.

Ah, l'em**ph**ase de l'a**bb**esse irrite l'évê**qu**e de Bou**rg**es :

— J'interdis désormais de parler de **m**ythes à l'a**bb**esse.

Trouvant que sa mi**tr**e manque de **ch**ic, l'évêque se met à **ch**ipoter, et tend sa mi**tr**e au cardinal, pour la mettre sous la pro**t**ection de l'habit rou**g**e. Sous prétexte du rejet de l'abb**é** paras**ite**, il fait remonter l'affai**r**e de la me**ss**e du couvent jusqu'au pa**p**e que l'on voit un moment **f**lotter (AC), déconcerté par la **m**ixité de la foule.

— J'entends bien : ces **b**ruits viennent de **T**aizé ! On rejette l'abb**é** qu'on susc**ite** (T) ! On en a fait, pourtant, des mi**r**ettes à ces beaux chanoi**n**es. On m'a même rapporté que la sœur jardinière montrait un bel é**pi** à l'arrivée des **moi**nes !

Ah, l'a**bb**esse **f**âlote, e**ffr**ayée par les **gu**erres !

Et doucement, du pa**p**e, elle a séché les **f**leurs.

Elle qui n'excitait que la **pi**tié des **moi**nes !... (AC)

Le coin des initiés

Le pape n'apprécie pas les pé**tale**s ri**dé**es.
Éminence, votre P**ie** **d**ix est trop h**ain**eux !

À LA SYNAGOGUE

Le vieux rabbin **c**assé à **l**oupé l'a**nn**eau de **p**eu.

Mes sœurs, notre **v**ote n'est pas pour les **m**ecs.
Le jeune vicaire ne souhaite pas séparer le gl**a**s du ch**an**t.
Ce vicaire va bien se retrouver a**bbé** en **si**x z'ans.
Ah, lév**it**e victime d'une prise de b**ec** !
L'em**ph**ase de l'a**bb**esse irrite l'évê**qu**e de Bou**rg**es.
Mes sœurs, l'abbesse a**nn**ule vos **v**œux !
Le **s**icaire a dé**v**alé la p**en**te en ch**u**tant et fait dévoiler sa **b**otte à la **m**esse.
La révérende mère a connu tant de c**a**s, qu'elle dégage une forte odeur de saint**e**té.

INDEX

Oh, in**d**ex in**s**olent !
Les **m**ots **p**assifs...
Le **m**ot « **p**ou »...
Le **p**ou de la**tr**ines (R).
Un tel **m**ot qui, **p**oli au début...
Reconnaître au **p**assage de tels **m**ots.

ACCOUPLEMENTS ET TABOUS

Las de fréquenter les **t**abacs et fatigués de **b**éton…
Des clochardes, à la **c**oule se font **m**ouiller.
Le client provoqua la **b**aisse de cette grande **f**ringue.
Nous sommes las de nous **t**errer aux Pu**c**es !
La marchande taille des **fr**ipes à son com**p**ère.
La **v**ase de la **b**erge est mouvante (AC).
Qui donc a défoncé le **cl**os de la **p**ocharde (AC) ?
La pyromane craint que ce **f**eu ne la dé**n**once (AC) !
L'antiquaire a **qu**itté la **b**rocante.
Le **pl**aisir de s'accou**d**er…
Aimez-vous les beaux z'ho**mm**es, ô ma **b**elle ?
Cette b**ê**te n'a pas fini de m**i**tonner (T) !
Et **contre**pètons cen/tans !

PRÉCIS DE PATAPHYSIQUE DU SOLIDE

Nous sommes allergiques à ces m**a**ths imp**o**ssibles…
J'en ai assez de vos **b**êtes **s**ites ! Mais ces quene**ll**es sont bienve**n**ues.
L'épouse du rapin s'habitue aisément aux r**i**tes de la B**u**tte. Elle avait fini par accepter de **d**îner avec ce vieux ra**p**in, mais ce vieux ra**d**in n'était jamais **p**ressé.
Ces **ch**utes répétées finiront par lui faire éclater la **r**ate !
Le minet **ch**uta sur la **j**atte (AC) !
Mlle Beulemans préfère les **fr**ites **b**iseautées (ART).
… **m**ythe dé**b**ile…
Re**n**ouant avec le **j**eu, ce voy**ou**, las de ne jamais tirer un c**œur**, se plaint que trop de **t**ypes lui donnent des **p**iques.
Seule l'entrée du premier **ch**ar marque une **d**ate (T).
Petite Marquise, votre châ**ss**e est bien ba**th** !
Ce Nemrod musicien joue du bâ**t**on avant de rejoindre la cha**ss**e.
La marquise se fait **s**écher à l'arrivée des cha**l**eurs.
Ce gros **B**arre me couvre de petites **d**ettes.
L'Opposition a s**an**ctionné les membres de ce gouvernement **é**culé, dont ce gros **B**arre qui a tant en**d**etté les **f**oules qui chô**m**aient.

Ce permissionnaire va pouvoir enfin qui**tt**er sa b**as**e.
Brutale, la mezzo a qu**itt**é la b**ass**e.
Voilà de bonnes b**a**ses pour renforcer vos d**i**res.
Ton **B**arre me comble... **d'** aise.
Le chanoine prit son **b**yrrh et **qu**itta la serveuse.
T'as pas envie qu'on s'b**a**tte avant de prendre le k**i**r?
La marchande de poids lourds est en **d**ette d'un **c**ar.
Ces politiciens se b**a**ttent pour se prouver la qualité de leurs d**i**res.
Enfoncé dans une ch**ais**e, le chef d'orchestre b**att**ait sans mesure.
Je suis couvert de petites **d**ettes au **b**ar (le bar du radin).
(Comme disait le syndic : « Ce bar est adhérent... »)
Et là, **d**ites, c'est un **b**ar?
Peau**f**iner... (AC).
... un a**cc**ent mis sur leur sé**m**antique.
Résoudre une contrepèterie fait se dépl**i**er la b**oî**te.
Le contrapétiste met en évidence le **p**lan qu'il va utiliser de façon **g**aillarde.
On présente son cu**b**e et on se fait donner la /solution.

Contrecube à deux tabous et neuf contrecarrés

Quelle **bit**ure! Pauvre **fils**!
Mais, baronne, que f**î**tes-vous à ma b**ê**te?
Ce vieux baryton b**i**sse : sa femme ne trouve plus ça (sa) b**ê**te.
La**f**itte est bien contre les **b**aisses.
Oh oui! Mes f**i**ls raffolent des petites b**ê**tes!
Le ténor bi**ss**e toujours aux fê**t**es.
Oh, baron, que f**ai**tes-vous à mes f**i**ls?
L'écuyère sent la douleur de ses f**i**ls : elle a tant b**ai**ssé!
Il y a des petites bai**ss**es entre les fê**t**es (AC).

Exercices

1. Il s'agit de deux respectables ecclésiastiques : le PAPE et le POPE. Ils nous suggèrent la contrepèterie suivante :

   Jean-P**aul** le P**a**pe (AC).

2.

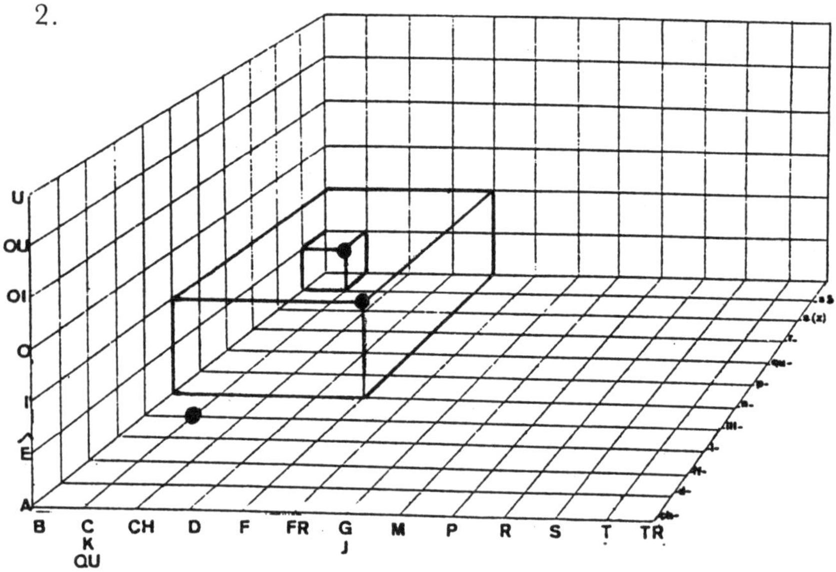

3. Bique, ? ? ? ?, mot inexistant, ? ? ? ? ? ?, sur la face horizontale supérieure ; bec, bête, traite, mot inexistant sur la face inférieure.

   Le nombre de contrerectangles fertiles n'est que de DEUX ! Ce résultat surprenant est dû à l'absence de deux mots et au fait que les deux tabous sont sur une même face du contreparallélépipède, configuration qui engendre des contrerectangles stériles.

   Esquissons la contrepèterie engendrée par les quatre mots proposés :

   La bergère s'occupe de la tr**ai**te des b**iqu**es.

4. — Baisse, bête, fête, ? ? ? ? ?, face, basse, batte (bath), fat.
   — Ce contreparallélépipède est complet et comporte un seul tabou : il possède donc SIX contrecarrés ou contrerectangles.

   Il y a parfois des petites bai**ss**es entre les fê**t**es* (AC).

Remarquons une autre contrepèterie possible :

Je trouve ces f**a**ces un peu b**ê**tes!

engendrée par un contrerectangle que nous laissons déterminer au lecteur.

5. La voyante prétend que sa **b**oule est for**m**elle.

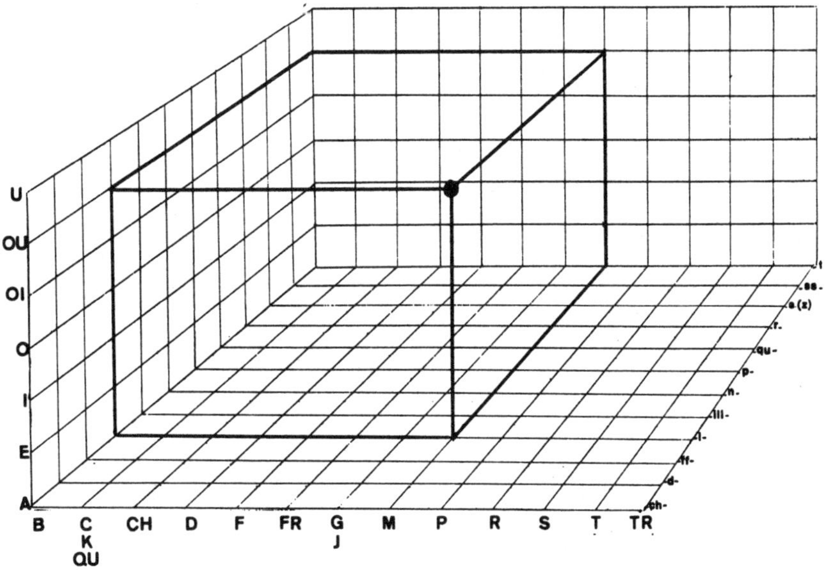

6. Ces pauvres bi**ch**es sont accueillies par les mi**t**es ! Les c**a**illes b**ou**lottent. (Nous supposons le lecteur suffisamment familiarisé avec le procédé pour pouvoir se passer de la solution graphique.)

Problème

1. Il s'agit du contrecube déjà rencontré dans l'exposé, cube délimité par les deux planchers et les quatre cloisons de la figure *a* page 204.
2. Voici des ébauches de contrepèteries :

   Mon pauvre ami, c'est votre **pei**ne qui vous **mi**ne ! (ART)
   Les soudards pi**ll**ent sans pei**n**er.
   Même le **p**ayeur général a triste **m**ine !

Nous laissons au lecteur le soin de compléter cette liste.

Résumé quintessentiel

Il fait **b**eau et **ch**aud.
... une bonne gar**d**e pour se sentir **s**ûr...
Il présentait fâcheusement sa **ch**air à l'é**p**ée.
Faut-il se reposer sur un **s**age in**v**enteur?

Formulaire

A. La**b**ricq, **T**hèse.

Table

Cet ouvrage
composé par Charente-Photogravure
à Angoulême
a été imprimé en avril 1986
sur les presses de Pollina
à Luçon
pour les Éditions Albin Michel

Numéro d'édition : 9283
Numéro d'impression : 8015
Dépôt légal : avril 1986